SERATA TRA RAGAZZE NON È MAI STATA COSÌ PICCANTE!

Figo
&
frittella
JUDI FENNELL
I0732829

La serata tra ragazze non è mai stata così gustosa!

Lo zucchero è dolce, ma la vendetta lo è altrettanto...

Tutto ciò che Lara Cavallo desidera è far decollare la sua pasticceria, Cavallo's Cups & Cakes, e poter smettere di accettare gli alimenti dal suo ex marito infedele e spregevole. Ma prima deve trovare i suoi vestiti e fuggire dalla strana stanza d'albergo in cui si sveglia, prima di imbarazzarsi ulteriormente di fronte al proprietario di quel magnifico posteriore nudo che intravede dalla porta del bagno. Deve concentrarsi sui suoi cupcake. Non ha tempo per il fisico da culturista, per quanto allettante possa essere.

I cupcake sono dolci, e Lara lo è altrettanto...

Tutto ciò che Gage Tomlinson vuole è trovare un modo per aiutare sua sorella, madre single, a pagare le spese ospedaliere per il nipote di sei anni, gravemente ferito in un incidente con omissione di soccorso. Lavorare nell'edilizia di giorno e come proprietario della compagnia di spogliarellisti esotici BeefCake, Inc. di notte non lascia molto tempo per le indulgenze. Peccato che la cosa più dolce che abbia visto da anni svenga tra le sue braccia e poi se ne vada prima che lui possa anche solo assaggiarla. Ha un debole per i dolci, e solo i "cupcake" di Lara potranno soddisfarlo.

Ma quando finalmente il cupcake incontra il culturista, il calore è sufficiente a far sciogliere la crema al burro direttamente dalla torta.

Il Mattino Dopo

Questa non era la sua camera d'albergo.

La giacca del completo gettata sulla sedia fu il primo indizio di Lara.

I pantaloni abbinati abbandonati sul pavimento di fronte ad essa furono il secondo.

L'avvallamento sul materasso mentre qualcuno si alzava dal letto dietro di lei fu il terzo.

Oh mio Dio. Cosa aveva fatto?

Beh, era abbastanza ovvio cosa avesse fatto, ma, oh Dio...

Lara strinse gli occhi mentre quella persona girava intorno al fondo del letto, sbirciando solo quando sentì la porta del bagno scorrere aprendosi.

Oh mio. Il sedere nudo del ragazzo sembrava davvero bello. Probabilmente meglio fuori da quei pantaloni che dentro - peccato che non ricordasse com'era dentro.

Peccato che non ricordasse lui.

La porta si chiuse con un click e Lara balzò in piedi - per il secondo shock della mattina.

Indossava solo una maglietta. E non era la sua.

Non voleva pensare di chi fosse o come fosse finita in quella maglietta; voleva solo afferrare il suo vestito, le scarpe e la borsa, e andarsene prima che la sua unica avventura di una notte finisse di fare qualunque cosa facesse un'avventura di una notte il mattino dopo.

Raccolse il vestito dal comò - no, non avrebbe pensato a come fosse finito lì - si strappò di dosso la sua maglietta e poi infilò il vestito, rinunciando a cercare il reggiseno. Voleva solo uscire.

Le sue scarpe erano accanto alla sedia - una era sotto - e la sua borsa, grazie a Dio, era appesa alla porta della camera d'albergo.

Venticinque secondi. Questo è tutto il tempo che le ci volle per fuggire dalla cosa meno da Lara che avesse mai fatto in vita sua.

Ci vollero altri trentacinque secondi perché il maledetto ascensore arrivasse al - strizzò gli occhi verso l'indicatore del piano sopra la freccia "Giù" - decimo piano.

Grazie a Dio non c'era nessuno nell'ascensore. Non aveva bisogno di testimoni per la sua passeggiata della vergogna.

Dio, Jeff sarebbe rimasto scioccato nel vederla ora? "Sessualmente noiosa e poco ispirata" era ciò che aveva detto per spiegare il tradimento - tra le altre cose - ma questa passeggiata della vergogna smentiva tutto ciò.

Non poteva crederci. Trent'anni, con la sua promettente pasticceria, eppure qualche shot di troppo all'addio al nubilato della sua compagna di stanza del college l'aveva portata a rimorchiare un tizio a caso per una notte di sesso sfrenato per curare il suo ego ridotto in frantumi da un ex che non meritava neanche un minuto del suo tempo, figuriamoci questo tipo di strategia per dimostrargli che si sbagliava.

Era stato sesso sfrenato, vero?

Chiuse gli occhi e cercò di evocare un'immagine, ma l'ultima cosa che riusciva a ricordare era di aver ballato il jitterbug sulla pista da ballo.

Non sapeva ballare il jitterbug. Ma, a quanto pare, questo non l'aveva fermata.

Oh, Dio, la sua testa. E il suo stomaco. E quella sensazione di cotone in bocca...

Il campanello suonò quando l'ascensore arrivò al secondo piano. Armeggiò per trovare la chiave della sua stanza e barcollò fuori in un corridoio fortunatamente vuoto. La sua stanza era a poche porte di distanza, e per fortuna aveva deciso di rinunciare a una compagna di stanza per questo viaggio.

Beh, una compagna di stanza regolare.

Chi era il ragazzo? Non ricordava nemmeno che aspetto avesse, figuriamoci il suo nome.

Gemette mentre entrava nella sua camera d'albergo. Quanto era grave che l'unica parte di lui che riusciva a ricordare fosse il suo sedere nudo e *quello* lo ricordava solo perché l'aveva visto mentre usciva dalla porta?

Si strappò di dosso il vestito - lo aveva indossato al contrario - e si diresse in bagno. Doccia, colazione e un bel bicchiere di succo d'arancia, poi poteva prendere la sua auto e andarsene alla svelta così non avrebbe rischiato di imbattersi nel suo più grande rimpianto tanto presto.

Ma la domanda era: qual era il suo rimpianto? Averlo rimorchiato in primo luogo, o non riuscire a ricordare un accidenti di quello che era successo dopo?

* * *

Gage passò l'asciugamano tra i capelli, poi se lo avvolse intorno ai fianchi. Non voleva scioccare la Bella Addormentata là fuori con la nudità quando avrebbe aperto i suoi splendidi occhi.

Colse il suo sorriso nello specchio. Sì, era da lupo, ma perché non avrebbe dovuto esserlo? Era finito con la donna più splendida della festa, e questo includeva la futura sposa.

Certo, aveva infranto le sue regole per farlo - niente festeggiamenti con i clienti - ma lei era entrata e l'aveva spiazzato.

Sarebbe stato divertente, davvero, se non fosse stato così, beh, non divertente. Non andava mai per donne basse, more e formose. Le bombe sexy magre come modelle erano più il suo tipo. Almeno, lo erano state. Ma poi lei era entrata, le sue curve gli avevano fatto sudare i palmi delle mani, i suoi ricci imploravano le sue dita di tuffarcisi dentro e aggrapparsi, e quegli occhi color cioccolato... Gridavano *letto* così forte che avevano quasi coperto la musica, e lui aveva fatto fatica a concentrarsi sullo spettacolo.

Grazie a Dio i ragazzi conoscevano bene il loro mestiere. Markus lo conosceva fin troppo bene; si era concentrato su Lara fin dal primo numero di bump-and-grind.

Per fortuna, nessuno aveva messo in discussione il rapido cambio di routine che aveva fatto in modo che Markus fosse fuori scena fino a metà del secondo atto.

3

A quel punto, gli shot che erano circolati intorno a quel tavolo avevano assicurato che l'interesse di Lara non fosse più esclusivamente su Markus.

È stato allora che ha fatto la sua mossa.

Fatto la sua mossa . Gage gemette. Cosa era - ventenne? Non doveva mai fare mosse; le donne accorrevano a lui.

Ma lei era incastrata nell'angolo del suo separé, circondata da amiche, con lo sguardo fisso sul palco, e non sembrava che se ne sarebbe andata tanto presto.

Afferrò lo spazzolino da denti. Avrebbe dovuto muoversi prima. Forse così lei non avrebbe fatto quegli ultimi due shot. La donna era una pesi piuma. Era arrivata all'ascensore dell'hotel e letteralmente svenuta tra le sue braccia. Aveva smorzato la sua serata, ma non la sua libido.

Sperava solo che fosse più sveglia questa mattina.

Finì di lavarsi i denti e versò un bicchiere d'acqua. Ne avrebbe avuto bisogno e gli avrebbe dato la scusa per sedersi accanto a lei.

E sperabilmente fare molto di più.

Aprì la porta dolcemente. Voleva essere lui a svegliarla, non il rumore o la luce dal bagno.

Tranne che... era sparita.

Si accasciò contro lo stipite della porta. Ben gli stava. Realizzava le fantasie di centinaia di donne ogni fine settimana, ma l'unica la cui fantasia voleva personalmente esaudire apparentemente non aveva alcun interesse a lasciarglielo fare.

«Giù le mani dai miei cupcake». Lara puntò la spatola di legno verso il tizio che la guardava con occhi lascivi da sopra il suo stand all'expo nuziale. Poteva non essere una grande arma, ma una rapida sberla poteva far male, e il signor Padre Ubriaco della Sposa sembrava aver bisogno di una o due sberle.

Soprattutto quando la guardava in quel modo. «Piccola, non sono nemmeno vicino ai tuoi cupcake, ma se ti avvicini un po', sarò felice di accontentarti».

Lara sbuffò. Doveva essere una delle peggiori battute di approccio che avesse mai sentito.

Fece scivolare la spatola sotto i due cupcake che lui aveva schiacciato. I modelli Romeo e Giulietta. Dannazione. Erano alcuni dei suoi design più intricati e impressionavano sempre la clientela.

Il Padre Ubriaco non si fermò. «Che ne dici se ci troviamo più tardi per un drink e discutiamo dei tuoi... cupcake?»

«Che ne dici di no?»

Il Padre Ubriaco sbatté le palpebre. «Dai, non essere così». Camminò fino alla fine dello stand e prese una farfalla di zucchero filato. «Come questa, per esempio. Scommetto che avrebbe un ottimo sapore sulla mia lingua».

Non avrebbe mai più guardato quelle farfalle allo stesso modo.

Gliela tolse di mano.

Ma questo la mise abbastanza vicino perché lui potesse afferrarla. E lo fece, stringendo una mano sudata intorno al suo polso.

«Andiamo, piccola, è un weekend di festa. Tutto questo amore e sesso nell'aria. Sicuramente lo senti anche tu».

«Quello che sento è che stai superando il limite, signore». Posò il cupcake e cercò di staccargli le dita. Soprattutto il mignolo. Se fosse riuscita a piegarlo abbastanza indietro-

Lui la trascinò verso di sé, stampandole un bacio bavoso sulle labbra e una zampa carnosa sul seno.

Lei si ritrasse. «Lasciami-»

Lui volò all'indietro.

«La signora ha detto di lasciarla in pace».

Un tipo con jeans attillati, un cappello da cowboy e una camicia aperta fino alla vita era lì in piedi, con i muscoli tesi, il respiro accelerato, sembrava un eroe uscito direttamente da un romanzo rosa.

Il Padre Ubriaco cercò di rimettersi in piedi. «Ma che diavolo? Ti faccio causa-»

«Chiudi il becco, stronzo, e prega che la signora non ti denunci per aggressione».

Questo sembrò far tornare sobrio il tizio.

Ma Lara era come ipnotizzata dai sei addominali in bella mostra sotto la camicia aperta del suo salvatore.

«Quassù, tesoro». Il tipo cowboy schioccò le dita all'altezza della vita verso di lei.

Lei alzò lo sguardo.

Oh Dio, l'aveva beccata a fissarlo. E quel sorriso a tutta bocca diceva che sapeva esattamente cosa stesse guardando, *e* che gli piaceva che lo guardasse.

Poteva sentire il rossore che le infiammava le guance.

Lui sorrise e toccò la tesa del cappello, poi si girò per aiutare l'ubriaco molesto ad alzarsi da terra.

Dio, quell'uomo aveva un posteriore davvero niente male. Proprio come il signor Sedere Nudo dell'albergo di due settimane fa.

Scosse la testa. Era pazza. Il sedere del signor S.N. era nudo; quello di questo tizio era coperto. Nessuna somiglianza. Beh, a parte il fatto che erano entrambi perfettamente formati e non le sarebbe dispiaciuto mettere le mani su tutte e quattro le natiche.

«Hai qualcuno che ti aspetta qui intorno o devo consegnarti alla sicurezza?» Il Cowboy torse il braccio dell'ubriaco.

«Sto bene. Ho una moglie».

«Che donna fortunata». Il Cowboy alzò le sopracciglia verso Lara. «Che ne dici di andare a trovarla e non tornare mai più? Se ti vedo di nuovo qui, non sarò così gentile come lo sono stato questa volta. Sono stato chiaro?»

Il Tipo Ubriaco si passò una mano sul riporto. «Cristallino».

«Bene. Ora vattene».

Lara cercò di ricomporsi mentre il Cowboy si avvicinava al suo stand. E lo fece ancheggiando, con tutta la sensualità dei suoi fianchi ondeggianti e degli stivali che strisciavano sul pavimento.

«Come va, Cupcake?»

Oh mamma. Da lui, quella frase di approccio funzionava. Era tutta una questione di come la si diceva.

Avrebbe solo voluto essere immune. Jeff aveva fatto un bel lavoro nel distruggere la sua fiducia in qualsiasi uomo, ma soprattutto in quelli da sogno.

E questo, con i capelli biondo oro e gli occhi azzurri sorprendenti, era decisamente fatto della stoffa dei sogni.

Ma no. Basta sognare. Basta uomini. Concentrarsi sulla carriera. Era su quello che doveva contare ora, non sulla libido volubile di qualche uomo. «L'ho già sentita questa».

Lui la guardò da capo a piedi e Lara sentì il calore come se avesse usato un lanciafiamme.

«Scommetto di sì. E quella sul scoprire se sei abbastanza buona da leccare?»

Stava per sciogliersi sul posto. «Um, sì. Anche quella l'ho già sentita». Ma mai così. Era il primo uomo a cui effettivamente considerava di permettere di scoprire la risposta.

Per tutti e due secondi. Un tipo come lui non sarebbe mai stato interessato a lei per nulla di più di una notte - e quella che aveva avuto l'aveva convinta che non era tagliata per averne altre.

«Beh, allora dovrò pensare intensamente per trovare qualcosa di nuovo».

Non poté farne a meno; i suoi occhi scattarono verso il suo inguine.

Poi tornarono al suo viso quando lui ridacchiò.

Ok, poteva il pavimento del centro congressi aprirsi e inghiottirla ora?

No, non avrebbe pensato a nulla che avesse a che fare con il Cowboy e l'inghiottire.

Poi il Cowboy tese la mano. «Ciao. Sono Gage. Gage Tomlinson?»

Lei si asciugò discretamente il palmo sudato - completamente colpa del Cowboy, ehm, di Gage, tra l'altro - sulla coscia. «Lara. Cavallo. Grazie per esserti occupato di lui».

«È stato un piacere, signora».

Dio, era sexy quando assumeva quell'accento e toccava il cappello. Lara stava totalmente entrando nella fantasia del cowboy.

«Vorresti un cupcake? Voglio dire-» Avrebbe davvero voluto che il pavimento si aprisse in questo momento - «come ringraziamento».

Il suo sorriso era devastante. Così come quella fossetta sulla guancia. «Assolutamente vorrei un cupcake. Forse due?»

Stavano parlando di zucchero e torta Cups & Cakes, vero?

«Uh, certo. Puoi averne due. Prendi pure, uh, quelli che vuoi». Un giorno o l'altro... Una bella crepa nel pavimento. Farebbe meraviglie per il suo imbarazzo.

Lui ci mise il suo tempo, guardando attentamente ognuno dei suoi cupcake. Quelli sul tavolo, cioè. Per un tempo straordinariamente lungo.

Abbastanza a lungo da attirare l'attenzione di più di qualche donna. Che iniziarono tutte a fare suggerimenti su quali cupcake dovesse scegliere.

Non aveva mai avuto una pubblicità migliore, ma gli occhiolini che lui le lanciava ogni volta che qualcuno gli chiedeva che tipo di cupcakes gli piacessero erano molto più emozionanti.

Sessualmente noiosa e *poco ispirata* , era lei? Il Cowboy Supersexy non sembrava pensarla così.

Lara distribuì rapidamente i suoi opuscoli da asporto e assaggi dei diversi dolci, raccogliendo un mucchio di biglietti da visita, mentre Cowboy faceva la sua magia.

Chissà che altro tipo di magia sa fare?

Lui la colse mentre lo fissava, ma a parte un barlume di sorriso, tutto ciò che fece fu toccarsi il cappello.

Fu sufficiente.

«Beh, signora. La ringrazio per l'offerta, ma mi sembra che avrà bisogno di tutti i cupcakes che ha. Aspetterò e vedrò cosa rimane quando avremo finito qui. Le va bene?»

Lei annuì, ma se lui avesse continuato a guardarla in quel modo, non le sarebbe rimasto molto: compostezza, sanità mentale, forza nelle gambe...

«D'accordo, allora. Mi faccia sapere quando è libera. Sono allo stand 263.»

Lei annuì mentre lui si girava e si allontanava.

Accidenti, quel tipo riempiva quei jeans come nessun altro.

E a lei non sarebbe dispiaciuto farne un affare suo.

Due

Contatto stabilito. Beh, figurativamente. Fisicamente sarebbe venuto dopo.

Sperava.

Gage si tolse il cappello e si passò una mano tra i capelli. Quella dannata cosa era calda in questo corridoio, ma funzionava sempre con le donne.

«Sei stato via per un po', capo». Murph gli consegnò una pila di biglietti da visita.

Gage li guardò rapidamente. Era incredibile quanti numeri di telefono scritti a mano comparissero sui biglietti che le donne lasciavano allo stand di BeefCake, Inc. La sua mailing list avrebbe raggiunto le sei cifre entro la fine del weekend.

Si augurava che il suo conto in banca seguisse presto.

«Bel lavoro, ragazzi. Se volete fare una pausa, copro io». Cacciò i biglietti nella boccia di vetro sullo stand, poi afferrò una delle sedie pieghevoli e ci si mise a cavalcioni, riposandosi un po'. Una volta che quelle donne avessero finito con lo stand di Lara, avrebbero trovato la strada verso il suo. Lo facevano sempre, e sebbene avesse detto a Lara il numero del suo stand sperando che venisse effettivamente a cercarlo, era stato anche un buon affare. Aveva bisogno di tutti gli affari possibili.

«Vuoi qualcosa mentre siamo via?» Tanner si slacciò il papillon e lo gettò sul tavolo. «Questa dannata cosa potrebbe soffocare un cavallo con questo caldo».

Gage si trattenne dal commento che normalmente avrebbe seguito quella affermazione. Tanner era il loro miglior guadagnatore di mance. Il ragazzo aveva più banconote nel suo perizoma di quanto ne guadagnassero combinati i successivi tre ballerini più pagati. Aveva qualcosa a che fare con un cavallo, questo era certo.

Ma, ehi, pagava le bollette del ragazzo e dava a Gage un paio di centinaia extra al mese. Ogni piccolo contributo aiutava.

«Nah, sto bene».

«Non vuoi un... cupcake?»

Gage sorrise e scosse la testa. Non avrebbe mai dimenticato quella notte. I ragazzi l'avevano visto impazzire per lei, e beh, almeno non avevano idea di dove avesse passato la notte. Voleva che rimanesse così.

Voleva anche un bis.

Ma quando avevano visto il suo stand, i commenti erano iniziati.

«Allora? Hai parlato con la signora dei cupcake?» Bry, il suo socio in affari, gettò il suo cappello da poliziotto sul tavolo. Loro due non indossavano il costume - o meglio, non lo toglievano - da mesi, ma quando si trattava di attirare clienti alle fiere, erano in mostra tanto quanto i ragazzi.

«Sì, l'ho fatto».

Bry aprì una lattina di soda. «E?»

E... niente. Si aspettava... Non sapeva cosa. Qualcosa. Qualche spiegazione sul perché se ne fosse andata.

Scrollò le spalle, ma la cosa lo infastidiva ancora. Avrebbe pensato di guadagnare punti per non aver approfittato di lei. «Stava lavorando. Non era esattamente il momento migliore per controllarla».

«Questo non ti ha mai fermato prima». Bry bevve un sorso di soda. Nei bei vecchi tempi sarebbe stato corretto con del Jack, ma ora erano uomini d'affari. Il Jack era in menu solo dopo l'orario di lavoro.

«Forse prima non avevo tanto da perdere».

Bry sputò la soda attraverso lo stand. «Perdere? Lei? Che cazzo, amico? Cosa è successo quella notte?»

Non un dannato niente, purtroppo. Nemmeno un bacio.

Gage afferrò una delle canottiere dei ragazzi e pulì il pasticcio. Avevano speso una fortuna per il materiale promozionale; non avrebbe permesso che si rovinasse. «Non lei. Questo. Il nostro business. Non ho tempo di far perdere la testa a qualche donna mentre sto cercando di guadagnare abbastanza per lasciarmi alle spalle questo posto».

«Sei ancora su questa cosa? Seriamente, Gage, forse dovresti ripensarci. Paga le bollette».

Non tutte. Quelle per gli interventi chirurgici, la terapia e i farmaci di suo nipote incombevano su di lui proprio ora in grandi, vistose, dolorosamente sgargianti luci da palcoscenico, gli zeri sembravano moltiplicarsi esponenzialmente ogni volta che ci pensava. Il che era spesso.

«Bry, sono entrato in questo per i soldi». All'inizio, era stato un modo per integrare il suo reddito da imprenditore edile quando l'economia era crollata più di un anno fa. Lui e Bry avevano guadagnato un bel po' di soldi facendo gli spogliarellisti al college. Ma poi, con gli interventi chirurgici di cui Connor aveva bisogno e il fatto che Gage era de facto il capofamiglia dei Tomlinson, i soldi avevano assunto un significato completamente nuovo.

Lui e Bry avevano assunto più ragazzi e prenotato più spettacoli, con l'idea che questa fosse una misura temporanea. Un mezzo per raggiungere un fine. Non è che amasse spogliarsi per folle di donne ubriache alla sua età - trentaquattro anni non era necessariamente oltre la collina, soprattutto perché si manteneva in forma, ma intorno ai ragazzi più giovani... Sì, non voleva più ballare. Soprattutto dopo il pasticcio con la sua ultima ragazza, Leslie. Niente uccide una relazione più velocemente della gelosia, anche se lei non aveva motivo di essere gelosa.

Ma lo rendeva cauto. Aveva troppo bisogno dei soldi per rinunciarvi e se una donna non poteva gestire il suo lavoro, beh, allora non aveva senso averla nella sua vita. Non fino a quando non avesse messo sotto controllo la situazione con Connor.

Ma stava lavorando sul pavimento quella notte di due settimane fa, impedendo alle donne di gettarsi sul palco verso i ballerini - succedeva più spesso di quanto gli piacesse pensare, motivo per cui di solito evitava le donne agli spettacoli - quando aveva visto Lara. Tutte le scommesse erano saltate. Non lo capiva, ma doveva parlarle. Ballare con lei.

Così aveva fatto. Poi una cosa aveva portato all'altra e-

«Hai preso le informazioni per l'inaugurazione della spa di Gina?» chiese Bry.

Gage annuì. «Ho ingaggiato Tanner e Carlo. È solo uno spettacolo di un'ora. Due dovrebbero bastare».

«Uno spettacolo di un'ora e mezzo migliaio. Adoro questi spettacoli brevi e dolci. Il nostro pane e burro, baby».

Anche con lo sconto che stavano facendo a Gina, la cugina di Bry, i cinquecento meno due banconote per i ballerini e un'altra per le spese generali lasciavano a lui e Bry cento ciascuno. Non male per qualche telefonata.

Guardò tutti i biglietti da visita nella boccia di vetro. C'erano molte telefonate da fare lì dentro. Se solo il venti percento di esse andasse a buon fine, potrebbe essere sulla buona strada per raggiungere il suo obiettivo entro la fine del mese prossimo. E se l'evento di beneficenza per suo nipote avesse prodotto quello che sperava, beh, avrebbero tutti potuto respirare un po' più facilmente per il prossimo intervento chirurgico di Connor.

Bryan riempì il cesto di portachiavi a papillon con il loro sito web impresso sulla cinghia. «Allora, hai intenzione di dirmi cosa c'è di così speciale in questa ragazza che ti ha fatto infrangere la nostra regola ferrea di stare lontano dalle clienti paganti?»

«Lei non stava pagando».

«Sul serio? È così che l'hai giustificato?» Bry gli lanciò un portachiavi. Lo colpì dritto al plesso solare. Quella dannata plastica era tagliente. «Era con il gruppo che stava pagando. È la stessa cosa. Non ti ho visto fare una mossa su una ragazza così dai tempi del college. Era come se avesse un raggio traente su di te».

Gage si strofinò gli addominali, cercando di non guardare Bryan. Sì, era stato cotto di lei. Lo era ancora. Solo il suo ego ferito gli aveva impedito di chiamarla nelle due settimane trascorse dalla loro notte insieme. Beh, quello e il fatto che aveva a malapena il tempo di occuparsi di tutto ciò di cui aveva bisogno senza aggiungere gli appuntamenti al mix.

Ma questo non significava che non ci avesse pensato. Quella notte, lei era stata piuttosto orgogliosa della pasticceria sua e di sua cugina, Cavallo's Cups & Cakes.

Era stata così adorabile quando aveva confessato di aver fornito la torta a forma di pene "di design" per l'addio al nubilato. Se fosse riuscito a convincersi a mangiare una parte di una torta a forma di pene, avrebbe potuto provarci, ma c'era qualcosa di assolutamente ripugnante nel dare quel primo morso.

Non gli sarebbe dispiaciuto dare un morso a lei, però. Ecco perché aveva ballato con lei.

Ma, diavolo, non aveva nemmeno ottenuto un bacio. Si era trattenuto e non l'aveva baciata sulla pista da ballo, e poi lei era crollata nell'ascensore, quindi era stato fuori questione.

«Ehi, Romeo». Bry lo colpì sulla guancia con un aeroplanino di carta. «Stai rivivendo la tua notte di splendore?»

Gage avrebbe voluto, ma non era stata così splendida. Era rimasto duro e dolorante tutta la notte mentre lei russava accanto a lui.

Sorrise allora e non gli importava se Bry pensava che fosse per un ricordo particolarmente "piacevole". Era stata adorabile quando russava.

«Allora, cosa ti ha detto quando ti ha visto? Si è agitata e imbarazzata o eccitata?»

Gage alzò lo sguardo. «Sai una cosa? Nessuna delle due».

«Wow. Stai perdendo il tuo tocco. Una volta le facevi bagnare i pantaloni prima ancora di toccarle».

Volgare ma vero. Dio gli aveva dato il viso e la palestra gli aveva dato il corpo, e lui aveva goduto dei frutti di entrambi. La vita era stata una festa a quei tempi. Lo spogliarello aveva solo aumentato il gruppo di donne disponibili.

Bry tirò fuori altre cartoline con gli scatti dei ragazzi per rifornire le pile nello stand. Molte volte le loro prenotazioni erano su richiesta specifica; era stata una bomba di marketing distribuire mini portfolio dei ballerini. Un paio di loro stavano sviluppando un proprio seguito, il che poteva solo aiutare gli affari.

«Forse è gay». Bryan alzò le sopracciglia.

Gage si strozzò. «Non è gay». Anche se, per quanto ne sapeva, poteva esserlo.

Il pensiero era sconcertante. Era gay? Era per questo che se n'era andata così in fretta la mattina dopo? Per risparmiare ad entrambi quell'imbarazzo?

Era per questo che non aveva reagito a lui al suo stand?

Gage doveva ammettere che, anche se fosse stata gay, la sua non reazione faceva male. Sapeva che aspetto aveva; diavolo, nel suo lavoro doveva saperlo. Il suo aspetto era una merce. Non riusciva a ricordare l'ultima volta che qualcuno era stato così indifferente al suo aspetto o al suo fascino. E si era sforzato molto di essere affascinante là dietro, tutto educato come un cowboy e maschio alfa. Il tizio ubriaco gli aveva dato l'opportunità perfetta, ma Lara era stata interessata solo a scambiarsi battute, non numeri di telefono.

«O forse ha semplicemente degli standard».

Gage lanciò il cappello a Bryan. «Stronzo».

«Per te sono il signor Stronzo». Bry si mise il cappello in testa e inclinò la tesa all'indietro. «Forse avrò più fortuna io di te. Quale hai detto che era il suo stand?»

«Millecentoventiquattro. Laggiù». Gage indicò l'angolo lontano della sede. Lontano da dove si trovava Lara. Non avrebbe mai mandato Bryan da lei. Il ragazzo otteneva tante donne quanto Gage e l'ego di Gage non era pronto per la competizione. Non finché non avesse capito perché lei non era stata interessata a lui.

«Uh huh. È quello che pensavo». Bry si diresse nella direzione opposta. Dritto verso una rotta di collisione con la signora dei cupcake.

Merda.

E con i ragazzi via, Gage era bloccato a presidiare lo stand.

Tre

«Jesse, puoi coprirmi? Ho bisogno di una pausa».

Il succo di pompelmo che aveva bevuto a colazione stava reclamando attenzione, ma Lara non aveva voluto farlo finché non avesse parlato con ognuna di quelle donne che avevano seguito il cowboy. Avrebbe dovuto assumerlo per farlo venire a ogni fiera commerciale con lei. Ne sarebbe valsa la pena.

Soprattutto se avesse risparmiato qualche spicciolo lasciandolo dormire con lei...

«Certo, signorina Cavallo».

Lara trasalì. Non c'era niente come un adolescente per farla sentire come sua nonna.

«Vai a dare un'occhiata al bel fusto?»

Lara trattenne... cosa? Uno sbuffo? L'imbarazzo? Un grande desiderio rovente?

Sì, quest'ultimo.

«No. Madre Natura richiede una visita».

«Oh».

Curioso come la stagista potesse chiacchierare di bei fusti, ma al minimo accenno a una pausa bagno la ragazzina diventasse rossa come, beh, quel grande desiderio rovente.

Tuttavia, mise in una scatola due cupcake; dopotutto glieli aveva promessi. E lo stand 263 era vicino al bagno...

Oh, a chi voleva darla a bere? *Voleva* vederlo, e i cupcake erano solo una scusa.

Quasi rise di se stessa. Quasi. A quanto pare, il sesso bollente di due settimane fa aveva smussato alcune delle sue inibizioni.

Poteva solo immaginare quali altre avesse liberato quella notte, e *poteva* solo immaginarlo perché ancora non ricordava nulla di ciò che era successo dopo aver lasciato la pista da ballo con il signor B.N.A.

Mai più. Non avrebbe mai più bevuto shot di Sambuca. Quella roba era letale.

Quindi cosa spiegava questa idiozia che stava dimostrando andando a controllare il bel ragazzo? Non aveva giurato di stare alla larga dagli uomini?

L'aveva fatto. Davvero. Ne aveva avuto abbastanza degli uomini con il suo ex marito. Eppure, gli doveva i cupcake per averla aiutata...

Una volta finito in bagno, impiegò un tempo ridicolo a controllarsi il viso allo specchio. Il trucco si era sciolto per il caldo - e si riferiva al caldo del centro congressi, non a quello generato dal signor Cowboy Gage - e i suoi capelli stavano iniziando ad incresparsi fuori dall'acconciatura che di solito portava. Normalmente non le importava. La sua clientela era composta da spose e le loro famiglie, e se occasionalmente si presentava uno sposo, lui aveva occhi solo per la sua fidanzata. Nessuno la guardava mai.

Il signor Cowboy Gage l'aveva fatto. Dio, persino il suo nome era sexy.

Si bagnò le dita sotto il rubinetto e cercò di domare l'effetto crespo con un'abbondante applicazione d'acqua. Che fece sembrare i suoi capelli unti.

Sospiro.

Afferrò un asciugamano di carta e cercò di assorbire l'eccesso, ma questo li fece solo increspare di nuovo.

Lara si arrese. Lui non era *davvero* interessato a lei; stava interpretando un personaggio. Aveva fatto svenire la maggior parte delle donne ogni volta che aveva aperto bocca con quel suo accento sexy da morire.

Ma comunque, aveva un debito da pagare, quindi prese la scatola di cupcake dal ripiano vicino allo specchio e si diresse verso il suo stand.

Stand duecento quattordici, duecento ventidue, duecento trentasei... Dopo di che, non dovette più guardare i numeri perché lì, in fondo, in uno stand coperto di velluto nero con foto roventi di ragazzi e i loro addominali appese sul retro sotto lo striscione di BeefCake, Inc., c'era il signor Cowboy Gage.

Con un harem di donne pendenti da ogni sua parola.

L'unico motivo per cui non gli stavano addosso era perché lo stand li separava. Ragazzo furbo, altrimenti ci sarebbe probabilmente stata una calca. Era una fortuna che non ci fossero molti sposi presenti perché, con il modo in cui le donne lo adoravano, avrebbero potuto finire per rompere molti fidanzamenti.

Avrebbe dovuto tornare indietro. Seriamente, lui non aveva bisogno dei suoi ringraziamenti; la maggior parte di quelle donne erano quelle che lui aveva attirato al suo stand. Sapeva esattamente cosa stava facendo quando aveva lanciato il numero del suo stand.

Si girò per andarsene.

«Ehi, Cupcake!»

Alzò lo sguardo. Gage il cowboy la stava fissando, facendole cenno di avvicinarsi.

Il suo viso divenne flambé quasi alla stessa velocità con cui il suo battito cardiaco raggiunse il triplo del normale.

Ma questo non le impedì di dirigersi verso di lui.

«Fate largo, signore. Fate largo», disse mentre si avvicinava alla sua folla di ammiratrici che si separarono come il Mar Rosso al suo comando.

«Ecco». Gli porse la scatola. Era decisamente fuori dalla sua portata. Probabilmente lo era stata anche prima che Jeff avesse distrutto la sua autostima.

«Questi sono per te. Quei cupcake che ti ho promesso. Rocky road e vortice al burro di arachidi».

Lui sorrise, e anche se i suoi occhi non si abbassarono, lei sapeva che era quello a cui stava pensando.

O forse era solo un *desiderio* da parte sua.

«Grazie. E benvenuta a BeefCake, Inc».

Lo era certamente. Con un esemplare di prima qualità che ora le stava cingendo la vita con un braccio e la tirava nello stand.

Lara pensò seriamente di svenire. Il che probabilmente significava che non l'avrebbe fatto, dato che la maggior parte delle persone *non* pensa prima di svenire - altrimenti non lo farebbero - ma in questo momento, i suoi processi mentali stavano rapidamente scomparendo mentre le sue dita facevano cose tumultuose alla sua pelle e il suo profumo - maschile e sexy, e un po' di sudore che poteva funzionare solo su un ragazzo attraente - le rivoltava le viscere e le faceva tremare le cosce.

Oh, Dio, chi sapeva che fosse effettivamente possibile avere le cosce tremanti?

«Allora, cosa ne pensi?» chiese con quel lento accento strascicato che poteva comandare a piacimento.

Beh, se dovesse pensare, penserebbe che era assolutamente il ragazzo più sexy che l'avesse mai abbracciata. E che non voleva mai lasciare le sue braccia. E che sicuramente non si sarebbe mai dimenticata di *lui* se fosse stata abbastanza fortunata da passare la notte con lui.

«Um, impressionante».

E, accidenti, quel sorriso. E quelle fossette sulle guance. Il tipo era pura fantasia diventata realtà.

«Lo prenderò come un complimento.»

Come dovrebbe fare.

«Dopotutto, il mio ego ha bisogno di qualche carezza.»

Si sarebbe iscritta per essere la prima in quella lista. Oh aspetta. Ego.

«Soprattutto dopo che sei scappata via da me.»

Le ci vollero alcuni secondi per dare un senso alle sue parole. E anche allora, non avevano senso. «Um, cosa?»

«Beh, sì. Voglio dire, non sono esattamente abituato a donne che scappano via prima di un "buongiorno". Questione di etichetta, sai?»

Eh, no. Non lo sapeva. «Etichetta?»

Lui si avvicinò e la sua pelle rabbrividì quando le sussurrò all'orecchio. «Sai, quando ti ho portata nella mia stanza dopo quella festa due settimane fa?»

Oh. Mio. Dio.

Porca miseria.

In-credibile.

Il cowboy Gage era Mr. Sedere Nudo?

Quattro

Interessante che la signorina Lara Cavallo non avesse una risposta pronta. Il che significava che o l'aveva fatta arrabbiare, o non le importava, o non si aspettava che lui la richiamasse sulla sua grave violazione dell'etichetta.

«Quanto costa un lap dance?» Una delle donne infilò una banconota da venti nel contenitore di vetro per i biglietti da visita.

Lara si irrigidì accanto a lui.

Gage propendeva per l'ipotesi che fosse arrabbiata.

Strinse la presa. Non l'avrebbe lasciata andare finché non avesse ottenuto alcune risposte.

«Ti offro il doppio del tuo prezzo.» Un'altra donna infilò qualche banconota in più nel contenitore di vetro.

Poi uscirono le banconote da un dollaro.

Gage doveva mettere fine a tutto questo. Il modo più veloce per farsi cacciare dall'expo era scatenare una rivolta. Gli organizzatori dell'evento avevano specificato chiaramente nel suo contratto che non doveva esserci alcuna sollecitazione. *Nessuna sollecitazione* . Come se un gruppo di ballerini maschi - che non ballavano - fossero un branco di gigolò. Avrebbe scommesso ogni numero di telefono in quel contenitore di vetro che Lara non aveva dovuto firmare una liberatoria per vendere sesso attraverso i cupcake.

Diede un'occhiata alla sua maglietta. I *suoi* cupcake gli facevano decisamente pensare al sesso.

Sbuffò. Dio, era davvero così attaccato a se stesso da non poter affrontare il fatto che una donna se ne fosse andata via da lui? Doveva dimostrare a se stesso di poterla influenzare?

A quanto pare sì.

Posò la scatola, poi afferrò il contenitore di vetro dallo stand con la mano libera e lo bloccò tra le ginocchia. Non avrebbe lasciato andare Lara.

Tirò fuori i soldi e li restituì ai depositanti. «Mi dispiace, signore, ma siamo qui solo per pubblicità. Non per intrattenimento.» E non aveva davvero bisogno che questo venisse sbattuto in faccia a Lara la prima volta che stava con lei - beh, la sua prima volta *sobria* insieme. Leslie era riuscita a sopportare l'attenzione che riceveva solo per cinque mesi.

Una donna si passò la banconota da venti sulle labbra. «Oh, non so. Solo guardarti è dannatamente divertente.»

Se Lara si fosse irrigidita ancora di più accanto a lui, avrebbe pensato che fosse morta. I suoi occhi scuri, grandi e splendidi non aiutavano a migliorare quell'impressione.

Fortunatamente, Murph e Tanner arrivarono proprio in quel momento, vedendo la folla, ed entrarono dal retro dello stand.

«Accidenti, capo, ti lasciamo solo per qualche minuto e le attiri come il pifferaio magico.» Tanner prese il suo papillon e se lo allacciò al collo.

«Ragazzi, potete occuparvene voi, per favore? Devo scambiare due parole con Lara.»

«Certo. Fai pure.»

I calzini non erano l'articolo di abbigliamento che voleva togliersi.

«Lara?» Tese la mano libera verso l'apertura sul retro dello stand. Non aveva intenzione di lasciarla andare. «Andiamo?»

Lei lo guardò con occhi socchiusi. «Andiamo dove?»

Ah, le possibilità che quella domanda scatenava. Non poté fare a meno di sorridere. «Beh, prima pensavo di cominciare discutendo di quella notte. Poi, diavolo, sono aperto a qualsiasi cosa tu voglia.»

Lei non disse nulla. Ma iniziò a camminare verso l'apertura.

Lui afferrò due delle sedie pieghevoli dal retro dello stand - dovette lasciarla andare per farlo, ma fortunatamente lei non scappò via.

«Andiamo lì.» Fece un cenno verso l'angolo in fondo alla sala dove i container per le spedizioni erano transennati, pronti per lo smontaggio dell'evento. Voleva privacy per questa conversazione e, dato il rossore che le avvampava le guance, immaginò che lo volesse anche lei.

Tirò indietro il tendaggio per lei, poi sistemò le sedie. «Siediti.»

Lei si sedette. Ma continuò a non dire nulla.

Non aveva una buona sensazione a riguardo. «Stai bene?»

«Eh?» Scosse la testa. «Non ne sono sicura.»

«La fiera sta andando bene per te? Pensavo che avresti suscitato un po' di interesse in quelle donne.»

«Non del tipo che stai ottenendo tu.»

Ah, l'arguzia era tornata. Sorrise. «Sì, beh, il maschio muscoloso tende a battere i cupcake quando si tratta di donne.»

«Immagino di sì.»

E lì se ne andò di nuovo l'arguzia.

Il suo rossore, tuttavia, si intensificò ulteriormente. Accidenti, era uno schianto. Ciglia scure incorniciavano occhi così neri che avrebbe potuto perdersi nelle loro profondità, e i suoi riccioli neri erano sparsi sulla testa come se si fosse appena svegliata dopo una notte di amore appassionato.

Cosa non avrebbe dato per sperimentarlo in prima persona. Se n'era andata prima che lui la vedesse quella mattina. «Allora perché te ne sei andata?»

Merda. Non aveva intenzione di chiederlo così bruscamente, ma sì, il suo ego aveva problemi con questo.

Quando lei si leccò il labbro inferiore, la sua libido si unì alla questione dei problemi.

«Io... ehm.» Si strinse nelle spalle. «Non ero sicura di quale fosse il protocollo. Era la prima volta che facevo una cosa del genere.»

Non sapeva come fosse possibile che le sue guance diventassero ancora più rosse.

«La prima volta? Per cosa? Svenire nel letto di un ragazzo?»

«Devi per forza farlo sembrare così volgare?»

«Volgare? Sto solo esponendo i fatti. Sei svenuta. In realtà, sei svenuta nell'ascensore. Ho fatto il possibile per metterti a letto.»

«Allora perché l'hai fatto?»

«Volevi che ti lasciassi sul pavimento?»

«Perché non mi hai semplicemente riportata nella mia stanza? Sarebbe stata la cosa da gentiluomo.»

«Cupcake, non avevo affatto pensieri da gentiluomo su di te quella notte. E tu non volevi che li avessi. Non con il modo in cui ballavi contro di me. Poi ti sei praticamente gettata tra le mie braccia appena abbiamo lasciato il locale. Inoltre, non sapevo quale fosse la tua stanza e tu non eri in condizione di dirmelo.»

Lara si morse il labbro inferiore e distolse lo sguardo, sbattendo le palpebre come se avesse qualcosa nell'occhio.

O fosse sul punto di piangere.

Merda. «Non hai mai portato a casa un ragazzo prima, vero?»

Lei scosse la testa.

Ecco perché era scappata ed era così a disagio.

«Lo sai che non è successo niente tra di noi, vero?»

«Davvero?»

La speranza nella sua voce e il sollievo nei suoi occhi lo avrebbero fatto cadere se non fosse stato seduto. Faceva male, dannazione. La maggior parte delle donne che ci provavano con lui sarebbero state completamente deluse se non fosse successo nulla tra loro.

«Certo che no. Mi rifiuto di approfittarmi di vittime in stato comatoso.»

Lei arrossì di nuovo. «Non sono abituata a bere così tanto.»

«L'avevo capito.» Si abbottonò la camicia, sentendosi un po' troppo esposto vicino a lei. Innocenza e sensualità erano una combinazione potente, ma data la sua mancanza di, uhm, entusiasmo, non voleva essere tentato. O tenta*nte*, perché non era sicuro di poter sopravvivere a un altro rifiuto più di quanto non avesse già fatto. «Dovresti fare attenzione in futuro. Non tutti saranno così coscienziosi come me.»

«Grazie per questo.»

«Direi che è stato un piacere, ma in realtà non lo è stato.»

Lei arrossì di nuovo.

Potrebbe abituarcisi. Specialmente se tutta quella deliziosa sfumatura rosa si fosse diffusa anche verso il basso.

Non stava aiutando la cosa del non-tentare...

«Quindi immagino che tu sia scappata perché eri imbarazzata?»

Lei si mise dietro l'orecchio il ricciolo ribelle che era sfuggito al suo chignon. «Come ho detto, non l'ho mai fatto prima. Non ero sicura di quale fosse esattamente il protocollo e ho pensato che andarmene fosse la parte migliore del coraggio.»

«Codarda.»

«Chiedo scusa?»

«Oh, Cupcake, il perdono non è ciò che dovresti implorare.»

La sua bocca si spalancò. «Non so cosa mi offende di più. Quel soprannome stupido o la tua arroganza.»

«Accetto entrambi perché almeno ti hanno fatto avere una vera conversazione con me invece di quella discussione alla Miss Buone Maniere.»

«Non sono sicura di voler parlare con te.»

«Ehi, sono più che disposto a trovare usi migliori per le nostre bocche.»

Lei si alzò in piedi. «Pensi davvero di essere il regalo di Dio alle donne, vero?»

Lui le prese le dita, intrecciandole con le sue. «Dai, non sai accettare un po' di scherzo? Un po' di flirt?»

Lei cercò di ritirare le dita ma lui non aveva intenzione di lasciarla andare.

«Era questo? Scusami se pensavo che stessi facendo un provino per il Più Grande Stronzo dell'Anno.»

«Nah, Bry ha già vinto quello.»

«Bry?» Strattonò le dita.

Lui ancora non la lasciò andare. «Il mio socio. Bryan Lassiter.»

«Sei gay?»

«Strano, lui ha detto la stessa cosa di te. No, il mio socio in affari. Beef-Cake, Inc., ricordi?»

«Purtroppo, probabilmente non lo dimenticherò mai.» Si lasciò cadere di nuovo sulla sedia. «Quindi sei uno degli spogliarellisti?»

«No. Possiedo l'azienda. Non faccio lo spogliarellista.»

L'occhiata che gli diede poteva avere dell'incredulità dietro, ma Gage sentì il suo sguardo come se lo avesse accarezzato.

«Non più, intendo.»

«Quindi una volta facevi... quello?»

«Lo spogliarellista? Sì. Ti farò uno spettacolo privato se non mi credi.» Era troppo facile prenderla in giro.

E di nuovo arrossì. «Va bene così, passo.»

«Sicura? Qualsiasi di quelle donne là fuori morirebbe per prendere il tuo posto.»

«Allora, per favore, vai a salvare una vita realizzando una delle loro fantasie. Non lasciare che ti fermi io.» Si alzò di nuovo, prese la sedia e la piegò. «Dovrei tornare al mio stand. Grazie per essere stato un gentiluomo quella notte. Mi dispiace se ti ha, uhm, creato inconvenienti.»

Solo se considerava le palle blu un inconveniente. Lui le considerava un vero peccato.

Gli porse la sedia. «E grazie per il tuo aiuto oggi. Ho ottenuto molti contatti. Spero sia andata bene anche per te.»

Lui prese la sedia e la appoggiò contro la sua. «Ti accompagno indietro.»

«Non è necessario-»

«Pensavo che ti piacessero le cose da gentiluomo? Un gentiluomo riaccompagna la sua dama al suo posto.»

«Ma io non sono la tua dama.»

Il fatto era che, per quanto fosse una cattiva idea per il suo piano di vita, lui voleva che lo fosse.

Cinque

Lara fece tutto il possibile per mantenere la compostezza mentre lui la riaccompagnava al suo stand. Certo, la camicia abbottonata aiutava, ma tutto ciò a cui riusciva a pensare era che lo aveva visto nudo. Ok, solo il sedere, ma era proprio un bel sedere.

«Allora, come ti è venuta l'idea dei cupcake?»

Lei lo guardò. I capelli biondo scuro un po' lunghi gli sfioravano il colletto e i suoi occhi azzurro acquamarina brillavano mentre la osservava. Era davvero troppo bello per il suo bene o per quello di chiunque altro.

«Mi è sempre piaciuto fare dolci. Ho seguito alcuni corsi di cucina e io e mia cugina abbiamo aperto Cavallo's Cups & Cakes.» Omise gli Anni Jeff. Non era appropriato per la maggior parte delle conversazioni, ma soprattutto non con un ragazzo così sexy che sembrava avere qualche interesse per lei per chissà quale motivo. «I cupcake sono l'ultima moda nel mondo della pasticceria. Sto notando che la maggior parte del nostro business è diventato quello dei cupcake. Persino le spose li scelgono al posto della grande torta nuziale a piani. Possiamo personalizzarli molto più facilmente e a un prezzo migliore rispetto alle torte tradizionali. E sono divertenti. Le persone stanno evitando l'atmosfera formale che i matrimoni avevano in passato e optano per un'atmosfera più da festa. I cupcake si prestano a quell'atmosfera festosa. Ma facciamo ancora torte. Quello non finirà mai completamente.»

«Come le torte per l'addio al nubilato.»

«L'hai vista, eh?» Aveva tanto sperato di evitare questa conversazione senza menzionare quella torta. Era stata mortificata per tutto il tempo in cui l'aveva preparata. Cara si era piegata in due dalle risate quando Lara si era impegnata per rendere lo scroto realistico.

«Chi è stato il tuo modello per quella?»

«Ti piacerebbe saperlo, vero?» Oh, cavolo. Qual era il suo problema? Non voleva coinvolgerlo. Era già abbastanza brutto che ci avesse già provato con lui solo per non andare fino in fondo - c'era un termine non molto carino per le donne che facevano così - non avrebbe dovuto flirtare con lui. Quella notte imbarazzante era meglio dimenticarla.

«Ehi, mi offro volontario se ne hai bisogno di un'altra,» disse il Signor Troppo Sexy con un sorriso che definiva il termine *hubba hubba* . «Non c'è nulla che non hai già visto.»

In realtà, c'era. Aveva visto solo il lato posteriore. Ma, di nuovo, voleva solo lasciarsi alle spalle tutta quella notte. «Penso che abbiamo già coperto quella torta, ma grazie per l'offerta.»

«Quando vuoi, Cupcake.»

«Sai, è un termine davvero sessista.»

«Io penso che sia dolce. Pieno di zucchero e delizie che fanno venire l'acquolina in bocca.»

Beh, quando lo diceva così...

Accidenti. Ora le sue ginocchia stavano iniziando a sciogliersi.

Fortunatamente, era a pochi passi dal suo stand. «Bene, grazie per avermi accompagnata. Ti auguro tutto il meglio per la tua impresa commerciale.»

Lui la studiò, i suoi occhi blu si strinsero mentre si grattava l'apertura della camicia.

E, sì, i suoi occhi furono attirati lì, per quanto fosse sconsigliabile. Ma non era colpa sua se il nome dell'azienda dell'uomo era così appropriato.

«Se hai bisogno di qualcosa, sai dove trovarmi.»

«Lo farò.»

Non ci pensare nemmeno.

Perché, sì, ne aveva bisogno. Lo voleva anche. Ma non si sarebbe avvicinata al Signor Cowboy Sexy Gage. Avrebbe dovuto essere immune. Jeff, dopotutto, era stato affascinante e bellissimo, e sapeva come lusingare una donna. *Qualsiasi* donna. Quello era stato il problema.

Ecco perché stava alla larga dai ragazzi. Soprattutto quelli molto sexy e affascinanti.

Lui si toccò la fronte con due dita in un rapido saluto, girò sul tacco del suo stivale da cowboy e si allontanò con il suo stile da cowboy ancheggiante.

Sì. Stai molto, molto lontana.

«Chi è *quello* ?» chiese Jesse, con un tono di voce senza fiato con cui Lara poteva totalmente relazionarsi.

«Possiede BeefCake, Inc.»

«*Lui* è beefcake, inc.»

Verissimo. Lara si costrinse a voltarsi. Nulla di buono poteva venire dal sognare ad occhi aperti un ragazzo così. Un ragazzo verso cui le donne accorrevano, sbavavano e, se ascoltare quelle donne allo stand era un'indicazione, per cui lasciavano gli uomini nella loro vita, tutto per la speranza di una sveltina nel proverbiale fienile.

Una che lei si era persa. «Allora com'è andato lo stand mentre ero via? Qualche interessato?»

Jesse le consegnò una pila di ordini. «Ecco alcuni contatti. Quello in cima sembra davvero promettente. Sta organizzando un tema Disney e il tuo castello di Cenerentola era proprio quello che cercava.»

«È il castello di Neuschwanstein. Non posso pubblicizzarlo in quel modo o dovrò cedere loro i miei profitti.»

«Oh, scusa. Mi sembrava il castello di Cenerentola.»

Questo perché il suo castello era modellato su quello bavarese di Re Ludwig il Folle, come Lara aveva già spiegato, ma Jesse l'aveva ovviamente dimenticato. Lara non poteva essere arrabbiata per questo; è quello che succede quando si assume personale temporaneo per le fiere. Lei e Cara non erano ancora nella fase di assumere personale permanente; potevano a malapena permettersi le spese generali per il loro negozio e i pagamenti per l'attrezzatura. Ma se avessero continuato a ricevere referenze come questa, forse sarebbero state in grado di farlo tra qualche mese.

«Come sono andati gli assaggi e le vendite?» Gli assaggi servivano per dare ai potenziali clienti un esempio del suo lavoro e incoraggiarli ad acquistare cupcake sul posto. Contava su quelle vendite per sovvenzionare la sua partecipazione all'expo. Aveva funzionato bene per gli altri eventi a cui avevano partecipato, e con l'harem di Gage, avrebbe dovuto funzionare ancora meglio per questo.

«Le vendite sono andate alla grande. Quelle donne devono aver parlato con tutti perché sei quasi esaurita.»

Lara tirò un sospiro di sollievo. E di timore. Odiava essere in debito con qualcuno, ma dopo quello che Gage aveva fatto per lei, gli doveva qualcosa.

* * *

Gage aprì la sua lista dei contatti preferiti e premette Chiama. «Ehi, Gina,» disse quando lei rispose. «Ho bisogno di un favore.»

«No, Gage, non partorirò tuo figlio.»

Lui ridacchiò. «Dannazione, donna, mi distruggi.»

«Sì, beh, qualcuno deve salvare il mio genere dal tuo tipo di sexy.»

Adorava Gina. Una tipa tosta che aveva fatto troppe esperienze per sopportare stronzate. Non che lui gliene avrebbe rifilate. Erano amici da sempre senza il minimo accenno a qualcos'altro - una cosa buona, altrimenti Bry, il suo amico e cugino di lei, gli avrebbe fatto il culo. Ma era bello avere quel tipo di rapporto con una donna. Qualcuno da cui poteva ottenere l'onesta verità senza doversi chiedere se ci fosse un secondo fine.

«In realtà, speravo che potessi aiutare un'altra rappresentante del gentil sesso».

«Come? Presentandole il tuo affascinante io?»

Poteva sentirla battere le unghie contro i denti. Lo faceva solo quando era impaziente o arrapata. E dato che non era quest'ultimo per quanto lo riguardava, pensò che fosse meglio arrivare al punto. «No. Voglio che le ordini dei cupcake per la tua grande apertura del prossimo fine settimana».

«Ho già provveduto ai dolci, Gage».

«Lo considererei un favore personale».

Il ticchettio si fermò. «Quanto è sexy?»

«Eh?»

«Hai sentito bene. Quanto è sexy e perché non vede quanto sei attraente tu?»

«Gina, hai l'idea sbagliata».

«Ah-ah. Dimentichi che ti conosco, Gage Tomlinson. A parte quando si tratta di tua sorella, l'unica volta in cui fai qualcosa di carino per una donna è quando vuoi finire nei suoi pantaloni».

Ahia. Perché aveva quell'impressione di lui? Non era affatto vero. Certo, era arrapato come il prossimo uomo, ma trattava le donne della sua vita con rispetto. Che lo lasciassero entrare nei loro pantaloni o meno. Lara compresa. «Ehi, non sono così terribile».

«No, in effetti, ho sentito dire che sei piuttosto bravo. 'Spettacolare' era la parola che ha usato, credo».

«Lei?» Gina aveva parlato con Lara?

«Oh no, non otterrai nomi da me. Diciamo solo che alcune delle tue ex hanno scelto di condividere».

«State confrontando le note?» Donne. Avrebbe dovuto seriamente riesaminare il suo modus operandi con loro se le sue prestazioni erano argomento di discussione. Lo stupiva sempre quanto in realtà non sapesse, e non avrebbe mai saputo, del gentil sesso.

«Dimentichi, Gage, che non ho nulla *da* confrontare».

Da qualsiasi altra donna l'avrebbe presa come una lamentela. Ma non da Gina. Lei preferiva i suoi uomini calvi e senza palle così da poter comandare lei.

«Ma, ehi, grazie per averla soddisfatta. Vorrei solo che le tue donne non sentissero il bisogno di condividere».

Sì, anche lui, dopo questa imbarazzante telefonata. «Senti, Gina, Lara ha appena aperto una sua pasticceria e avrebbe davvero bisogno di lavoro. Mi ha aiutato con dei contatti a questa fiera e vorrei ricambiare il favore».

«Ho già ordinato il cibo, Gage. E anche se mi stai facendo un grande sconto sull'intrattenimento, questa apertura è fuori budget. Non c'è niente che rimane per aiutarti a fare il Cavaliere dalla Scintillante Armatura».

«Cavolo, donna, hai la lingua tagliente. *Io* pago per i cupcake; voglio solo che tu li ordini. Tutto quello che devi fare è assicurarti che Lara riceva l'ordine e li sistemi sul posto. Ah, e non menzionarmi».

«Beh, ovvio. Se ti stai dando tanta pena per farlo, ovviamente non vuoi che la donna sappia che ti è debitrice. Le dirai il prezzo quando lo scoprirà? Perché sai che lo farà; lo facciamo sempre».

Quello veniva dall'esperienza personale di Gina. Lui e Bry avevano dovuto fare un grosso lavoro di riparazione l'unica volta in cui lei aveva lasciato che il suo cuore si coinvolgesse.

Il tipo si era sicuramente pentito di averlo spezzato. Soprattutto quando gli avevano rotto il naso.

«Non c'è nessun prezzo, okay? Sto solo aiutando qualcuno che ha aiutato me. Lo farai?»

«Certo che lo farò. Ma mi sarai debitore».

«Qualsiasi cosa, Geen».

«Ah, Gage, non tentarmi. C'è quella cosa del confronto, sai».

Adorava Gina e il suo sarcasmo. Poteva sempre contare su di lei per mantenere le cose reali. «Nessun problema, tesoro. Non è che potrei tentarti comunque».

* * *

Gina riattaccò il telefono e sospirò. Forte e sonoro e completamente sconfitta.

Gage non aveva proprio idea. Era stata tentata per anni. Ma non era il tipo di Barbie di Plastica che lui frequentava. E dato che lui non provava nulla verso di lei come quello che lei provava per lui, era meglio essere sua amica che un'ex amante con il cuore spezzato che lo rimpiangeva per il resto della sua vita.

Ma, sì, voleva dare un'occhiata a questa tipa pasticcera.

Sei

Lara non vide più Gage per il resto dell'expo. Tuttavia, sentì parlare di lui da ogni donna che si fermava al suo stand. Sembrava che BeefCake, Inc. fosse il più grande successo della fiera. Non poteva biasimare le donne; se non avesse dovuto rimanere allo stand, sarebbe andata anche lei a dare un'occhiata ai ragazzi.

Fantastico, si era ridotta a sbirciare.

Quando la sua vita era andata a rotoli? Quando dei culturisti erano diventati la sua unica possibilità di avere qualcosa che assomigliasse vagamente al romanticismo e al sesso?

E anche quello l'aveva rovinato.

Dio, era svenuta addosso a lui. Nell'ascensore. Non era nemmeno riuscita ad arrivare al suo letto.

Jeff avrebbe avuto un infarto se avesse mai saputo di quel piccolo incidente. La sua ex quasi a letto con uno spogliarellista. O avrebbe preferito il termine *ballerino esotico*? In ogni caso, lo avrebbe inorridito. L'aveva chiamata Vaniglia. Aveva detto che non aveva spirito d'avventura in camera da letto. Non sarebbe stato sorpreso?

Lara ridacchiò a quel pensiero. Se non fosse stato così tremendamente imbarazzante, forse avrebbe diffuso lei stessa la voce.

Ma grazie a Dio nessuna delle ragazze alla festa l'aveva capito. Non solo non voleva che Jeff lo venisse a sapere, ma non le piaceva l'idea che qualcun altro condividesse la sua vergogna. Era già abbastanza brutto che Gage lo sapesse.

E, oh Dio, chiunque altro a cui l'avesse detto. I ragazzi facevano così, no? Parlavano delle loro conquiste?

Qualcuno usava ancora quel termine?

Lara smontò rapidamente l'ultima scatola di cartone e sistemò l'ultima dozzina e mezza di cupcake su un vassoio usa e getta nello stand. *Pensa ai cupcake. Pensa alla fiera.* Non *a quello che Gage stava vendendo o allo spettacolo che aveva fatto.*

Il suo cellulare squillò, salvandola da un altro round di auto-tortura.

«Ehi, Cara, che succede?»

«Volevo solo farti sapere che la signora Applebaum ci ha lasciato una mancia del quindici percento.»

«Ehi, fantastico!» La signora Applebaum era nota per essere avara con le mance, quindi il quindici percento standard da parte sua era come il venti-cinque di qualcun altro.

«No, non è fantastico. Quella donna *dovrebbe* darci quella mancia. Dico di alzarle il prezzo al prossimo evento.»

«Non possiamo farlo; non tornerà mai più.»

«Oh sì che lo farà. Ha in programma la festa di laurea per Suo-Figlio-Il-Dottore e vuole, ascolta questa, una ricreazione del suo college. Possiamo farle pagare un occhio della testa per quello e lo farà volentieri.»

«Non so, Car, mi sembra solo-»

«Vuoi o no quel secondo mixer industriale con tutti gli accessori?»

Cara l'aveva messa alle strette. Quel singolo pezzo di attrezzatura avrebbe reso la vita più facile a tutte loro.

«Va bene, ma possiamo alzare il prezzo solo del cinque percento.»

«Quindici.»

«È troppo.»

«Ed è per questo che devi lasciare a me la determinazione dei prezzi. Le ho già fatto un preventivo e ha accettato.»

«Dici sul serio?»

«Non scherzo sugli affari, Lara. È per questo che tu gestisci la parte crea-tiva e io quella amministrativa. Voglio che quei prestiti siano ripagati in metà del tempo previsto. Pensavo che lo volessi anche tu.»

Lo voleva. Perché poi avrebbe potuto smettere di accettare gli alimenti di Jeff.

Quello era un altro punto su cui lei e Cara non erano d'accordo, ma non erano affari di Cara. E non erano nemmeno affari di Cavallo's Cups & Cakes. Jeff l'aveva chiamata un peso morto quando avevano firmato le carte del divorzio, un mantra che ripeteva con ogni stupido post-it che attaccava a ogni assegno degli alimenti.

Non le importava che la legge dicesse che aveva diritto a quei soldi. O, in realtà, che li meritasse davvero. Voleva liberarsi di Jeff ancora più di quanto lui volesse liberarsi di lei. Un esempio: aveva abbandonato il suo cognome il giorno in cui lui se n'era andato. E ora, con il suo nome, avrebbe dimostrato a lui - e a se stessa - che non era un peso morto. Che non solo poteva prendersi cura di se stessa, ma poteva anche prosperare facendolo.

Il divorzio aveva fatto a pezzi la sua autostima. Aveva lasciato così volentieri il suo lavoro di critica gastronomica per il giornale locale dopo il loro matrimonio, quando lui aveva voluto che stesse a casa, occupandosi di lui e della casa. "Non fa una bella figura che la moglie di un avvocato abbia una posizione così insignificante," aveva detto.

Insignificante? Amava il suo lavoro. Aveva fatto la differenza. Diversi ristoranti avevano avuto successo dopo le sue recensioni.

Ma nel Grande Piano di Jeff per il loro futuro, lei doveva essere la perfetta padrona di casa che rimaneva a casa e cresceva i figli perché la sua carriera sarebbe stata quella che li avrebbe sistemati per la vita.

E dato che lei *voleva* stare a casa con quei futuri figli, e lui aveva ragione sulle discrepanze nei loro redditi, aveva lasciato il lavoro, si era unita al circolo del country club, aveva studiato composizioni floreali e aveva imparato a organizzare i migliori cocktail party per dargli l'immagine che desiderava.

E poi il bastardo l'aveva scaricata non appena era diventato socio dello studio.

Quindi, sì, avrebbe preso i suoi soldi, ma solo finché l'attività non le avesse garantito un buon stipendio. E se fosse riuscita a convertire la metà dei clienti che avevano lasciato la loro email nella sua lista oggi, sarebbe stata sulla buona strada.

«Lar? Ci sei?»

«Sì.»

«Quindi sei d'accordo con questo progetto?»

Lara impilò i vassoi espositivi e li mise nella scatola di deposito sotto lo stand. «Certo. Farò le ricerche stasera quando tornerò. Foto e cose del genere della scuola.»

«Bene. Le farò avere il contratto. Bisogna battere il ferro finché è caldo.»

«Pessima analogia, Car.»

«Come ho detto, sei tu quella creativa. Allora com'è andata la fiera?»

Mentre smontava lo stand, riponendo i materiali decorativi, le tovaglie e l'insegna, Lara raccontò a Cara della corsa frenetica allo stand, ma omise di menzionare Gage. Non c'era bisogno di sollevare un argomento spinoso di cui Cara non doveva essere a conoscenza.

«Ottimo», disse Cara. «Inizierò a fare le chiamate non appena tornerai. Dovrai iniziare a ricostruire le nostre scorte. Non dimenticare che siamo uno degli sponsor per l'evento benefico di questo fine settimana.»

Ecco Cara, tutta affari. Lara non aveva mai considerato le sue torte come semplici prodotti. Ognuna era un'esperienza personalizzata per l'acquirente e Lara ne era sempre molto consapevole. L'orgoglio per il suo lavoro era il suo motto; era ciò che faceva risaltare le sue torte e che faceva tornare i clienti. Come la signora Applebaum o le persone che avevano assaggiato il suo lavoro oggi.

Avrebbero fatto tornare anche Gage?

Oh, Dio. Non doveva pensarci. Non lo voleva indietro.

Bugiarda.

No, non stava mentendo. Certo, le attenzioni che le aveva rivolto erano state piacevoli, ma non erano reali, e comunque, era stata completamente sopraffatta dalla mortificazione per come si erano incontrati. Mentre il sesso selvaggio con lui poteva sembrare allettante, lei semplicemente non era quel tipo di persona. Non era esattamente vaniglia, ma decisamente non era materiale da ragazzo-spogliarellista-cioccolato-fuso. Forse qualcosa di intermedio, come un rossore rosso velluto.

«Sembra che la fiera sia stata un successo. E la vendita di tutti i cupcake ci dà un profitto del ventitré percento, che è in aumento del dodici percento rispetto alla nostra media.» Cara stava digitando numeri sulla calcolatrice veloce quanto parlava. «Cosa pensi che abbia fatto la differenza questa volta?»

Gage. Ma non avrebbero mai potuto permetterselo - né professionalmente né tantomeno personalmente.

«Penso che sia stata l'affluenza alle urne, Car. C'era molto fermento su questo spettacolo e i numeri c'erano. Non dici sempre che è un gioco di numeri?"

"SÌ. Se ottieni abbastanza opportunità, raggiungerai una certa percentuale. Peccato che non possiamo individuarlo meglio. Odio dover fare affidamento sugli sforzi della sede. Dobbiamo riflettere su come coinvolgere più persone nella nostra attività".

«Va bene, macchina, ma devo andare. È ora di crollare. Lara sapeva cosa aveva fatto la differenza, ma non aveva intenzione di condividerlo. Non c'è bisogno di aggiungere una ballerina esotica alle voci di spesa di Cara.

Sette

Gage aprì la porta a zanzariera dell'appartamento di sua sorella. «Ehi, sorellina, come sta?»

Missy gli rivolse il suo tipico sorriso spento. «Come sempre.»

Il che significava che Connor non vedeva l'ora di alzarsi e correre in giro, ma i gessi e la paralisi glielo impedivano.

Dio, quanto soffriva per il ragazzino. Avrebbe volentieri preso il suo posto perché suo nipote non dovesse sopportarlo. Perché sua sorella non dovesse sopportarlo. Era già abbastanza brutto che Connor fosse stato investito da un pirata della strada e che la misera assicurazione medica di Missy coprisse solo in parte le spese. Le fatture arrivavano molto più velocemente e molto più salate di quanto si aspettassero, e sembrava che Connor avrebbe avuto bisogno di cure continue. Il peso era spaventoso, e non avrebbero mai visto un centesimo dal bastardo del suo ex. Il tizio se n'era andato prima ancora che Connor fosse nato.

«Tu volevi un figlio, non io», era stata la risposta spietata alla sua richiesta di aiuto dopo l'incidente.

Se quel coglione non fosse stato perennemente disoccupato e non avesse frequentato una versione scadente degli Hell's Angels, Gage lo avrebbe rintracciato e avrebbe ottenuto il pagamento in termini fisicamente accettabili.

Ma Missy e Connor non avevano bisogno di altro dramma nelle loro vite.

La loro situazione quotidiana era già più che sufficiente per tutti da gestire. Beefcake, Inc. era la migliore scommessa per tirare tutti fuori da questo pasticcio.

«Sarai contenta di sapere che abbiamo ricevuto un sacco di segnalazioni durante il fine settimana. Ho già programmato due ingaggi per il prossimo weekend oltre all'evento di beneficenza.»

Missy sorrise di nuovo, ma il sorriso era altrettanto tenue. «Ti sono così grata, Gage-»

«Missy, basta.» Non voleva la sua gratitudine. Connor era come un figlio per lui, un fatto che gli era stato sbattuto in faccia quando era stato al suo capezzale in ospedale implorando Dio di non farlo morire. «Ti ho detto di alleviare le tue preoccupazioni, non di causartene altre. Godiamoci la giornata, ok?»

Questa volta il suo sorriso si allargò un po'. «Ha chiesto di te.»

«E quando non lo fa?»

«Oh, Dio. Ha preso il tuo ego.»

«Non c'è niente di male in questo.»

Lei gli diede un colpetto sul braccio mentre lui si dirigeva verso la stanza di Connor, e Gage quasi crollò dal sollievo. Da quando c'era stato l'incidente tre mesi prima, Missy non era più se stessa. Beh, la sua vecchia se stessa. E con quello che avevano passato, non poteva biasimarla, ma colpirlo? Era un segno della sorella minore che lo aveva tanto irritato quando era adolescente.

Cosa non avrebbe dato per riavere quei giorni spensierati.

Ma le cose stavano così; era solo grato di avere delle opzioni. Che Missy e Connor avessero delle opzioni.

Si diresse verso la minuscola camera da letto di Connor piena di giocattoli, evitando la sedia a rotelle che tutti e tre odiavano. «Ehi, amico, vedo che stai ancora oziando.»

«Ciao, zio Gage», disse il bambino di sei anni. «Sai com'è la mamma. Basta un movimento verso il bordo del letto e mi sta addosso come il prezzemolo.»

«Come il prezzemolo? Dove l'hai sentita questa?» Il ragazzino stava crescendo troppo in fretta. Sembrava fosse ieri che Missy lo aveva portato a casa dall'ospedale, sola, spaventata, senza un soldo né un diploma. Da allora aveva ottenuto il diploma di scuola superiore e aveva iniziato corsi serali per diventare assistente legale, ma le cure mediche di Connor avevano ora messo tutto in pausa.

«Me l'ha detto Nicky Pollecco. Suo padre lo dice sempre.»

Il padre di Nicky diceva un sacco di cose in continuazione, la maggior parte delle quali lo portavano a risse da bar.

Gage digrignò i denti. Basta così; avrebbe messo il piede a terra. Missy sarebbe uscita da questo appartamento e si sarebbe trasferita nella casa di famiglia dei Tomlinson con lui. Non aveva voluto toglierle questo, una parvenza di controllo sulla sua vita, ma le avrebbe detto che era per i soldi, che potevano usare il suo affitto per pagare le spese mediche di Connor molto prima e farla tornare a scuola. Non era una bugia, e a volte bisogna fare quello che si deve fare.

«Allora, a che gioco giochiamo oggi?»

Connor guardò Missy che era sulla soglia della porta. «Stiamo bene, mamma.»

E ancora una volta Gage ricevette un colpo al cuore. Suo nipote che rassicurava sua madre. Il ragazzino avrebbe dovuto essere fuori a arrampicarsi sugli alberi e andare in bicicletta e picchiare Nicky Pollecco, non consolare sua madre fingendo che tutto andasse bene.

Iniziò a contare i compensi che avrebbe guadagnato dagli ingaggi del weekend oltre all'evento di beneficenza che Gina aveva organizzato. Quello sarebbe stato un evento unico e non poteva prevedere cosa ne sarebbe venuto fuori. No, aveva bisogno di far entrare denaro costantemente, e per farlo, avrebbe avuto bisogno di almeno altri tre ingaggi a weekend. Due a notte. Sarebbe stato fantastico avere un locale fisso per una Serata delle Signore in alcuni dei club vicini, ma finora, i club locali non abboccavano. Uno spettacolo occasionale suscitava interesse, dicevano, ma avere uno spettacolo settimanale avrebbe potuto diluire l'appeal. Per non parlare della Camera di Commercio locale che stava dando a lui e a qualsiasi locale che avesse anche solo un briciolo di interesse un sacco di resistenza per questioni di decenza. Era abbastanza da farlo impazzire.

«Voglio giocare a COD», disse Connor quando Missy chiuse la porta.

«Call of Duty? Non credo proprio, piccolo. Sei un po' troppo giovane per quello.»

«Ma Nicky ci gioca.»

Che bella raccomandazione. «Non m'importa. Nicky non è mio nipote; tu lo sei. Non hai bisogno di crescere così in fretta.»

«Ma e se non avessi la possibilità di farlo?» Mosse il braccio paralizzato con quello buono, una vista che non mancava mai di commuovere Gage fino alle lacrime. Lacrime che represse. «Voglio giocare a COD prima che succeda qualcos'altro.»

Merda.

Merda. Merda.

La gola di Gage si chiuse. Connor era ossessionato dal fatto che avrebbe potuto morire. Anche Gage e Missy lo erano stati, ma sembrava definire Connor in questi giorni. E se non fosse sopravvissuto? E se fosse successo di nuovo qualcosa del genere, ma peggio? E se non avesse superato tutti gli interventi chirurgici di cui aveva bisogno per riparare i danni?

Gage si schiarì la gola. Lo psicologo che stavano vedendo aveva detto di trattare Connor il più normalmente possibile, quindi mentre il suo istinto iniziale era di dare al ragazzino ciò che voleva, non sarebbe stato nel suo interesse. Inoltre, Connor non aveva davvero bisogno di vedere le schifezze in quel videogioco.

«Ehi, Con, non puoi pensare così. Farai il resto delle tue operazioni e starai bene. Non hai bisogno di quelle immagini di COD nel tuo cervello mentre ti stai riprendendo.»

Connor sospirò. «Sarai davvero una seccatura come padre un giorno, zio Gage.»

Wow, i colpi al cuore continuavano ad arrivare. Un padre. Non riusciva nemmeno a pensare che potesse succedere così presto. Prima veniva Connor, poi si sarebbe preoccupato di mettere su casa con qualcuno e creare una famiglia.

Il viso di Lara apparve sfocato. Tutto rosa acceso per l'imbarazzo.

Gli piaceva un po' l'idea che lei non andasse a letto in giro. Totalmente ipocrita, lo sapeva, ma sì, gli piaceva. Si chiese se volesse dei figli.

Whoa. Stava andando troppo oltre. E anche lei. Riusciva a malapena a guardarlo, per non parlare del fatto che era praticamente scappata via all'expo. Era passato dopo aver smontato lo stand di BeefCake, Inc., ma lei se n'era già andata.

Non poteva essere più chiaro che non voleva vederlo. Era per questo che aveva rifiutato l'offerta del cupcake quando lei l'aveva suggerito all'inizio; voleva una scusa per rivederla, ma lei l'aveva vanificata venendo da lui per prima.

«Hai uno strano sorriso sulla faccia, zio G. Che succede?»

Il ragazzo era troppo perspicace per il suo bene.

«Stavo solo pensando a dove ti porterò quando avrai finito con tutti i tuoi interventi.»

«Dove?» Connor si mise a sedere con uno scintillio negli occhi.

Il cuore di Gage si sciolse. Dio, amava questo ragazzo. «Beh, pensavo di iniziare con una partita di baseball. Hot dog, gelato, frittelle, tutto quanto. Poi possiamo andare allo stadio di football. Poi, non so, vuoi fare kayak? Rafting? Arrampicata?»

«Possiamo tornare al parco divertimenti? Voglio salire sulle montagne russe.»

La gola di Gage si chiuse di nuovo. L'incidente di Connor era accaduto proprio mentre stavano partendo per il parco per fare proprio quello. Connor adorava le montagne russe. «Assolutamente. Possiamo salire sulle montagne russe ancora e ancora e ancora. Quanto vuoi tu.»

«Forte.» Connor si appoggiò indietro e giocherellò con il bordo del lenzuolo. «E l'equitazione? Possiamo farla?»

«Sì, certo, se vuoi.» Gage non era mai salito su un cavallo, ma, che diavolo. Avrebbe imparato con Connor. E forse avrebbe potuto incorporarne un po' nel suo personaggio da cowboy.

A Lara era piaciuto il cappello. Le era piaciuto tutto il pacchetto - l'aveva vista osservarlo mentre si avvicinava al suo tavolo.

Grazie a Dio per il suo aspetto. L'aveva sempre dato per scontato. Certo, era utile per attrarre le donne, ma lui si era sempre lasciato trasportare dalla corrente in questo. Ma quando aveva voluto attirare il suo interesse, era stato davvero felice di mantenersi in forma.

«Allora a cosa stai pensando adesso?» Connor si toccò il mento con il braccio sano. «Cos'altro faremo?»

Gage sapeva cosa voleva fare lui... «Quello che vuoi tu, Con. Superiamo gli interventi e farò qualsiasi cosa tu voglia.»

«Anche giocare a COD?»

«Sai una cosa? Supera gli interventi, impegnati duramente nella terapia, e ne parlerò con tua madre.» E l'avrebbe fatto. Diamine, affrontare la morte per davvero era molto più spaventoso e traumatico che farlo in qualche video-gioco. Qualsiasi cosa servisse per far superare tutto questo al ragazzo.

«Ok, allora credo che posso aspettare. Vuoi giocare a scacchi?»

«Da quando giochi a scacchi?»

«Da quando mi hai dato l'iPod touch. Ho imparato un sacco di giochi all'antica.»

Gage rise. All'antica. Gli scacchi esistevano da sempre. Era il gioco dei re. Lascia fare a un ragazzo ridurlo a qualcosa di antiquato.

Bisogna amare la prospettiva fresca. Gage era così abituato a gestire lo stress e l'angoscia della condizione di Connor che a volte dimenticava di respirare. Di apprezzare ciò che aveva e vivere nel momento.

Ecco cosa stava cercando di fare con Lara. Questo fine settimana passato e dopo quella festa di addio al nubilato. Certo, era iniziato come un approccio, ma quando lei l'aveva lasciato, le cose erano cambiate. Aveva provato qualcosa per lei. Compassione, non irritazione. E poi l'aveva fatta uscire da quel vestito, e sì, questo l'aveva *molto* interessato. Ma quando le aveva messo addosso la sua maglietta, qualcosa si era posato su di lui. Qualcosa di confortante. Un momento condiviso solo per loro due, diverso da qualsiasi cosa avesse mai condiviso con una donna prima.

Peccato che lei fosse fuori di sé. Ma l'aveva guardata dormire. I piccoli movimenti della sua bocca, il modo in cui aveva messo le mani giunte sotto la guancia, i piccoli russamenti...

Non aveva mai guardato una donna dormire. Non aveva mai studiato la curva della guancia di nessuno o il dolce alzarsi e abbassarsi delle sue spalle. Il modo in cui la sua gamba si era raggomitolata al petto. Quanto dolcemente sexy fosse la sua coscia scoperta...

«Zio Gage? Stai bene?»

«Sì. Certo. Perché?»

«Perché avevi di nuovo uno strano sguardo sulla faccia.»

Lussuria, ragazzo.

No. Qualcosa di un po' più della lussuria. Aveva provato lussuria prima. Ma non aveva mai sentito qualcos'altro insieme ad essa.

«Ok, Con, dov'è la scacchiera? Ti mostrerò quanto sto bene e ti batterò nel farlo.»

«No che non lo farai. Sono davvero bravo in strategia ora.»

Dato che Gage avrebbe rivisto Lara questo fine settimana - aveva visto la lista degli sponsor per l'evento di beneficenza - non se la stava cavando male nemmeno lui sul fronte della strategia.

Lunedì mattina, Gage caricò il resto dei due per quattro nel retro del suo pickup, poi li assicurò per il viaggio fino al gazebo vicino alla quindicesima buca. Una cosa del lavorare in un campo da golf: doveva trasportare ogni pezzo di materiale dai magazzini fino al sito invece di farselo consegnare direttamente lì. I proprietari volevano che il gazebo fosse costruito il più velocemente possibile senza far sapere ai loro membri che stava accadendo. Di conseguenza, doveva presentarsi molto presto e andarsene prima delle undici del mattino, quando sarebbe arrivata la folla del pomeriggio. Quello che normalmente sarebbe stato un progetto di una settimana al massimo, era ora entrato nella sua seconda settimana e probabilmente ne avrebbe richiesta una terza.

Normalmente non si sarebbe lamentato perché il programma interrotto aumentava la sua tariffa oraria, ma non era stato in grado di finire nessun altro progetto perché nel momento in cui arrivava alla ristrutturazione della cucina dei Whitman o alla conversione del seminterrato dei Torrington, poteva mettere solo poche ore di lavoro. Fortunatamente, i clienti erano d'accordo con il programma, ma la sua fatturazione dipendeva dal completamento dei lavori. Se non fosse stato per BeefCake, Inc., non avrebbe avuto denaro in entrata per pagare le bollette. Diverse delle quali erano in scadenza, inclusa parte del saldo per la fisioterapia di Connor.

Sì, doveva avere quella conversazione con Missy prima piuttosto che dopo.

Guidò lungo la strada di accesso fino alla diciottesima buca e scaricò i materiali al gazebo. Doveva finire le travi del tetto, poi il compensato, la copertura e il rivestimento prima di poter fare la rifinitura finale e il lavoro del sentiero. Cinque giorni al massimo, ma con la festa di Gina venerdì, avrebbe dovuto aspettare la settimana successiva prima di poter finire.

Preparò i suoi cavalletti e misurò le prossime quattro travi del tetto. Collegò la sega a taglio angolare al generatore, e stava per infilarsi gli auricolari dell'iPod quando un golfista mattiniero si avvicinò con il suo cart.

Gage trattenne il suo disprezzo. I cart da golf andavano bene per i nonni che avevano difficoltà a camminare per diciotto buche, ma per tipi sulla trentina come questo? Poteva permettersi di perdere la pancetta che si stava formando.

«Sei tu il responsabile di questo?» chiese il golfista, agitando una mano guantata verso il gazebo.

«Tecnicamente, la direzione lo è, ma sì, mi hanno assunto per costruirlo.»

«Fai un buon lavoro.»

Hmm, quella era una sorpresa. Questo tizio aveva *stronzo* scritto in fronte, dal gilet a rombi giallo e bianco, ai pantaloni beige, alle scarpe bianche e persino un guanto, all'anello al mignolo e alla custodia delle mazze firmata che il caddie stava portando mentre *lui* camminava sul campo dietro al cart.

Dio lo salvasse dagli stronzi pomposi e supponenti.

«Stavo pensando di farne costruire uno vicino alla mia piscina. Saresti interessato a farmi un preventivo?»

Dio lo salvasse dagli stronzi pomposi e supponenti che *non* cercavano di assumerlo.

Gage prese un biglietto da visita dalla tasca posteriore. «Sì, certo. Posso farlo. Per quando vorresti che fosse pronto?»

Il tipo tirò fuori un portabiglietti d'oro dal taschino sotto il gilet - ovviamente lo fece - e diede il suo biglietto a Gage. «Sto organizzando una festa il mese prossimo. Vorrei che fosse completato per allora. Il nove, per essere precisi. Gli ospiti arriveranno intorno alle quattro.»

Gage controllò l'indirizzo. J.C. McCullough a Fox Run Hills. Elegante. Il che significava soldi. Come se non l'avesse potuto intuire solo dall'aria del tipo. «Penso che sia fattibile. Sarà a casa più tardi oggi così posso vedere lo spazio e preparare un preventivo?»

«Oggi non va bene, ma domani sì. Dopo le sei.»

Gage controllò mentalmente il suo programma. «Facciamo le sette e ci vediamo lì.»

«Eccellente.» Il tipo annuì, poi si diresse verso la buca, tendendo una mano al caddie per la sua mazza.

Gage dovette ridere mentre si infilava gli auricolari. Tipi come J.C. lo facevano sempre ridere. Avevano fatto tanta strada sulla scala aziendale con assistenti e caddie e domestiche e autisti che si chiedeva se avessero qualcuno che gli porgesse anche la carta igienica.

Ah, beh, chi era lui per criticare? I soldi dell'uomo erano verdi come quelli di chiunque altro e il suo tipo di solito voleva la massima qualità. Diritti di vanto e tutto il resto, il che andava bene per Gage. Con gli sconti che poteva ottenere sui materiali di prima qualità, preferiva lavorare su un lavoro di alta gamma ogni giorno perché i profitti erano maggiori.

Un altro progetto per aumentare le sue casse per l'intervento di Connor. Era tutto per Connor.

* * *

«Ehi, ne abbiamo un'altra.» Cara riattaccò il telefono, ballando come se fosse la mattina di Natale. Ogni ordine era un regalo. «Venerdì prossimo. La cliente vuole una torta a forma di lungomare con una ruota panoramica piena di cupcake. Il nostro marchingegno gira ancora, vero?»

Lara sollevò il coperchio del contenitore di pasta di zucchero. «Sì, funziona ancora. Quante persone si aspetta?»

«Circa cento. Sta organizzando una grande apertura per la sua spa diurna. Una festa in spiaggia, portando sabbia e quant'altro. Dice che vorrebbe che tu rimanessi sul posto finché la torta non sarà stata servita perché non vuole pagare il deposito per la macchina.»

Quella ruota panoramica era stata una grossa spesa, ma sarebbe stata la prima attrezzatura che si sarebbe ripagata da sola. La gente, per qualche motivo, amava i cupcake rotanti. «Ma il mio tempo vale qualcosa, Car.»

«Lo so. Ecco perché le ho fatto pagare il settantacinque percento del deposito dell'attrezzatura. Più economico per lei e una possibilità per te di vendere i nostri servizi ai suoi ospiti mentre guadagni facendolo.»

Lara indossò un paio di guanti in lattice per non macchiarsi le dita quando avrebbe aggiunto il colorante alimentare alla pasta di zucchero. «Non posso fare pubblicità mentre sto lavorando al suo evento.»

«Certo che puoi. E non è proprio fare pubblicità. Sarai lì solo per rispondere alle domande sui nostri servizi se qualcuno chiede. Come lasciare in giro dei depliant, ma più interattivo. Tutto quello che devi fare è essere te stessa e ti garantisco che otterremo delle referenze.»

Lara scosse la testa. Tutto quello che voleva fare era cuocere e creare. Far sorridere le persone. Ecco perché si era messa in società con Cara che non sapeva distinguere la pasta di zucchero dalla crema al burro, ma sapeva come darsi da fare e assicurarsi che le bollette fossero pagate.

Aggiunse il colorante alimentare al fondente bianco. La torta di inaugurazione della casa della signora Keswick doveva abbinare le persiane della sua nuova abitazione. Tanto che la signora Keswick ne aveva fatta mandare una dal costruttore. Lara avrebbe fatto del suo meglio per farla combaciare. «A che ora venerdì prossimo? Ho la festa di compleanno di Marcella Sloan nel tardo pomeriggio.»

«Lo farò io. È solo una consegna.»

«Non esattamente, Cara. C'è bisogno di qualche preparazione sul posto.»

«Allora insegnami. Se so destreggiarmi con i numeri, sono sicura di poterlo fare anche con gli accessori.»

«Vieni qui allora e ti darò una lezione su come lavorare con il fondente perché dovrai usarlo per coprire la base dei girasoli.» Marcella, sei anni, avrebbe avuto un tea party in giardino e sua madre voleva che la torta *fosse* un giardino. Uno a grandezza naturale, con pervinche, margherite e rose, tutte cose che Lara poteva attaccare prima della consegna, ma i girasoli erano tutta un'altra questione. Aveva preparato i supporti in PVC nella base per i "gambi" di bambù, ma Cara avrebbe dovuto coprirli con "erba" di fondente sul posto.

«Dammi dieci minuti,» disse sua cugina, tirando fuori una matita da dietro l'orecchio. «Devo dare un elenco di ingredienti alla donna del beneficio da pubblicare così le persone possono controllare le allergie, e ho chiamate in sospeso con una mezza dozzina di quei biglietti da visita che hai riportato dall'expo e voglio mettermi in contatto con loro.»

Lara non aveva bisogno di ulteriori promemoria sull'expo perché non era riuscita a togliersi Gage dalla testa. Era persino arrivata al punto di controllare il suo sito web, www.BeefCakeIncorporated.wordpress.com, durante il fine settimana. Sì, non era orgogliosa di se stessa, ma ciò che nessuno sapeva non le avrebbe fatto male.

E comunque non c'erano molte foto di Gage. La maggior parte dei video e delle immagini erano dei ragazzi. La pagina Chi Siamo aveva uno scatto di lui e del suo socio, ma erano in abiti eleganti, dall'aspetto aziendale e professionale. Un'immagine così diversa da Mr. B.N.A.

Lara si passò l'avambraccio sulla fronte. Avrebbe dovuto alzare l'aria condizionata. Era una battaglia costante con Cara per contenere i costi cercando al contempo di evitare che le torte e le glasse si sciogliessero.

E ora lei. Doveva tenere i pensieri di Gage fuori dalla sala di lavoro.

«Allora hai visto gli spogliarellisti mentre eri lì sabato?» Cara pinzò un mucchio di fogli e li infilzò sul suo puntaspilli per le fatture. «Ho sentito che sono stati il successo dell'expo.»

«Nessuno si è spogliato completamente.» Beh, sabato...

Cara le sorrise. «Hai prestato attenzione, eh? Non avrai per caso preso qualcuno dei loro numeri, vero?»

Lei aveva preso il *suo* numero eccome... «Per cosa? Per tenerci intrattenute mentre lavoriamo?»

Cara sorrise e agitò le sopracciglia. «Ehi, non giudicare finché non ci hai provato.»

Lei ci *aveva* provato - e si era addormentata nel farlo.

Dio, se Cara l'avesse mai scoperto, non se ne sarebbe mai dimenticata.

«Ho sentito che erano gli stessi che erano al club per l'addio al nubilato di Jenny.»

«Non è sorprendente. Dubito che questa città possa sostenere molti spettacoli di spogliarellisti maschi, quindi non è davvero sorprendente che siano gli stessi.»

«Hmmm.» Cara si toccò il labbro.

«Cosa?»

«Quelle erano parecchie parole per dei ragazzi sexy. Non sarai mica passata al loro stand, vero?»

Lara si pulì di nuovo la fronte con l'avambraccio, ma questa volta non era per togliersi nulla dagli occhi. Questa volta era tutto per non guardare Cara. Erano praticamente cresciute insieme; Cara sapeva leggerla come un libro aperto, e il rossore sulle sue guance era sicuramente una prova lampante.

«Vedi quella pila di biglietti da visita?» chiese, sperando di ribaltare la situazione su sua cugina. «Quando pensi che abbia avuto il tempo di guardare i partecipanti?»

«Peccato. Devi uscire di più. Guardarti intorno. Solo perché Jeff era uno stronzo non significa che tutti gli uomini lo siano.»

«Questo da te? La donna che categorizza gli uomini in base alla grandezza delle loro mani?»

«Ehi, almeno io so a cosa serve un uomo. Tu sembri averlo dimenticato.»

Oh no, non l'aveva dimenticato. Aveva rivissuto l'incidente della camera d'albergo di Gage a colori ogni minuto degli ultimi sedici giorni.

«Pensavo fossimo concentrate sul rendere questo business un successo? Chi ha tempo per uscire?»

«Uscire e fare sesso non devono per forza andare di pari passo.»

«Sai, Car, solo perché un ragazzo si spoglia per le mance non significa che sia disponibile per essere ingaggiato per qualcos'altro. Anche queste cose non vanno necessariamente di pari passo.»

Cara si toccò di nuovo il labbro, questa volta con un piccolo sorriso che appariva.

«Cosa?»

Il sorriso di Cara si allargò. «Niente.»

Non era niente. Lara poteva sentire gli ingranaggi che giravano nella testa di Cara. «Sputa il rospo, Car.»

«Beh, sei stranamente loquace su un argomento di cui avremmo dovuto smettere di parlare paragrafi fa.»

Lara sbuffò. «Certo. Altrimenti ti saresti chiesta perché mi sono chiusa a riccio e avresti fatto più casino di quanto ce ne sia. Guarda, Car, i ragazzi erano sexy. Ovvio che ho guardato. Proprio come abbiamo guardato tutte alla festa di Jenny. È per questo che i ragazzi erano *lì* . Per essere guardati. È il loro lavoro. Proprio come questo-» Agitò il mattarello intorno alla sala di lavoro - «è il nostro lavoro. Quindi a meno che tu non voglia mettere una voce nella lista delle spese per l'intrattenimento sul lavoro, non so perché dovremmo continuare a parlarne.»

«Ho sentito che hai lasciato presto la festa di Jenny.»

Dannazione, Cara era sempre stata in grado di cambiare argomento in un batter d'occhio senza nemmeno battere ciglio.

«Te l'ho detto, ero stanca. Avevo lavorato a tre feste quel giorno, più la torta di Jenny. Ero distrutta.»

«Sì, ma Jenny ha detto che aveva chiamato la tua stanza e non avevi risposto.»

Lara fece una smorfia. «Sambuca. La pozione del sonno per eccellenza.»

«Accidenti. Speravo che avessi agganciato il tipo con cui stavi ballando e avessi avuto una notte di sesso selvaggio.»

Lara non riuscì a trattenere una risata. «Sì, anch'io, ma mi dispiace, non sono così avventurosa.»

Nessuna parte di quella dichiarazione era una bugia. Purtroppo. Avrebbe *voluto* aver fatto del sesso selvaggio e appassionato, ma Gage le aveva assicurato che non era successo.

Era propensa a credergli. Non aveva mai fatto del sesso selvaggio e appassionato prima e era abbastanza certa che ci sarebbero stati alcuni dolori muscolari la mattina dopo se l'avessero fatto.

Ancora non poteva credere che fosse stato così gentiluomo. Non l'avrebbe biasimato se l'avesse semplicemente lasciata nel corridoio o su una panchina da qualche parte. Avrebbe potuto essere abbastanza gentile da contattare la reception e loro avrebbero potuto trovare la sua stanza, oppure avrebbe potuto riportarla al club e lasciarla con le sue amiche. Ma l'aveva portata nella sua stanza e l'aveva lasciata sola.

Anche se *l'aveva* spogliata...

Le sue guance ricominciarono ad avvampare. E Cara la stava guardando un po' troppo da vicino.

«Avresti dovuto farlo, sai. Provare qualcosa di nuovo. Non tutti gli uomini sono come Jeff».

«Non voglio parlare di Jeff».

«Non lo fai mai».

«Con buoni motivi».

«Sì, ma se gli permetti di chiuderti così, gli stai dando potere. Non lo supererai mai se non lo esorcizzi».

Le sarebbe piaciuto esorcizzarlo, certo. Palme brucianti, zuppa di piselli, una o due bambole voodoo... «Ho superato Jeff, Cara. Credimi, non occupa più alcuno spazio nella mia mente».

«Continua a ripetertelo e forse inizierai a crederci. Ma ti ho vista intorno ai ragazzi; non dai retta a nessuno di loro. Quando Jenny mi ha detto che stavi effettivamente ballando con un ragazzo molto attraente alla sua festa, sono quasi caduta dalla sedia».

«Beh, grazie per la fiducia».

«Oh, tesoro, ho fiducia che tu possa attirarli. Solo che non sono così sicura che tu riconosca quando sono attratti da te. Dobbiamo davvero trovarti qualcuno che ti restituisca ciò che Jeff ti ha rubato. Qualcuno che possa insegnarti a vivere».

Immagini di Gage - nudo, Cowboy, che flirta, che cammina con disinvoltura - le balenarono davanti agli occhi. Lui potrebbe sicuramente insegnarle alcune cose.

Sollevò la pasta di zucchero stesa. «Possiamo rimandare questa discussione, non so, di altri due anni fino a quando questo posto sarà autosufficiente? Ho tre ordini da completare oggi e altri ottocento petali di rosa da fare. Più la tua lezione sulla pasta di zucchero».

«Va bene. Fai come vuoi. Prima il lavoro».

«Sei tu quella che insiste sempre sul fatto che il lavoro viene prima, Cara».

«Da quando mi ascolti?» Cara agitò le mani. «Allora, quando arriva la nostra stagista? Quei petali di rosa dovrebbero tenerla occupata per un po'».

Avevano organizzato uno stage con la scuola tecnica locale per ottenere la manodopera che potevano permettersi - gratis - in cambio di esperienza pratica. E, si sperava, al momento della laurea di Jesse, sarebbero state in grado di assumerla.

Lara guardò l'orologio. «Tra circa mezz'ora. Quindi lasciami finire di ricoprire queste torte con la pasta di zucchero così posso preparare tutto prima che arrivi e poi ti insegnerò quello che devi sapere».

Cara mosse le sopracciglia in modo suggestivo. «Ma chi insegnerà a *te* quello che devi sapere?»

Nove

Gage entrò con l'auto nel vialetto della villa di J.C. McCullough. Tetto a timpano, facciata in pietra, giardino curato professionalmente con un prato manicurato che sembrava poter fungere da campo da golf e, naturalmente, un garage per quattro auto.

Solo quattro? Dove parcheggiava il suo cart da golf?

Parcheggiò il furgone dietro le tuie per nasconderlo alla vista dalla strada. La maggior parte delle case di lusso aveva uno schermo del genere proprio per i contractor che assumevano.

Prese l'iPad, la cartelletta e il metro a nastro, si calcò in testa il cappellino della Tomlinson Contracting e scese dal furgone. Teneva un cambio di vestiti lì per le visite ai clienti dopo una giornata di lavoro, quindi la polo rossa e i pantaloni color kaki erano un abbigliamento appropriato, e si era cambiato gli scarponi da lavoro con un paio pulito, anch'essi nel furgone proprio per questo scopo. Niente di meglio che trascinare lo sporco del cantiere per casa di qualcuno dopo una giornata in cantiere per perdere un lavoro.

Suonò il campanello di McCullough e non si sorprese quando ad aprire fu una donna anziana con un vestito nero e un grembiule bianco.

«Salve, sono Gage Tomlinson. Ho un appuntamento con J.C. McCullough».

«Sì, il signor McCullough è sul patio. Ha detto che il cancello della piscina è aperto e che può passare di lì».

Gage si morse il labbro. L'ingresso della servitù. Aveva capito.

Sì, quel tipo aveva *stronzo* scritto ovunque; non lo aveva giudicato male.

Ma, ancora una volta, i soldi di uno stronzo valevano quanto quelli di chiunque altro.

Trovò McCullough su uno splendido patio in pietra, intento a leggere il giornale, a cenare con una costata di manzo, con un bicchiere di qualcosa di ambrato accanto. Cosa non avrebbe dato Gage per potersi permettere un posto del genere. La piscina sembrava un laghetto privato, completo di cascata e vasca idromassaggio, che avrebbe fatto meraviglie per la fisioterapia di Connor, e il patio aveva un'area cottura integrata con un forno per la pizza a legna. La dependance della piscina, completa di bar, era il ritrovo perfetto per le feste. La festa di McCullough del nove sarebbe stata fantastica.

«Tomlinson». McCullough posò la forchetta e piegò il giornale. «Grazie per essere venuto. Come può vedere, c'è solo un posto per un gazebo. Là». Indicò il lato sinistro della piscina. «Vorrei che potesse ospitare da sei a otto persone, se possibile».

La giusta quantità di denaro poteva rendere possibile qualsiasi cosa.

Gage prese il metro a nastro dalla cintura, sperando che il movimento nascondesse il rumore del suo stomaco che brontolava. Il pranzo era stato molto tempo fa e quella bistecca profumava di delizioso. «Mi lasci prendere alcune misure, poi ne parleremo».

McCullough annuì, aprì di nuovo il giornale e tornò alla sua cena.

Gage prese le misure e le sovrappose alle foto che aveva scattato con l'iPad per dare a McCullough un'idea preliminare di ciò che stava proponendo. Aveva scoperto che fornire al cliente un rendering personalizzato aiutava con le aspettative.

Si prese il suo tempo, volendo ottenere le relazioni spaziali corrette, ma anche volendo dare al tipo la possibilità di finire il suo cibo perché sbavare sulla cena di un cliente era anche propizio a mandare a monte un lavoro.

Quando McCullough posò la forchetta, Gage tornò indietro e si sedette al tavolo. Mise il tablet con il suo mock-up davanti a McCullough. «Che ne dice di questo? Abbiniamo la pietra del patio e la portiamo avanti attraverso le pareti di base e i supporti del tetto. Userò blocchi di cemento per l'interno, poi li ricoprirò con la pietra. Immagino che voglia che il tetto si abbini alla dependance della piscina, giusto? L'ardesia è un ottimo prodotto per questo tipo di struttura».

«Ovviamente. Voglio il meglio».

Nessuna sorpresa. Gage trattenne il sorriso. Il tipo voleva sicuramente questo per vantarsi, o per una cosa tipo tenere-il-passo-con-i-Jones, il che andava benissimo per lui. Più di alta gamma era il design, maggiore era il profitto. «Ardesia sia. Aiuterà anche con la manutenzione, dato che è minima. Un esborso maggiore all'inizio, ma si pareggia nel lungo termine».

McCullough prese un sorso dal suo bicchiere. Doveva essere brandy; un tipo come lui avrebbe bevuto brandy con il pasto. Probabilmente tirava fuori il Porto e i sigari con il dessert. «Il denaro non è un problema. Il tempo e l'aspetto lo sono. Questa è la mia festa di fidanzamento e voglio che sia perfetta per la mia fidanzata».

Gage ebbe la strana sensazione che l'aspetto e il fatto che il denaro non fosse un problema avessero molto più a che fare con il fidanzamento che con il gazebo.

Dio, era cinico. Perché il tipo non poteva avere una fidanzata che lo amava per quello che era e non per i suoi soldi?

Perché questo tipo era amabile quanto i mobili in ferro battuto su cui era seduto.

«D'accordo, ho quello che mi serve. Preparerò un preventivo e glielo invierò via email entro domani pomeriggio. Va bene?»

McCullough annuì e aprì di nuovo il giornale. «Lo attenderò con interesse».

Lo stronzo non gli strinse nemmeno la mano per salutarlo.

Dieci

«Pronta a stupirli con i tuoi cupcake, cugina?» Cara collegò l'espositore a forma di ruota panoramica alla ciabatta elettrica fissata con del nastro adesivo tra gli stand dell'evento di beneficenza nel bel mezzo del campo da football del centro comunitario.

Lara dovette resistere all'impulso di guardare i suoi *cupcake*. Poteva ancora sentire il tono canzonatorio di Gage quando l'aveva chiamata così all'esposizione.

Dovette anche resistere alla tentazione di sorridere al ricordo. Cara avrebbe fatto domande e, beh, non voleva davvero condividere. Era passato molto tempo da quando flirtare era stato divertente, e con Gage lo era decisamente.

«Lar? Ci sei, tesoro?» Cara la punzecchiò. «So che la festa dei Simpson ieri sera è finita tardi, ma oggi dobbiamo essere al top. È la nostra più grande occasione finora.»

«Sto bene. Nessun problema.» Riportò la mente al qui e ora, dato che Gage era acqua passata. «Mi passi i cupcake con i loghi delle squadre sportive, per favore? Mi aspetto che oggi andranno alla grande.»

Dato che l'evento di beneficenza era per un bambino di sei anni, pensava che lo sport fosse una scommessa sicura, visto che spesso i bambini si rifiutavano di toccare cupcake "da femminucce".

Gage non lo farebbe. Lui sarebbe tutto *preso dai cupcake di una ragazza-*

Oh, Signore. Poteva smettere di pensare a lui una buona volta? Era una storia di una settimana fa e, a parte quel momento di debolezza in cui l'aveva cercato online, aveva davvero cercato di dimenticarlo.

Ovviamente non ci stava riuscendo.

Quando lei e Cara finirono di allestire il resto dello stand, c'era già una fila in attesa. Il cibo era sempre un'attrazione in eventi come questi. Lara si era assicurata di portare il doppio della quantità che normalmente avrebbe portato. Cara aveva progettato nuove brochure per catturare l'attenzione locale e le distribuiva all'inizio dello stand. Lara poi li attirava con assaggi al centro, e la lista per la newsletter si trovava alla fine, tutta sola, implorando indirizzi email, che quasi tutti stavano compilando volentieri.

«Devo correre in bagno», disse Cara durante una pausa. «Pensi di poter gestire da sola?»

«Nessun problema. Sto solo per rifornire il tavolo. Puoi prendermi una limonata al tuo ritorno?»

«Certo. Ci vediamo tra poco.»

Lara si chinò per aprire un'altra scatola di cupcake. Aveva scoperto che le persone erano meno propense ad avvicinarsi a uno stand se l'allestimento era scarso, quindi portava sempre più di quanto pensava fosse necessario. Aveva sbagliato i calcoli solo una volta.

«Ehi, Cupcake.»

Fanne due.

Lara alzò lo sguardo. Gage il cowboy era in piedi al suo tavolo. Senza cappello, chaps o stivali, ma era sicuramente lui. Quegli occhi acquamarina erano unici. E così era il suo effetto su di lei.

Si trattenne dal passarsi una mano tra i riccioli per assicurarsi che fossero gestibili. L'umidità lo rendeva comunque inutile, e non c'era motivo di attirare l'attenzione su quel disordine indomabile quando lui sembrava *molto* ben messo con pantaloncini blu navy, una camicia bianca abbottonata e un sorriso.

Signore, quel sorriso. Quell'uomo poteva riscaldare un paese del terzo mondo con la potenza che sprigionava.

«Eh, ciao. Tu, cioè, la tua azienda sta partecipando all'evento di beneficenza?» Avrebbe pensato che gli spogliarellisti fossero troppo audaci per un evento comunitario, ma forse gli organizzatori contavano sul fattore attrazione.

«No. BeefCake non è esattamente appropriato per questo pubblico.»

Vero. Era più adatto al pubblico delle feste di addio al nubilato a base di Sambuca - di cui ora faceva parte anche lei, suo malgrado.

«Sono qui perché sono lo zio di Connor.»

«Connor Nelson? Il bambino per cui si fa la beneficenza?» Non sapeva perché fosse sorpresa; Gage aveva certamente diritto ad avere una famiglia. Semplicemente non aveva pensato a lui in quel modo.

Forse perché stava pensando a lui in altri modi, inappropriati.

«Sì, Connor è mio nipote. Sto facendo il giro di tutti gli sponsor per ringraziarli personalmente per l'aiuto a lui e a mia sorella. Ne hanno davvero bisogno e apprezzano molto quello che state facendo. Tutti noi lo apprezziamo.»

La sua voce si era ispessita in un modo che non aveva nulla a che fare con il flirtare, e le fece venire voglia di confortarlo. Gli prese la mano. «Sono felice che possiamo aiutare. Spero che tutto vada per il meglio per tutti voi e che Connor si riprenda.»

Lui le strinse le dita. «*Deve* farcela.»

«Se c'è qualcosa che posso fare, non devi far altro che chiedere.»

«Grazie. È stato...» Distolse lo sguardo. «È stato difficile.»

Non poteva immaginare cosa stessero passando. Era già abbastanza brutto l'incidente e le ferite, ma poi lo stress aggiuntivo delle crescenti spese mediche; non c'era da meravigliarsi se Gage fosse teso.

Non c'era nemmeno da meravigliarsi se voleva confortarlo. Nonostante tutto il suo scherzare e flirtare, c'era qualcosa di molto reale in Gage. Qualcosa che la attirava.

No no no. Non avrebbe percorso di nuovo quella strada. Aveva un'attività di cui occuparsi. Un ego ferito da rimettere insieme. Autostima da ricostruire. Da sola e per se stessa; *non* a causa di un uomo.

«Ehi, vuoi un cupcake?» Gli porse uno di quelli "da femminucce". Quelli che aveva preparato, cioè. Non gli altri-

Mise un coperchio su quel pensiero.

Ma la sua domanda gli strappò un sorriso, proprio come aveva sperato.

«Rosa e strass? È questo che pensi di me?» chiese, con il suo sorriso che faceva il suo speciale genere di danni.

«In realtà sono piccole caramelle di zucchero, ma ti ho fatto sorridere, no?»

E *questo* lo fece ridacchiare. «Dammelo. Sono sicuro che è fantastico indipendentemente da come l'hai decorato.» Tolse la carta rosa shocking e ne prese un morso.

Non avrebbe proprio dovuto guardarlo mentre lo faceva.

Lui chiuse gli occhi mentre la sua lingua faceva un rapido passaggio sulle labbra e gemette. Tutte cose che si era persa quella notte ubriaca.

«Wow, Lara. I tuoi cupcake sono spettacolari.»

Non avrebbe menzionato l'episodio di Seinfeld. Non l'avrebbe fatto.

Ma ci avrebbe pensato.

«Sono contenta che... uhm... ti piaccia». Tornò a riempire il tavolo. E la ruota panoramica. E, che diamine, mise fuori anche più brochure. Qualsiasi cosa pur di non guardarlo leccare la crema al burro rosa shocking dalle labbra.

Non ebbe molto successo neanche in quello. Soprattutto quando lui si leccò le dita.

Dov'era sua cugina con quella dannata limonata? Lara aveva bisogno di rinfrescarsi al più presto.

Gage appallottolò l'involucro e lo lanciò - due punti, naturalmente - nel cestino dietro di lei. «Ehi, grazie. Per il cupcake e per la partecipazione».

«Prego. Come ho detto, spero che aiuti».

«Sono sicuro che sarà così».

«Bene».

«Sì».

Ok, ora era imbarazzante. Soprattutto perché lui aveva un minuscolo po' di crema all'angolo della bocca e lei voleva davvero, davvero essere quella che gliela leccava via.

«Cupcake!» Lo strillo interruppe il momento imbarazzante, grazie al cielo. Così come il centinaio o giù di lì di bambini del campo estivo che si riversarono in massa sul suo stand.

«Voglio gli Eagles!»

«Lakers!»

«Nah, dammi i Cowboys!»

A Lara non sarebbe dispiaciuto un certo cowboy...

Distolse la mente da Gage e si concentrò sui preadolescenti affamati che richiedevano ogni squadra che aveva fatto, il che non sarebbe stato un problema se avesse potuto ricordare quale logo andasse con quale squadra. Sebbene apprezzasse lo sport, questo stava mettendo alla prova le sue conoscenze.

Per fortuna, Gage intervenne per aiutare, afferrando cupcake a destra e a manca per soddisfare la domanda. «Chi vuole i Marlins?» Sollevò il cupcake come un banditore d'asta.

Sei bambini alzarono le mani.

«Io voglio i Dolphins!» urlò un altro.

«Cos'è un marlin?» chiese un altro ancora.

«È una squadra di baseball, stupido. E i Dolphins giocano a football».

Una ragazza scosse la testa. «Niente affatto. Un marlin è un pesce grosso. Mio padre ne ha pescato uno una volta».

«E i delfini sono mammiferi», disse un'altra ragazza, questa tutta agghindata di rosa e gioielli. «Sono più intelligenti della maggior parte delle persone».

Lara aveva il cupcake perfetto per *lei*. Le consegnò il gemello di quello che aveva dato a Gage.

Lui alzò le sopracciglia verso di lei e sorrise.

«Qualsiasi cosa è più intelligente di te», ridacchiò uno dei ragazzi, e i suoi compari risero con lui quando il viso della ragazza si rabbuiò.

Lara stava per dire qualcosa quando un ragazzo allampanato si fece strada tra la folla e affrontò il bullo. «Ehi, Miller, attento».

«Cosa vuoi fare al riguardo, Greeley?» Miller incrociò le braccia con un ghigno che fece venire la pelle d'oca a Lara.

«Questo».

Non avrebbe mai pensato che Greeley ne fosse capace, ma colpì Miller al braccio.

Fu una decisione molto sbagliata. Miller e i suoi tirapiedi si gonfiarono di rabbia pre-puberale che poteva mancare di testosterone, ma non di molto.

Stava per mettersi male quando Gage abbaiò un «Fermatevi subito, ragazzi!» e corse fuori dallo stand per mettersi tra i due ragazzini. «Ehi, calmatevi. Questa dovrebbe essere una giornata piacevole e rilassante. Non sono ammesse risse».

«Ha iniziato lui», disse Miller, petulante.

Gage lo squadrò. «Non andiamo su quella strada. Eri altrettanto colpevole. Parliamo invece di cosa riguarda la giornata di oggi».

«Un ragazzino è stato investito da un'auto». Miller liquidò la cosa come se non fosse un gran che.

Lara poté vedere il dolore affiorare negli occhi di Gage, ma lui lo represse.

Il suo cuore andò a lui. Oggi era personale per lui a un livello molto reale.

«Quel ragazzino è un bambino di sei anni di nome Connor. Voi ragazzi vi ricordate com'era avere sei anni?»

I saggissimi decenni annuirono solennemente. Lara dovette nascondere il suo sorriso. Gage era davvero bravo con loro.

«Awww, è solo un bambino», disse la ragazza rosa e gioielli, ora guardando adorante il suo cavaliere in parastinchi luccicanti.

Quanto era male che Lara fosse gelosa di una decenne con la sua prima cotta?

«È vero, Connor *è* il bambino di qualcuno», disse l'oggetto della *sua* cotta, accovacciandosi per essere al loro livello. «Sua madre lo ama moltissimo. Proprio come i vostri genitori amano voi. Ed è molto triste che si sia fatto male quando qualcuno lo ha investito con la sua auto. Non può camminare e può usare solo un braccio a causa delle sue ferite. Quindi abbiamo organizzato questa giornata per le famiglie con l'aiuto di tutte queste persone premurose negli stand per raccogliere fondi per le spese mediche di Connor, così che possa concentrarsi sul migliorare invece di preoccuparsi di non ricevere le cure adeguate. Come vi piacerebbe essere bloccati su una sedia a rotelle tutto il tempo e non potervi muovere a meno che qualcuno non vi aiuti?»

Miller e i suoi adulatori annuirono saggiamente. «Sarebbe uno schifo».

In una parola, sì, lo sarebbe. Lara dovette trattenere le lacrime mentre ascoltava Gage. Stava parlando loro al loro livello senza permettere all'emozione che sapeva stesse provando di offuscare la sua voce.

«È vero, fa schifo, ehm, è brutto per Connor. Non può fare nulla da solo, e non può uscire a giocare con i suoi amici. Persino mangiare uno di questi cupcake sarebbe difficile per lui perché non può toglierlo dalla carta da solo. Quindi che ne dite di trattarci gentilmente a vicenda e tutti avranno un cupcake senza spargimento di sangue, okay?»

I litiganti si strusciarono i piedi. «Sì, immagino», borbottò Miller.

«'Kay», disse Greeley, la cui mano era in qualche modo migrata in quella della ragazza gioielli.

Le labbra di Lara ebbero un fremito. Ah, il giovane amore.

Gage si alzò e la guardò.

No. Non ci sarebbe andata.

«Bene. È sistemato». Gage afferrò le spalle dei ragazzi. «Ora diamo a tutti un cupcake».

Dopo di che, i bambini si comportarono bene, mettendosi in fila ordinata e aspettando ciascuno il proprio turno. Gli animatori esausti ringraziarono Gage mentre chiudevano la fila.

«È stato incredibile», disse Lara quando il gruppo se ne andò.

«Sì, volevano davvero i cupcake. Li hai quasi finiti».

«Non quello». Lara afferrò una delle scatole che avevano svuotato e la piegò per dare alle sue mani qualcosa da fare invece di migrare verso la mano di *lui* come aveva fatto Greeley. «Intendevo te. Come li hai gestiti. Sei davvero bravo con i bambini».

Lui scrollò le spalle. «Viene dal trattare con gli adulti, credo. Non immagineresti quante donne devo togliere di dosso ai ragazzi. Poi ci sono i fidanzati o mariti gelosi. A volte può diventare complicato. Almeno con questi bambini, non ho dovuto preoccuparmi di diventare fisico».

«Beh, hai davvero un modo di fare con le persone». Lei inclusa. Poteva sentire la sua determinazione a rimanere distaccata quando si trattava di lui sciogliersi. Per quanto fosse affascinante nella sua modalità da cowboy flirtante, era ancora più pericoloso per il suo equilibrio in questo momento. Questo era il vero Gage ed era una potente miscela di sexy e dolce.

«Sono abituato a trattare con un bambino di sei anni confinato su una sedia a rotelle e spaventato di non uscirne mai. Credimi, posso gestire le emozioni che questi bambini stavano riversando molto più facilmente che affrontare quelle di Connor».

Ed ecco un'altra crepa nella sua armatura.

Gage si pulì le mani con un tovagliolo di carta e segnò altri due punti. «Immagino che dovrei andare. Ci sono molte altre persone che devo ringraziare».

«Grazie a *te* per aver dato una mano».

Le strinse il braccio. «È stato un piacere».

Anche per lei. «Ehm, sì, beh, grazie per essere passato. È stato bello rivederti».

Lui sorrise con un sorriso laterale carino, completo di fossetta. «Anche per me», disse prima di lasciare lo stand, portando via con sé parte della sua determinazione.

Ma mentre lo guardava allontanarsi, voleva gemere. *Grazie per essere passato*? *È stato bello rivederti*? Dimentica oggi; era l'uomo con cui era stata a *letto*. Quello che l'aveva cambiata dal suo vestito alla sua maglietta. Che era stato abbastanza gentiluomo da non approfittarsi di lei (ma che probabilmente stava pianificando di farlo la mattina seguente), e lei lo *ringraziava per essere passato*?

Non c'era da meravigliarsi che non avesse avuto più di due appuntamenti con nessuno dal divorzio se era così che trattava un ragazzo. Non ne meritava altri.

* * *

Ci volle tutto l'autocontrollo di Gage per andarsene.

I tuoi cupcake sono spettacolari.

Buon Dio. Era completamente fuori dal suo elemento. Non avrebbe mai detto nulla di così sdolcinato a una donna se stesse pensando lucidamente, ma evidentemente non lo stava facendo. Le sue emozioni erano tutte in subbuglio oggi, il che non era il momento di stare intorno a una donna che aveva lo stesso effetto su di lui.

Aveva riconosciuto la battuta da quella sitcom e sapeva che anche lei l'aveva fatto, e questo aveva mandato il suo cervello su una tangente su cui non aveva alcun diritto di viaggiare quando suo nipote era bloccato su una sedia a rotelle e affrontava la possibilità di non essere mai più come era prima.

Grazie a Dio quei bambini erano arrivati; aveva bisogno della distrazione. Lara era bellissima anche con il cappello da chef, una cosa difficile da portare per chiunque. Ma i suoi capelli erano una cascata di riccioli in cui avrebbe voluto affondare le dita, e il rossore sulle sue guance per il calore aveva fatto brillare i suoi occhi, e il sorriso che aveva avuto per lui quando lo aveva visto...

Gli piacerebbe pensare che ci fosse più di un semplice "bello rivederti".

Eppure l'aveva lasciata solo con quello. Dov'era il suo fascino? Avrebbe potuto essere più imbarazzante?

Non era mai imbarazzante con le donne. Ma stava cominciando a rendersi conto che Lara non era una donna qualsiasi.

Si passò una mano sulla bocca. Merda. Glassa. Stava facendo mille nel dipartimento impressiona-Lara. Lei era svenuta su di lui, non vedeva l'ora di uscire dal suo stand, aveva lasciato l'expo prima che potesse rivederla, e ora stava camminando in giro con la glassa rosa sul viso oltre alla cosa del "bello rivederti". Avrebbe dovuto tagliare le perdite e andare avanti.

Tranne che, grazie al suo complesso da cavaliere dall'armatura scintillante, l'avrebbe rivista al concerto di Gina il prossimo fine settimana.

Il suo telefono squillò. «Ehi Miss, arrivo subito». Connor era arrivato. Era importante per tutti vederlo, ma lui e Missy dovevano fare attenzione a non esagerare. Per quanto il ragazzo fosse irrequieto, qualcosa del genere avrebbe prosciugato le sue energie.

Diavolo, guarda cosa stava facendo a Gage.

* * *

Lara guardò Gage andarsene e per una volta i suoi pensieri non erano sul magnifico fondoschiena nascosto dai suoi pantaloni.

Beh, non molto.

Stava soffrendo. Era così in contrasto con il ragazzo che conosceva. Non che lo conoscesse. Non veramente. Era attraente, sapeva ballare, possedeva un'attività interessante e poteva flirtare come Casanova, ma non lo conosceva veramente.

Ora sì. O, sapeva un po' di più su di lui di prima. E quello che ora sapeva, le piaceva. Molto.

Si chinò di nuovo sotto lo stand, sia per prendere altri cupcake per riempire l'espositore che per distogliere gli occhi da lui. Non poteva *volere* di piacergli. Qualsiasi cosa tra loro non sarebbe stata pratica. Aveva troppo da fare, troppe ore da dedicare a Cavallo's Cups & Cakes, per anche solo contemplare di abbandonare la sua regola del no-relazioni. Non era come Cara che poteva fare le cose in modo così casual. Era una delle poche differenze tra loro, ma Lara non andava a letto in giro - la notte con Gage a parte. E quella era stata un tentativo indotto dall'alcol di sentirsi bene con se stessa. Logicamente, sapeva che Jeff era quello con il problema, ma emotivamente? Emotivamente, stava cercando una convalida.

E cercando anche Gage, apparentemente, se i flash di memoria che continuavano a presentarsi in momenti inopportuni erano un'indicazione.

«Non ci posso credere».

Questo sarebbe stato uno di quei momenti inopportuni. Jeff.

«Hai davvero fatto questa cosa. A cosa pensavi, Lara?»

Si alzò, questa volta non cercando di lisciare i suoi ricci. Il suo ex marito aveva sempre odiato i suoi capelli quando erano selvaggi e liberi.

«Ciao, Jeff». Le ci volle tutta la sua forza per essere civile, ma non gli avrebbe dato la soddisfazione di vederla piangere disperatamente davanti a lui. Ci era già passata e non l'avrebbe fatto mai più. Bastardo.

«Non posso credere che ti sei ridotta così. Non avresti dovuto procedere con il divorzio, Lara».

«Mi hai tradito. Non avevo scelta».

«Abbiamo sempre delle scelte, Lara».

«E tu hai fatto quella sbagliata quando hai fatto la tua mossa su di lei».

«Lei non significava nulla».

«Il che rende il fatto che tu abbia rovinato il nostro matrimonio per questo ancora più pietoso».

Era la solita vecchia discussione e avrebbe potuto essere una qualsiasi delle dozzine di donne. Avevano visto un bell'avvocato benestante e non si erano curate del fatto che fosse sposato.

Nemmeno Jeff se n'era curato.

Ma Lara sì. «C'è qualcosa di cui hai bisogno o sei venuto solo per prendermi in giro?»

Jeff si passò una mano sull'addome. Era una sua affettazione, cercando di trasmettere un'aria di fascino e sofisticatezza d'altri tempi, ma lei ci vedeva attraverso. Jeff era orgoglioso dei suoi addominali.

Non erano niente in confronto a quelli di Gage.

Fantastico. Non era ciò a cui o a chi doveva pensare mentre affrontava il suo ex marito.

«In realtà, sono venuto per assumerti».

«Assolutamente no». Cara spuntò dal nulla e si incollò praticamente al fianco di Lara. «Siamo già impegnate quel giorno».

Jeff inarcò un sopracciglio verso Cara. Non erano mai andati d'accordo. «Non sai nemmeno di che giorno si tratta».

«Non importa. Per te, siamo impegnate».

Lara apprezzava che sua cugina cercasse di proteggerla, ma la realtà era che avevano bisogno di lavoro, e prendere i soldi di Jeff per fare ciò che aveva sempre voluto fare era qualcosa che la faceva sorridere. «Quando sarebbe, Jeff, e cosa avevi in mente?»

«Lara...»

Le strinse la mano. «Sentiamo cosa ha da dire».

L'evento era esattamente ciò che si aspettava da Jeff. Tutti i suoi tipi da avvocato riuniti per un elegante buffet sulla terrazza sul retro. Chiamava effettivamente il suo patio una terrazza. Non era la casa in cui aveva vissuto con lui - con la sua nuova partnership era arrivato un nuovo indirizzo. Ma l'aveva cercata su Google. Aveva visto la terrazza paesaggistica e la piscina. Un grande mausoleo per un uomo solo - perché, ovviamente, il capriccio del mese non si era mai trasferito lì. Lara aveva sentito da alcune conoscenze comuni che lui era andato avanti. Diverse volte. Se c'era una consolazione nel fatto che l'avesse tradita, era che non gli importava della donna più di quanto gli importasse di lei.

«Prepareremo un preventivo e te lo faremo avere questa settimana, Jeff. Grazie per la tua fiducia».

«Assicurati solo che sia speciale, Lara. Come quella festa che abbiamo fatto catering quando si sono sposati i Garrett. Non posso permettere che la mia festa di fidanzamento sia eclissata da una precedente».

«Fidanzamento?» Merda. L'aveva fatto apposta, cercando di coglierla alla sprovvista.

Ci era riuscito, dannazione, ma non gli avrebbe dato quella soddisfazione. Non avrebbe pianto. Non l'avrebbe infastidita.

E perché avrebbe dovuto? La povera donna che stava per sposare era quella da compatire. E da avvertire. In quest'ordine.

«Sì. Mi sposo di nuovo. Non pensavi che sarei rimasto seduto ad aspettare che tu tornassi in te, vero?»

Cara ringhiò. Letteralmente ringhiò. «Senti, pomposo stronzo...»

Lara afferrò il braccio di sua cugina. «Car, va tutto bene». Guardò Jeff. «Immagino che siano in ordine le congratulazioni. La conosco?»

«Difficilmente. Non frequenti più gli stessi ambienti».

Archiviò la frecciatina. Jeff era un maestro delle frecciatine. «Beh, congratulazioni comunque. Vuoi che parli con lei di ciò che desidera prima di farti il preventivo?»

«Certo. Come se volessi darti la possibilità di avvelenarla contro di me».

«Dovremmo avvelenare te», mormorò Cara.

Jeff la fulminò con lo sguardo.

Lara scosse la testa. «Smettetela, voi due. Jeff, sei sicuro di non volermi far parlare con lei e ottenere il suo parere? È anche la sua festa di fidanzamento».

«Andrà bene qualsiasi cosa io scelga».

Ovviamente l'avrebbe pensato. Perché Lara era stata così. Nulla era cambiato per Jeff tranne il nome.

«Va bene. Come ho detto, ti farò avere un preventivo entro metà settimana».

«Bene. E mi aspetto che ci sia tu sul posto. Non tua cugina». Sogghignò sull'ultima parola prima di andarsene, senza nemmeno guardare Cara. Grazie a Dio, perché lei sembrava pronta a saltargli alla gola.

«Ma che diavolo era quello?» Cara si voltò verso di lei non appena Jeff fu fuori portata d'orecchio. «Sei impazzita? Cosa pensi di fare lavorando per lui? Quel tipo è feccia. Non hai già passato l'inferno per impararlo?»

«Certo che l'ho passato, Cara. Ma questa è una grande opportunità».

«Per farti ferire di nuovo».

«Non quello. Pensaci. Abbiamo bisogno di lavori; Jeff ne ha uno. E vuole che lo faccia io. Pensa di insultarmi mettendomi al lavoro, ma non capisce. Possiamo fargli pagare il doppio e lo pagherà volentieri. Quindi chi è quello che viene usato ora?»

Ci vollero un paio di secondi, ma la luce si accese negli occhi di Cara. «Ma guarda un po', piccola furbetta. Non sapevo che avessi questa vena».

«Nemmeno Jeff lo sa. È questo che lo rende così fantastico. E sarebbe ancora meglio se ottenessimo più lavori dai suoi cosiddetti amici. Questo lo terrorizzerà. Non ci ha davvero pensato bene. Pensa di degradarmi facendomi lavorare per lui, ma non gli piacerà che altra gente mi veda lì, non quando una volta portavo il suo cognome. Non sopporterà la vergogna».

«Tu puoi sopportarla?»

«La cosa è che ero in buoni rapporti con molti dei suoi colleghi, e non c'è niente di vergognoso nel lavorare alla sua festa. Starò bene. Starò più che bene, in realtà. Riderò mentre andrò in banca».

Undici

«Prenderò la costata di manzo, una patata al forno con tutti i contorni, una porzione di anelli di cipolla e una di insalata di cavolo.» Lara chiuse il menu e lo consegnò alla cameriera.

La bocca di Cara si spalancò. «Non mangerai sul serio tutto quello.»

«Sì, invece. Sono affamata.» Aveva lavorato tutto il fine settimana dopo il beneficio per prepararsi alle consegne di questa settimana e aveva saltato il pranzo per dare gli ultimi ritocchi alla torta per l'anniversario dei McBride che avevano consegnato prima di concedersi lo speciale da Donegan's.

«Io prenderò un'insalata della casa.»

«Ah, andiamo, Cara. Non eri tu quella che mi diceva di vivere un po'? Di essere avventurosa?»

Cara la colpì con il menu prima di consegnarlo alla cameriera. «Dubito che qualsiasi cosa nel menu di Donegan's possa essere considerata avventurosa.»

«Oh, non so, quelle "ostriche delle Montagne Rocciose" non sono per i deboli di cuore.»

«E non sono neanche per me, quindi non pensarci nemmeno. Ma forse dovremmo prendere del vino o qualcosa.» Cara giocherellò con la cannuccia nel suo bicchiere di bibita. «Oggi è stata una buona giornata, Lara. Abbiamo ricevuto altre due ordinazioni e un impegno dal centro anziani per la loro giornata a porte aperte. Sta succedendo. Il nostro nome sta iniziando a diffondersi.»

Lara fece un respiro profondo e si appoggiò allo schienale del separé. Proprio la notizia di cui aveva bisogno. Vedere Jeff durante il fine settimana aveva riportato a galla tutto il casino che aveva passato una volta ancora. Aveva cercato di non farlo, ma aveva finito per guardare un film sdolcinato sabato sera, cercando di capire come A) non fosse stata in grado di far funzionare il suo matrimonio, B) fosse stata così stupida da sposarlo in primo luogo, C) avesse rinunciato a ciò a cui aveva rinunciato per qualcuno che non l'aveva apprezzata, e D) dovesse ancora incassare i suoi assegni degli alimenti.

Aveva ripensato alla sua offerta di lavoro. Molto. Le era stata in mente tutto il fine settimana. Ma non voleva tagliare il naso per far dispetto alla faccia. La festa di fidanzamento era un lavoro pagato e la pasticceria era troppo nuova per essere selettiva sui clienti, ma un giorno, le sarebbe piaciuta l'opportunità di rifiutarlo. Chi lo sa? Forse avrebbe ottenuto abbastanza lavoro dai suoi ospiti da poterlo fare.

Ah, beh, poteva sempre sognare.

«Ehi, Joe, come va?»

Ed ecco il ragazzo di cui aveva sognato. Gage era entrato nel locale.

Lo aveva saputo ancora prima che parlasse. Era come se l'aria fosse cambiata. Spostata. I suoi sensi erano diventati più acuti.

Si strozzò trattenendo una risata. Sì, e piccole fate svolazzavano intorno alla sua testa spargendo polvere di fata e filtro d'amore numero nove dappertutto. Dio, era proprio cotta.

«Beh, ciaoooo.» Cara, ovviamente, *doveva* concentrarsi su di lui. «Vedi *quello*, Lara?»

Cara sarebbe rimasta sorpresa di sapere esattamente quanto di *quello* lei *avesse* visto. «Eh, sì. Carino.»

«Tesoro, quello è più che carino. È un pezzo di prima scelta.»

No, era un *pezzo di carne* di prima scelta, ma Lara non aveva intenzione di condividere.

Lara sfregò il polso contro il bicchiere freddo della bibita. «Allora, cosa facciamo per il centro anziani? Torta o cupcake? Tema?»

«Sul serio? Vuoi parlare di lavoro mentre c'è un ragazzo stupendo seduto tutto solo là?»

Lara prese la bibita. «Da quando sei a caccia di uomini? Nick lo sa? E poi, questo non è un locale per rimorchiare; è un ristorante. Chi dice che non stia aspettando qualcuno?»

Oh, Dio, quel pensiero non le era nemmeno venuto in mente fino a quel momento. Avrebbe dovuto. Gage era, come Cara aveva detto così crudamente, un pezzo di prima scelta. Non c'era modo che rimanesse single a lungo. Probabilmente aveva una dozzina di donne in fila, una per ogni sera della settimana e due nei fine settimana.

Di cui lei era stata una.

Prese un grande sorso di bibita. E finì per strozzarsi con un pezzo di ghiaccio.

Cara saltò fuori dal suo posto per darle dei colpi sulla schiena. «Stai bene?»

Il maledetto ghiaccio era incastrato. E non aiutava il fatto che metà del ristorante la stesse guardando.

E, ovviamente, *lui* era in quella metà.

Gage era fuori dal suo posto e tirava Lara fuori dal suo più velocemente di quanto lei si rendesse conto di essere nei guai.

Le avvolse le braccia intorno, affondò il pugno nel suo diaframma e diede uno strattone verso l'alto.

Il cubetto di ghiaccio volò fuori dalla sua bocca.

Lui la girò tra le sue braccia e lei ebbe una visione ravvicinata e personale del paio di occhi più sexy che avesse visto da molto, molto tempo.

«Stai bene, Lara?»

«Adesso sì.» Dio, era bellissimo. Un accenno di barba di fine giornata, i capelli arruffati e quelle sue labbra a distanza di bacio. Indossava una polo e dei pantaloni kaki, e in qualche modo, quell'aspetto era sexy su di lui quanto l'abbigliamento da cowboy e quello che aveva indossato al beneficio.

E la nudità.

Non aveva proprio bisogno di pensare a quello. Non quando Cara li stava osservando come un falco.

In realtà, non aveva bisogno di pensarci punto e basta. Non a causa di Cara, e non a causa di Gage. Ma solo perché.

Cara si schiarì la gola e tese la mano. «Ciao, sono Cara Cavallo. Grazie per averle salvato la vita.»

Ci vollero tre battiti del cuore perché Gage guardasse Cara. Lara li contò.

«Gage Tomlinson.» Fece un cenno a Cara, ma non lasciò andare Lara. «Sono solo contento di essere stato qui per aiutare.»

Anche Lara lo era.

«Vuoi unirti a noi per cena?» chiese Cara.

Lara voleva ucciderla. Non era stata in grado di bere una bibita quando lui era dall'altra parte della sala al bar; non c'era modo che potesse mangiare con lui al loro tavolo.

«Sarebbe bello. Grazie.» Gage srotolò un braccio dalla sua vita, ma tenne l'altro saldamente attaccato. «Va bene per te, Lara?»

Lei annuì. Cosa avrebbe potuto fare, dire di no? Cara non l'avrebbe mai perdonata.

Anche se dagli sguardi che Cara le stava lanciando, avrebbe voluto una spiegazione su come Gage conoscesse il suo nome.

Il che avrebbe portato a come Gage la conoscesse.

Il che sperava non portasse a quanto *bene* Gage la conoscesse. Nel senso biblico.

Beh, tecnicamente, non lo conosceva nel senso biblico. Aveva visto la gloria che era Gage, ma solo da lontano. Una breve distanza, a dire il vero, ma sufficiente per impedire la conoscenza biblica.

Fantastico, stava vaneggiando nei suoi pensieri. Di nuovo.

Si spostò nel separé, poi si spostò ancora quando Gage si sedette accanto a lei.

Cara scivolò sul suo lato con il suo sguardo a occhi spalancati che diceva «mi dirai *tutto* ».

Lara sorrise. Più o meno.

«Allora, Gage». Cara fece una grande scena nell'aprire il tovagliolo e metterselo sulle ginocchia. «Come conosci Lara?»

Gage non distolse lo sguardo da lei. «Ci siamo incontrati all'expo nuziale».

Lara voleva baciarlo. Era davvero un gentiluomo.

Beh, voleva baciarlo per molte altre ragioni, ma era un inizio.

«All'expo?» Cara picchiettò i rebbi della forchetta sul tavolo. «Ti sposi?»

Un lato della bocca di Gage si sollevò in un sorriso. «Non ancora, no. Ero uno degli espositori».

«Davvero. Cosa vendevi?»

Lara alzò gli occhi al cielo. *Ecco che arriva...*

Il sorriso di Gage si allargò completamente. «Servizi per addii al nubilato».

Era un modo per dirlo.

Cara capì immediatamente. «Sei uno degli spogliarellisti?»

Quello finalmente attirò l'attenzione di Gage su Cara. «Il termine ufficiale è ballerini esotici. Quello che i ragazzi si tolgono o non si tolgono dipende interamente da loro. E no, io non ballo».

Oh sì che ballava. Le aveva anche offerto una visione privata.

Lara poteva sentire il calore diffondersi nelle sue ossa, anche se avere Gage incollato al suo fianco poteva avere qualcosa a che fare con questo.

Tenne a freno i suoi ormoni felici prima che Cara si interessasse più di quanto non lo fosse già.

«Scommetto che quel posto è stato una manna per voi se vi è andata bene come a noi con i contatti. Lara ha detto che era invaso dalle donne», disse Cara, tornando fortunatamente in modalità business. Cara era appassionata in tutto ciò che faceva, che si trattasse di gestire l'azienda, o di prendere sul serio un ragazzo, o di insultarne uno. Se si fosse concentrata sull'aspetto commerciale dell'evento, forse si sarebbe dimenticata di interrogare Lara più tardi. Sfortunatamente, dopo averla ascoltata fare a pezzi verbalmente Jeff per tutto il weekend, Lara non ci contava troppo.

«È andata bene», disse Gage, intrecciando le dita sul tavolo.

Mani forti. Capaci. Che avrebbero potuto essere tutte su di lei se non avesse bevuto quell'ultimo shot di Sambuca.

«Sono contento che abbiamo partecipato. Gli organizzatori ci hanno dato filo da torcere all'inizio, ma alla fine è valsa la pena saltare tutti quei cerchi».

«Filo da torcere?»

«Sì. La gente sente cosa facciamo e pensa subito al peggio. Ho dovuto addirittura firmare una clausola che praticamente diceva che non avremmo fatto pagare per servizi privati sul posto».

Cara posò la forchetta. «Stai scherzando».

«Esattamente quello che ho pensato io. Parlando di oggettivazione. Ma lo capisco. Succede spesso. La gente sente cosa fanno i nostri ragazzi e pensa subito a un servizio di escort e tutto il bagaglio che ne consegue. La maggior parte non capisce che è un lavoro come fare il cameriere o il cassiere. La maggior parte dei miei ragazzi sono studenti che vedono la danza come un modo per pagarsi gli studi. Io l'ho fatto e ne sono uscito con pochissimi debiti, ho mantenuto la mia integrità e ho guadagnato soldi facendo qualcosa di divertente. Nessuno dovrebbe avere problemi con questo».

Cara alzò le mani. «Ehi, non sparare al messaggero. Sono tutta per la libera impresa».

E per i ragazzi che ballavano nudi. Cara era decisamente tutta per loro.

La cameriera tornò al loro tavolo con un menu. «Posso portarti qualcosa da mangiare, Gage? I loro pasti sono quasi pronti».

«Ho ordinato al bar, ma se va bene alle signore, puoi portarlo qui».

«Per me va bene», disse Cara.

Lara si limitò ad annuire. Non si fidava ancora di parlare. Come avrebbe potuto mangiare con lui schiacciato contro di lei? I suoi ormoni stavano cantando e dubitava che sarebbe stata in grado di tenere in mano una posata con un minimo di stabilità.

«Ehi, Gage!» Joe, il barista, urlò dall'altra parte della sala. «Telefonata».

Gage tirò fuori il cellulare dalla tasca. «Dannazione. La batteria è scarica. Mi scusate un secondo, signore?»

«Certo», disse Cara-la-loquace.

Lara-la-muta si limitò ad annuire. Di nuovo.

Poi prese un respiro profondo e tremante quando lui scivolò fuori dal separé.

Cara giocherellò con la forchetta. «Sai, non avrei mai pensato che soffocare fosse un modo per acchiappare un ragazzo figo, ma devo dire che l'idea sta crescendo su di me».

Lara alzò gli occhi al cielo. «Sì, certo. Ho rischiato la vita nella remota possibilità che conoscesse la rianimazione cardiopolmonare. Sii realistica, Cara».

«Tesoro, non ce ne sono di più reali di Gage. Hai visto i suoi muscoli?»

Sì. Li aveva visti. Soprattutto i suoi glutei.

«Allora perché non hai sentito il bisogno di condividere che avevi incontrato il proprietario della fabbrica di manzi quando ti ho chiesto di loro?»

«Incontro un sacco di persone a quegli eventi. Ti parlo di ognuno di loro?»

«Qualcuno di loro assomiglia a lui?»

«Beh, no, ma-»

«La mia arringa è conclusa. Allora perché non l'hai fatto?»

Lara mise le mani sotto le cosce. «Non è un grosso affare, Cara. Ci siamo incontrati, abbiamo chiacchierato, ci siamo scambiati i biglietti da visita. È una cosa professionale».

«Non ho visto il suo biglietto da visita nella pila che mi hai dato».

«Non è un potenziale cliente».

«Lara, tutti sono potenziali clienti. E alcuni sono solo potenziali».

«Ecco perché. È esattamente per questo che non te l'ho detto. Sapevo che avresti reagito così».

«Puoi biasimarmi? Voglio dire, è stupendo!»

«Anche Jeff lo era».

«Altra categoria, Lar. Completamente altra categoria».

E così fuori dalla sua portata che questa discussione era ridicola.

Per fortuna, Gage tornò al tavolo proprio in quel momento.

«Tutto a posto?» chiese Cara.

Lui annuì. «Sì, mini crisi familiare sventata. Niente di che».

«Hai una famiglia?» Cara si sporse in avanti.

«Non ce l'hanno tutti?»

Ora sarebbe stato il momento perfetto per informare Cara del nipote di Gage, ma Cara, che non si lasciava mai sfuggire un'opportunità, stava mostrando un po' di décolleté come rappresaglia per averlo tenuto segreto. E dato che Gage era abbastanza alto da avere una visuale perfetta proprio sul décolleté di Cara, avrebbe funzionato, se non fosse che lui stava guardando *lei* , quindi scusatela se non aveva voglia di condividere nulla con Cara in questo momento. Specialmente Gage.

«Tutto bene, Lara? Sembri come se avessi bevuto un paio di shot di Sambuca».

Lei lo fulminò con lo sguardo. Non era giusto.

Mise su il suo sorriso più dolce e incrociò le braccia sotto il seno.

Quello attirò la sua attenzione.

«Ma no, Gage, mi sento benissimo».

«Vuoi che sia io a giudicare?» sussurrò lui.

Uh, sì, lo voleva.

Cara tamburellò sul tavolo per richiamare la sua attenzione su di lei, un gesto per il quale Lara fu profondamente grata. «Intendevo una famiglia come moglie, figli e cose del genere?»

Gage girò bruscamente la testa. «Una moglie? Figli? No. Non io. Non ora.»

Risposta interessante. Quindi non ne aveva ma forse ne avrebbe voluti in futuro? Lara se lo annotò mentalmente per riferimenti futuri.

La cameriera, grazie a Dio, arrivò allora con il loro cibo. La piccola insalatina di Cara sembrava piuttosto patetica accanto alle due bistecche, le patate al forno con i condimenti a parte e due porzioni di insalata di cavolo.

«Ehi, hai preso il mio pasto preferito,» disse Gage, rubandole un anello di cipolla.

Lei gliene rubò uno indietro. «No, tu hai ordinato il *mio* pasto preferito.»

«Beh, voi due mi state facendo venire un po' la nausea con tutto quel cibo. Forse dovrei prendere un tavolo per conto mio.»

Cara, fortunatamente, sapeva quando aveva perso. Le tette tornarono al loro posto e i suoi occhi a raggio traente iniziarono a vagare per la stanza invece che sulla camicia di Gage, e si alzò per "prendersi da bere al bar", frase in codice per vedi-se-puoi-far-succedere-questo-incontro-cugina.

Lara non avrebbe dovuto essere eccessivamente compiaciuta di ciò, ma lo era.

«Quindi va tutto bene con la tua famiglia?» chiese dopo che Cara se ne fu andata.

«Sì. Connor aveva bisogno che dicessi a sua madre che non aveva bisogno del suo aiuto per, uhm, alcune necessità personali.»

«Può farlo da solo?»

Gage scrollò le spalle. «Non sta a me giudicare. È abbastanza grande da volere la sua privacy e, sì, lo capisco. Mia sorella tende ad essere iperprotettiva.»

«Puoi biasimarla?»

«Diavolo, no. Anch'io sono iperprotettivo. È stato... difficile.»

L'aveva già detto prima e Lara aveva la sensazione che ci fosse molto di più che non stava dicendo.

Gage si schiarì la gola e tamburellò con le dita sul tavolo. «Ha bisogno di altri due interventi chirurgici e di molta fisioterapia, ma speriamo in un recupero completo.»

«Spero che il benefit abbia raccolto molti soldi per lui.»

Il sorriso che Gage mostrò non era esattamente pieno di felicità e luce e il cuore di Lara si strinse per lui. Gli mise una mano sul braccio.

Lui non la allontanò. «Il conteggio finale non è ancora arrivato, ma più dei soldi, è stata l'ondata di supporto da parte di tutti. Quando succede una cosa del genere, si tende a volersi chiudere in se stessi e bloccare tutto fuori. Ma non si può. Abbiamo bisogno di aiuto, anche se si tratta solo di pasti o di qualche ora in cui qualcuno può stare con lui per darci una pausa. Questa è stata la parte sorprendente di sabato. Non me l'aspettavo, ma mia sorella ha ora una lista di persone che può chiamare quando ha bisogno di una pausa e io non posso essere presente. È difficile con due lavori.»

«Due?»

Lui coprì la sua mano con la sua. «BeefCake è solo per il dopo orario, ma occupa tanto, se non di più, del mio lavoro diurno. Ma mia sorella ha bisogno di più soldi di quanti ne abbiamo in entrata per le cure di Connor.»

E proprio lì, Lara si innamorò un po' di lui. E non si sarebbe nemmeno rimproverata per questo perché se qualcuno *non* si fosse innamorato di un ragazzo così altruista, ci doveva essere qualcosa che non andava in loro. E non importava cosa Jeff volesse farle credere, non c'era assolutamente nulla che non andasse in lei.

Ma innamorarsi anche solo un po' di lui era un grosso problema.

«Quindi hai davvero intenzione di mangiare tutto quello?» Gage agitò la forchetta sopra il suo piatto.

«Non l'avrei ordinato se non avessi intenzione di farlo.»

«Sembra un sacco di roba per una cosina minuscola come te.»

Doveva proprio continuare a darle motivi per innamorarsi di lui, vero?

«Fidati, posso farcela.»

«Ti va di fare una scommessa su questo?»

«Sul serio? Vuoi scommettere che non posso mangiare tutto questo?»

«Esatto.»

«Ci sto.» Si tuffò nella patata, pronta a cominciare. «Cosa scommettiamo?»

«Un lap dance.»

Lei sputò il boccone di patata. «Un cosa?»

Lui pulì la macchia. «Mi hai sentito. Il primo che finisce vince un lap dance dall'altro.»

«Sento un tema ricorrente con te.»

«Non ti sfugge nulla, eh?»

No, ma lui poteva darle una bella lezione.

«Allora ci stai o ti tiri indietro?» Fece scivolare un pezzo di bistecca in bocca, e sì, lei vide l'azione della lingua che ne seguì, e sì, la fece eccitare.

Cosa diavolo le avrebbe fatto un lap dance se solo guardarlo mangiare le riduceva i nervi in poltiglia?

Sii avventurosa . Le parole di Cara la deridevano.

Un po' come stava facendo Cara dal bar. Le sopracciglia della donna si muovevano a mille all'ora. Dio solo sapeva cosa avrebbero fatto se Cara avesse potuto effettivamente sentire questa conversazione.

Bene. Voleva essere tutto sexy con la sfida del lap dance? In due si può giocare a questo gioco.

Prese un anello di cipolla e lo spezzò a metà. Poi ne infilò un'estremità tra i denti. «Ci sto.» E lavorò quell'anello di cipolla nella sua bocca con le labbra centimetro per gustoso centimetro.

Gage deglutì.

Due volte.

Lei guardò la sua patata e con nonchalance mescolò un po' di formaggio spalmabile, poi ne leccò una forchettata con piccole leccate alla volta.

Gage si agitò sulla sedia.

«Non hai fame?» gli chiese, leccandosi velocemente le labbra.

«Uh, sì. Ce l'ho.»

Quello era decisamente desiderio che ardeva nei suoi occhi, e avrebbe scommesso un lap dance che non era per il cibo.

Buon Dio, cosa le era preso? Lara quasi si strozzò con la successiva porzione di patata. Chi era questa donna che aveva invaso il suo corpo e aveva messo il turbo alla sua libido?

Questa non era lei. Per niente. Invitare pensieri carnali nel bel mezzo del Donegan's in virtù di una patata al forno? Era così diverso da lei quanto accettare una sfida per un lap dance.

Eppure l'aveva fatto.

Ingoiò la patata. L'aveva accettata perché non voleva guardarsi indietro tra anni e pentirsi di non aver accettato l'invito di un ragazzo super sexy. Non significava nulla, non sarebbe diventato nulla, ma ora, in questo momento, era divertente.

Sì, e quello probabilmente era stato il suo ultimo pensiero coerente all'addio al nubilato di Jenny, e guarda come era finita.

«Stai già rallentando?» Le diede una gomitata.

«Assolutamente no.» Si ficcò in bocca un'altra forchettata di patata.

«Tutti i condimenti, anche.»

«Beh, certo. Non c'è altro modo di mangiare una patata al forno.» Immerse i rebbi nel burro e poi li leccò. Uno alla volta.

Gage allungò la mano verso la sua birra e ne bevve un sorso o due.

Lara tagliò un pezzo di bistecca e avvolse amorosamente le labbra intorno ad esso. Oh, e ops... dovette catturare quella minuscola goccolina di sugo che le colava dall'angolo della bocca con la lingua.

Gage allungò di nuovo la mano verso la sua birra.

Lei accennò al bicchiere. «Penso che dovresti mangiare qualcosa».

La sua birra si fermò a metà strada verso la bocca. Così come la forchetta di lei. Non intendeva... Non voleva che lui pensasse...

Si ficcò in bocca una forchettata abbondante di patate. Poi un'altra. E, diamine, perché non una terza?

Bevve metà della sua bibita subito dopo.

Sul serio, quando si sarebbe aperto il pavimento per inghiottirla?

* * *

Gage giurò che il suo cuore si era fermato.

Lara stava *flirtando* con lui. Diavolo, stava facendo molto di più che flirtare - *mangiare qualcosa* ?

No. Assolutamente no. Non poteva intendere quello che lui voleva che intendesse. Non poteva. La donna non riusciva a trattenere un rossore sul viso quando lui la *guardava* semplicemente. Fare *quello* ...

Bevve un altro sorso di birra, si prese il suo tempo per deglutirlo, poi posò il bicchiere. Quindi prese con attenzione il coltello e la forchetta, tagliò un altro pezzo di bistecca e se lo mise in bocca, concentrandosi su quanto fosse buono.

Lei avrebbe un sapore molto migliore.

Si ficcò in bocca un anello di cipolla.

«Allora, ehm, quanto tempo ci hai messo a fare tutti quei cupcake?» In realtà non gli importava, ma aveva bisogno di qualcosa per distogliere la mente

77

dall'immagine di lei con la sua camicia e quel minuscolo tanga rosa che aveva indossato nel suo letto la prima notte in cui si erano incontrati.

L'immagine era stata marchiata a fuoco nel suo cervello.

«Farli non richiede molto tempo. Abbiamo due forni industriali. È la decorazione che ci mette. Ho lavorato a quelli con le squadre sportive per tre giorni di fila».

«Hanno avuto un grande successo».

«Anche quello di Greeley».

Risero, ricordando i ragazzi.

«Quindi qual è il tuo altro lavoro?»

Gage tagliò un altro pezzo di bistecca. «Sono un imprenditore edile di mestiere. Ristrutturazioni, falegnameria, cose del genere. I tempi sono un po' duri in quel settore al momento, quindi BeefCake, beh, ogni piccolo aiuto fa comodo».

«Non deve aiutare il fatto che ti sei assunto l'onere di pagare le spese mediche di tuo nipote».

«Connor non è un peso. Mai».

«Non intendevo...»

Lui espirò. «Scusa. Sono suscettibile quando si tratta di lui. Mia sorella è una madre single - suo padre è un idiota - e io sono tutto ciò che ha».

«Siete solo voi due?»

«No, abbiamo un'altra sorella. È una matricola al college, fortunatamente con una borsa di studio. Stava studiando per diventare insegnante, ma questa cosa con Connor... Sta cambiando la sua specializzazione in medicina». Era così dannatamente orgoglioso di Jayna. Quando i loro genitori erano morti nell'incidente tre anni fa, lei aveva canalizzato il suo dolore nel diventare la migliore studentessa possibile e aveva fatto domanda per ogni college e borsa di studio che poteva trovare. Dopo aver visto cosa Missy non aveva fatto della sua vita, aveva deciso che non avrebbe seguito le orme della sua sorella maggiore.

«E tu? Solo tu e Cara? E che storia è questa dei nomi che fanno rima? Siete gemelle?» Potevano esserlo; si somigliavano abbastanza ed erano più o meno della stessa età. Ma mentre la sinuosa minutezza di Lara lo colpiva in sei modi diversi, la sessualità sfacciata di Cara non lo faceva.

«No, siamo cugine. Nate a tre settimane di distanza. Le nostre mamme pensavano che sarebbe stato divertente fare così con i nostri nomi. Erano migliori amiche crescendo e hanno sposato due fratelli. Una grande famiglia felice a cui piace svernare in Florida sul campo da golf. Migreranno verso nord nelle prossime settimane».

«Nessun fratello?»

Lei scosse la testa e si portò alle labbra un po' di insalata di cavolo. «Ecco perché siamo così vicine. Non solo siamo cresciute come sorelle, ma siamo l'unica che l'altra avrà mai».

Un pezzetto di carota le rimase sul labbro.

Gage voleva succhiarglielo via.

«Stai rallentando?» Non gli importava chi dei due avrebbe vinto la scommessa; era una vittoria in ogni caso, da qualsiasi punto di vista la guardasse. E in realtà, avrebbe potuto vincerla già; questa quantità di cibo non era niente per lui. Ma stava godendo della conversazione e di come lei fosse così determinata a vincere, ed ehi, perdere non gli avrebbe fatto perdere la pelle... del sedere.

«Rallentando? Io?» Si portò alla bocca altra patata - dannazione, il burro le lucidò il labbro inferiore. «Assolutamente no. Vincerò io».

Bene. Gli sarebbe piaciuto resuscitare le sue vecchie mosse solo per lei.

«Cosa succede se finiamo in parità?» Lei finì l'ultima parte della sua insalata di cavolo.

«Ci facciamo un lap dance a vicenda».

Lei fece cadere la forchetta. «Cos'hai con i lap dance?»

«Non ti piacciono?»

«Non lo so, non ne ho mai ricevuto uno».

Fu il suo turno di far cadere la forchetta. «Stai scherzando».

«No. Non è esattamente qualcosa che ho messo nella mia lista dei desideri».

«Nessun ex te ne ha mai fatto uno?»

Ecco di nuovo quel rossore sexy da morire. «Difficilmente. Il mio ex marito non si sarebbe mai fatto beccare a fare una cosa del genere. Eppure dice che sono *io* quella vaniglia».

Ex *marito*? Merda. E *vaniglia*? «Quel tanga rosa shocking che indossavi all'addio al nubilato non era vaniglia».

Lei divenne dello stesso colore di quel tanga. Dio, gliela rendeva così facile.

«Non indossavo tanga con lui. Era la mia dichiarazione di liberazione post-divorzio. Sembrava la cosa giusta da indossare a un addio al nubilato».

«Da quanto tempo sei divorziata?»

«Non abbastanza».

Merda di nuovo. Non voleva essere il Tipo di Passaggio. Non con lei.

«Due anni».

«Per quanto tempo sei stata sposata?» La stimava sui ventinove anni - stimava tutte le donne tra i tardi venti e i primi trenta sui ventinove anni. Lo rendeva un eroe la maggior parte delle volte. Quindi questo collocherebbe il suo divorzio a ventisette anni, un anno perché il matrimonio andasse male...

«Tre anni. Ero giovane e stupida. Lui era più grande e superficiale. Non l'ho mai visto finché non è stato in lizza per diventare socio nel suo studio legale e ha deciso che un socio doveva avere un'amante bionda e slanciata per completare lo stereotipo».

«Mi dispiace». Che il suo ex marito fosse un idiota, non che fosse divorziata.

«A me no. Ho superato Jeff. Mi sto concentrando sul rendere la pasticceria un successo».

Probabilmente per farlo rodere all'ex, ma Gage lo capiva. Avrebbe voluto sfregargli il pugno in faccia, anche se probabilmente doveva ringraziarlo per averla rimessa in circolazione così che Gage potesse trovarla.

Lei finì la patata al forno prima che lui avesse fatto anche solo un buco nella sua. Lui si infilò in bocca altri due piccoli bocconi, prendendo il suo tempo. Ogni donna aveva diritto ad almeno un buon lap dance nella sua vita.

Lui ne stava pianificando almeno due per lei.

«Ehi, ragazzi». Cara tornò al tavolo. «Nick è qui, e beh, abbiamo delle cose da chiarire, quindi me ne vado. C'è la possibilità che tu possa accompagnare Lara a casa, Gage? Non voglio dover dipendere da Nick dopo la nostra, ehm, discussione».

«Car-»

«Assolutamente. Nessun problema». Abbassò la voce in modo che solo lei potesse sentire. «Momento perfetto per saldare la scommessa».

«Va bene per te, vero, Lara?» chiese Cara.

Doveva darle credito per preoccuparsi di sua cugina, ma non c'era modo che lasciasse andare Lara stanotte.

Lara lo guardò, finalmente con un po' di calore negli occhi invece di imbarazzo. «Sei sicuro?»

«Non l'avrei offerto se non lo fossi».

Lei prese il suo ultimo anello di cipolla. Lui pregò che non facesse di nuovo quella cosa di farlo oscillare tra le labbra. Era riuscito a malapena a rimanere in piedi quando l'aveva fatto la prima volta.

«Sì, va bene, Cara».

«Ottimo». Cara salutò con la mano - con un sorrisetto. «Divertitevi voi due».

Gage voleva rispondere con un sorrisetto. Divertirsi era esattamente quello che aveva in programma di fare.

Dodici

«Quindi credo di doverti qualcosa». Gage aprì la portiera del passeggero e le porse la mano per aiutarla a salire nella cabina. Era contento di non aver speso soldi per le pedane. Lui era abbastanza alto da non averne bisogno, e anche se Lara avrebbe potuto usarle, avrebbe preferito avvolgere le mani intorno alla sua vita e sollevarla dentro.

Ma quando lei saltò su da sola e il suo seno rimbalzò in modo altrettanto impressionante quanto quello di sua cugina nel pub, decise che preferiva guardarla salire da sola.

«No, davvero, Gage, non mi devi nulla. È stato solo divertente fare la scommessa».

Lui non le lasciò andare la mano una volta che fu nella cabina. «Pagarla sarà molto più divertente. Fidati».

I suoi occhi si spalancarono di nuovo e si leccò il labbro inferiore con la lingua.

Dio, voleva farlo lui.

Un piccolo strattone alle sue dita la fece inclinare verso di lui, e diavolo, Gage non riuscì a trattenersi.

Solo un assaggio...

Le sue labbra erano morbide come aveva fantasticato, e sapevano di burro, bistecca e soda. Persino gli anelli di cipolla avevano un buon sapore nella sua bocca. E quel respiro corto che prese... Gli fece ribollire il sangue nelle vene.

Poi lei gli toccò la lingua con la sua e la sua compostezza andò in frantumi.

Gage le avvolse le braccia intorno alla vita e la trascinò sul sedile mentre si posizionava tra le sue cosce, e il bacio divenne carnale. Le infilò la lingua in bocca e le schiacciò i seni contro il petto e se avesse potuto entrarle dentro proprio lì senza essere arrestato per atti osceni in luogo pubblico, lo avrebbe fatto.

L'unica cosa indecente di quel bacio era che doveva finire. Pomiciare in un parcheggio era roba di quindici anni fa e Lara meritava di meglio. Molto meglio.

Si tirò indietro - non troppo perché non aveva ancora intenzione di lasciarla andare - e appoggiò la fronte contro la sua, i loro respiri pesanti si sincronizzarono.

«Non mi scuserò per questo». Non poteva perché non era dispiaciuto.

«Bene».

E lei riuscì a sorprenderlo.

Si tirò indietro, questa volta con gli occhi spalancati. «Davvero? Pensavo che saresti diventata di nuovo rosa e avresti iniziato a balbettare».

«Io non balbetto».

«Allora non ho fatto un buon lavoro nel lasciarti senza parole».

Lei gli tirò i capelli. «Hai davvero un'alta opinione di te stesso, vero?»

Stava scherzando, ma comunque... Poteva abbassargli la cresta se glielo avesse permesso. «Direi una *buona* opinione, non alta. So di avere un effetto su di te; non è vantarsi. Posso vederlo nelle tue pupille dilatate, nel rossore della tua pelle e nel modo in cui respiri».

Lei seguì il suo sguardo mentre lui le guardava il petto. I suoi seni erano maledettamente impressionanti. Della giusta misura per le sue mani - se mai fosse riuscito a mettergliele sopra - e si muovevano in modo molto suggestivo, causando una corrispondente (almeno lui amava pensarlo) protuberanza nei suoi pantaloni chino.

Si appoggiò a lei. «Tu mi fai lo stesso effetto. Che ne dici se andiamo a saldare la scommessa e vediamo cosa succede?»

Lei voleva; poteva vederlo nei suoi occhi. Ma sapeva anche che non l'avrebbe fatto. *Vaniglia* , l'aveva chiamata il suo ex. Ci sarebbe voluto molto più di un bacio in un parcheggio per cancellare quel particolare sapore dalla sua psiche.

Avrebbe potuto sfidarla o baciarla fino a sciogliere quel particolare sapore dalla sua mente, ma non l'avrebbe fatto. Voleva che lei lo desiderasse. Che desiderasse lui. E non perché stava ballando o perché era ubriaca, ma perché vedeva ciò che le piaceva e lo inseguiva.

Avrebbe aspettato.

«Vieni. Ti porto a casa».

Sentì il suo sguardo sbarrato per tutto il tragitto intorno al frontale del suo pickup.

* * *

Lara faceva fatica a elaborare quello che era appena successo. Un momento prima era un mare in tempesta di ormoni, e il momento dopo... niente. Beh, okay, i suoi ormoni stavano ancora facendo capriole, ma lui si era fermato.

Fermato.

Che diavolo significava? Quei pantaloni chino non erano esattamente una cotta di maglia; la desiderava. Aveva *sentito* quanto la desiderasse. E ora se ne stava andando? La stava portando a casa?

Gesù. Jeff aveva ragione? Aveva davvero *vaniglia* scritto in fronte? Un bel adesivo grande e grasso sulla fronte? Gage era probabilmente così all'opposto di *vaniglia* che lei lo aveva spaventato.

Lui tirò fuori la chiave dell'auto dalla tasca dei pantaloni. «Allora, dove andiamo?»

Lei prese un respiro profondo. «A casa tua».

La chiave gli cadde di mano. «Cosa?»

«A casa tua. Dopotutto, mi devi qualcosa». Ecco. Quanto poco *vaniglia* era questo?

«Sei sicura?»

Non aveva nemmeno la possibilità di una goccia di gelato nella salsa di cioccolato calda di essere sicura di questo, ma si era già impegnata. «Tu mi faresti pagare se avessi vinto?»

Lo sguardo ardente nei suoi occhi fu la sua risposta.

«Appunto. Paga o dirò a tutti che ti sei tirato indietro».

Seriamente, chi era questa donna che aveva invaso il suo normale sé *vaniglia* e l'aveva trasformato in piccante peperoncino rosso?

Gage infilò la chiave nell'accensione, tirò il cambio in retromarcia e uscì sgommando dal parcheggio.

Lara si agitò sul sedile, ammettendo pienamente di essere nervosa. Lui la guardava a malapena. I suoi occhi erano incollati alla strada quando dieci minuti prima erano stati incollati a *lei* .

E se fosse rimasto deluso? Dopotutto, non era riuscita a mantenere interessato suo marito. L'uomo che aveva presumibilmente giurato di amarla per il resto della sua vita. Gage aveva donne che gli si gettavano addosso. L'aveva visto di persona. Perché diavolo avrebbe dovuto volere lei?

«Stai pensando troppo».

Il suo accento da cowboy non la eccitava neanche lontanamente quanto la sua vera voce. Perché era la sua. Vera. E intessuta di ogni sorta di toni e inflessioni che le facevano tremare la pelle, e il modo in cui le sue labbra formavano le parole...

Lui le afferrò la mano e intrecciò le loro dita.

Sì, aveva ragione. Stava pensando troppo. Tutto ciò che doveva fare era guardare dove la loro pelle si toccava e capire che non c'era bisogno di pensare. Si piacevano a vicenda. Cosa avrebbe significato in futuro, non lo sapeva. E in quel momento, non le importava. Tutto ciò che voleva esaminare era cosa avrebbe significato per loro lungo *questa* strada.

Svoltò in un vecchio quartiere residenziale. Dopo due svolte a sinistra, stava parcheggiando nel vialetto di una casa a due piani degli anni '70 con un rivestimento più recente, finestre nuove, un garage per due auto e un'altalena di plastica nel cortile sul retro.

«Questa è casa tua?»

«Dei miei genitori. L'abbiamo ereditata quando sono morti.»

L'aveva portata a casa dei suoi genitori.

Certo, *loro* non ci vivevano più, ma questo non era un appartamento da scapolo per incontri occasionali. Questo era il luogo dove era cresciuto. Dove aveva vissuto la sua famiglia. La realtà.

Accidenti. Lei era decisamente *vanilla* . Non poteva insultare questa casa, quei ricordi di famiglia, con un lap dance. Soprattutto il suo primo lap dance.

Lui le aveva già aperto la portiera prima che lei avesse elaborato quest'ultimo pensiero.

Poi le afferrò le braccia con le sue mani forti e l'ultimo pensiero svanì in un'ondata di quel desiderio ardente.

«Ti avevo detto di non pensarci troppo.»

Il desiderio si affievolì. «Non posso farne a meno. Questo... La tua camera da ragazzo è ancora come quando vivevi qui? Trofei, poster e guantoni da baseball?»

Lui distolse lo sguardo. «Non è così. Cioè, sì, la mia camera è ancora la stessa, ma ora dormo nella camera padronale.»

La stanza dei suoi genitori. Lei alzò le sopracciglia.

«L'ho ristrutturata. Sto rinnovando tutta la casa. La sto modernizzando. Sto cancellando com'era prima.»

Ma non si sarebbe mai liberato dei ricordi e lei non avrebbe mai dimenticato che probabilmente qui si era sbucciato le ginocchia, o aveva mangiato i biscotti con gocce di cioccolato fatti in casa da sua madre, o aveva dato il suo primo bacio nel seminterrato.

Sì, era davvero *così* vanilla.

La porta d'ingresso si aprì e un ragazzino seduto su una sedia a rotelle apparve sulla soglia, salutandoli come se la casa fosse in fiamme. «Gage! Sei qui!»

«Connor. Ehi, campione.» Gage lasciò andare le braccia di lei e le sollevò il mento. «Sembra che dovrò rimandare quel lap dance.»

Lei non sapeva se tirare un sospiro di sollievo o di rammarico.

Poi lui le prese la mano e la condusse su per la rampa fino alla porta d'ingresso, una modifica che aveva evidentemente fatto per le lesioni di suo nipote.

Rammarico. Decisamente rammarico.

«Ehi, Con. Questa è la mia amica, Lara.»

«Ciao, Lara.»

«Ciao, Connor.»

Gage scompigliò i capelli di Connor. «Cosa ci fai qui? Dov'è tua madre?»

«È in camera, sta disimballando.»

La mano di Gage si fermò a mezz'aria. «Disimballando?»

Una donna che assomigliava abbastanza a Gage da essere sua sorella apparve dietro Connor. «Sì, disimballando. Avevi ragione. Ha più senso che viviamo qui. Non hai cambiato idea, vero?»

«No. Per niente. Solo che, cioè, non mi aspettavo che fosse stasera.»

«Lo vedo.» La donna tese la mano e, sì, quel sorriso era tutto di suo fratello. «Ciao, sono Missy. Sono la sorella di Gage.»

«Lara. Ehm, Gage e io...»

Lui le strinse la mano. «Abbiamo cenato insieme.»

Sua sorella non mancò di notare la stretta di mano. «Oh.»

Lara non sapeva chi fosse arrossita di più, lei o Missy.

«Io stavo solo, ehm...» *Venendo qui perché tuo fratello potesse accendere il mio fuoco* .

«Connor e io potremmo uscire. Per un film. O qualcos'altro,» disse Missy.

Gage si morse il labbro e Lara poteva vedere il suo sorriso che moriva dalla voglia di uscire. «Non preoccuparti, Missy. Stavamo solo passando perché dovevo prendere alcune cose.»

Davvero? Lara continuava a sbattere le palpebre. Avrebbe lasciato che fosse lui a gestire la situazione.

«Devo riparare qualcosa per Lara, quindi sono passato solo a prendere i miei attrezzi.»

Aveva già tutti gli attrezzi di cui aveva bisogno addosso.

Lara deglutì e pregò che nessuno l'avesse sentita. Cosa diavolo c'era stato nella sua cena? Per quanto ne sapeva, gli anelli di cipolla e l'insalata di cavolo *non* erano afrodisiaci.

«Oh. Ok.» Missy si voltò verso l'interno della casa. «Vieni, Connor. Potrai vedere Gage domani.»

«Posso venire con te, Gage? Posso passarti gli attrezzi.»

Gli adulti guardarono ovunque tranne che l'uno verso l'altro.

Gage gli scompigliò di nuovo i capelli. «Non questa volta, campione. Potrei non tornare prima del tuo orario di andare a letto.»

«Oh, cavoli. È estate. Non posso stare alzato fino a tardi?»

«Hai sentito tuo zio, giovanotto. Andiamo.» Missy afferrò le maniglie della sedia a rotelle e fece girare Connor verso il soggiorno. «Divertitevi, voi due.»

Lo avrebbero fatto se solo avessero potuto trovare un posto dove stare da soli.

Tredici

La casa di Lara non era quel posto.

Gage aveva pianificato ogni sorta di idee divertenti per loro: prima avrebbe iniziato con un po' di ballo normale, poi sarebbe passato alla parte del ballo sul grembo, e poi, beh, forse ci sarebbe stato un po' di ballo orizzontale.

Ma quando entrarono nel parcheggio del complesso di condomini e videro la macchina di Cara - con Cara che piangeva all'interno - Gage disse addio all'idea di *qualsiasi* tipo di ballo.

Avrebbe preferito baciare Lara.

Mise il camion in folle e appoggiò gli avambracci sul volante. «Immagino che sia davvero un rinvio, eh?»

Lara fece una smorfia - questo, almeno, salvò in parte il suo ego. «Devo vedere cosa c'è che non va.»

«Non sembri entusiasta.»

«Lo saresti tu? Ho la scelta tra un ragazzo sexy che mi fa uno spettacolo personale o ascoltare il cuore spezzato di Cara.»

«Quindi pensi che io sia sexy, eh?»

Lei gli diede un colpetto sul braccio. «Lo sai che lo sei. Non è una novità.»

Lui le afferrò la nuca e la tirò a sé per un bacio veloce. Le avrebbe mostrato quanto fosse sexy - per lei.

Non ci fu nulla di veloce in quel bacio.

Lara trattenne il respiro e la sua lingua la seguì, e Gage si perse. Armeggiò con la cintura di sicurezza e la trascinò contro di sé. Grazie a Dio per i sedili a panchina.

Le avvolse un braccio intorno alle gambe e le fece passare sopra la sua coscia.

Ah, sì, proprio lì. Aveva bisogno di pressione proprio lì.

Lei gemette e si spostò, e sì, ancora meglio.

Lui le inclinò la testa e spinse la lingua nella sua bocca con un movimento che il resto del suo corpo voleva imitare.

Poi lei gli accarezzò la guancia e Gage quasi perse il controllo. Le sue dita gli accesero la pelle come fuochi d'artificio il Quattro di Luglio.

Staccò le labbra dalle sue e le affondò nell'incavo del suo collo. Dio, profumava tanto quanto sapeva di buono, anche se questa volta non c'era odore di anelli di cipolla. Un qualche dolce profumo fruttato che gli faceva venir voglia di leccare ogni centimetro quadrato del suo corpo.

Rabbrividì quando il suo membro sussultò contro la gamba di lei. Accidenti, la desiderava. Ma non sul sedile anteriore di un camion in un parcheggio dove chiunque poteva vederli, con sua cugina a venti metri di distanza che piangeva a dirotto.

Le incorniciò il viso con le mani, catturando quei sensuali riccioli tra di esse, e le baciò la guancia. La punta del naso. Quel labbro superiore che voleva mordere-

Lo mordicchiò.

Lara sospirò. Con un tremito.

Lui sorrise mentre la baciava di nuovo. Un ultimo bacio. Uno dolce. Uno che non lo avrebbe lasciato duro e dolorante per il resto della notte-

O forse sì, ma in modo piacevole.

«Mi sono divertito molto stasera» sussurrò mentre le loro fronti e i loro nasi si toccavano.

I suoi occhi - scuri di passione - lo fissarono e Gage dovette fare tutto il possibile per non sdraiarla sul sedile e finire ciò che avevano iniziato.

«Davvero?»

Voleva uccidere il suo ex marito per aver messo quel dubbio lì. Si era dato la missione personale di cancellarlo e magari di dare una lezione all'ex, se mai avesse avuto il dubbio piacere di incontrare quello stronzo.

«Sì, davvero. Ma c'è qualcosa in sospeso qui, lo sai.»

«Lo so.» Si inumidì le labbra.

Le sue buone intenzioni di lasciarla uscire da quella cabina senza farle l'amore furono duramente messe alla prova. «Non sarai tu quella che verrà meno alla promessa, vero?»

Un altro passaggio di lingua sulle labbra.

Le sue dita si arricciarono tra i suoi capelli.

«No. Non verrò meno alla promessa.»

«Bene. Ti prenderò in parola.» Fece un respiro profondo - e impresse quel dolce profumo nella memoria - prima di sedersi di nuovo. «È meglio che tu vada dentro. Ha bisogno di te.»

Lara annuì. «Grazie. Per...»

Lui le mise un dito sulle labbra. E non voleva più spostarlo. «Non c'è niente per cui ringraziarmi.» Si sporse e aprì la sua portiera. «Per ora.»

Quattordici

Lara non era sicura di come fosse riuscita a scendere dal furgone di Gage e raggiungere l'auto di Cara senza dissolversi in una pozza di feromoni.

Il viso di Cara, rigato di lacrime, alzò lo sguardo, sorpreso, solo per scoppiare in un altro pianto dirotto.

Lara aprì la portiera. «Dai, Car. Entriamo.»

«Perché gli uomini sono degli stronzi?» singhiozzò Cara mentre Lara apriva la porta del suo appartamento.

«Vuoi che ti elenchi i motivi in ordine alfabetico o che te li urli a caso?» chiese Lara mentre lasciava cadere le chiavi sul tavolo accanto alla porta e si dirigeva in cucina verso la bottiglia di zinfandel che aveva comprato la settimana scorsa ma che era stata troppo stanca per aprire. «Cosa ha fatto Nick?»

«Niente. Questo è il problema.» Cara si lasciò cadere sul divano che era stata la seconda cosa che Lara aveva comprato per il suo nuovo appartamento da "single" quando il divorzio era stato finalizzato. Un letto era stata la prima, che aveva coperto con lenzuola a fiori e volant e troppi cuscini. Basta con l'arredamento monocromatico "da adulti" su cui Jeff aveva insistito.

«Allora perché piangi? Pensavo che voi due aveste una relazione casual.» Versò due bicchieri di vino e li portò in salotto.

Cara tirò su col naso. «Lo pensavo anch'io.»

Lara le porse una scatola di fazzoletti. «Qual è il problema, allora?»

«Vuole che vada a vivere con lui.»

«Stai scherzando.» Lara si lasciò cadere sul divano accanto a lei.

«Magari.» Cara estrasse una manciata di fazzoletti dalla scatola. «Perché ha dovuto rovinare tutto?»

Lara accarezzò i ricci di Cara. «Sai, la maggior parte delle donne non sarebbe sconvolta per questo. La maggior parte sarebbe al settimo cielo.»

«Io non sono come la maggior parte delle donne.»

Su questo non c'erano dubbi. Cara era unica nel suo genere. «Quindi cosa hai intenzione di fare?»

«Di certo non andrò a vivere con lui. Voglio dire, andiamo, Lar, mi vedi fare la dea del focolare? Io, che preferisco guidare per venti minuti per prendere del cibo da asporto piuttosto che far bollire l'acqua? Non so distinguere un'estremità della scopa dall'altra, e preparare il brodo di pollo fatto in casa e curare qualcuno che ha il raffreddore è peggio di un controllo fiscale secondo me. Come può voler vivere con questo?»

Lara afferrò un'altra manciata di fazzoletti mentre Cara si tuffava in quelli che aveva già.

«E se cominciassi piano? Prova solo due giorni. Quarantotto ore. Vai a casa sua dopo il lavoro, cenate, passate del tempo insieme, fate quello che volete... Ti alzi la mattina dopo, vai al lavoro, poi torni da lui dopo. Entro l'ora di cena del secondo giorno saprai se vuoi restare lì o tornare a casa tua.»

«Vedi? È esattamente quello che gli ho detto, ma lui è il Signor Tutto-o-Niente. Non può accontentarsi di misure provvisorie.»

«Car, dai una possibilità al ragazzo. La maggior parte delle persone non è il tipo da misure provvisorie. Ci tiene a te; vuole averti intorno.»

«Sì, ma cosa ne è di quello che voglio io?»

«E cosa vuoi tu? Volevi il "vissero felici e contenti" con Dale-»

«Non nominare quello stronzo se vuoi vivere per vedere domani.»

«È possibile che tu non l'abbia ancora superato?»

«Sul serio, Lara, sarai anche mia cugina, ma non esiterò a farti fuori se continui su questa linea di pensiero. Io e Dale abbiamo chiuso. Finito. Concluso. Lui ha perso la cosa migliore che gli sia mai capitata e io non ho intenzione di ricadere nel buco da cui mi ci è voluto troppo tempo per uscire, e se pensi anche solo per un minuto che io possa *considerare* di ripetere l'esperienza, allora non mi conosci-»

«Car-»

«-così bene come credi-»

«Car-»

«-e non ho assolutamente intenzione di tornare lì.»

Lara le tappò la bocca con una mano. «Ehi. Stai zitta un secondo, vuoi?» Allontanò la mano di un centimetro, pronta a rimetterla a posto se Cara avesse anche solo pensato di riaprirla.

«Bene. Ora stai zitta e ascoltami per un secondo.» Lara infilò la mano sotto la coscia. «Non so se ti sei sentita, ma tutto quello che stavi dicendo su Dale? Lo stai proiettando su Nick.»

«Non è vero che-»

Lara tirò fuori la mano di scatto. «Dico sul serio; smettila di parlare.» Aspettò che Cara corrugasse il viso in una smorfia prima di annuire.

La sua mano tornò sotto la coscia. «Ok, allora. Quello che ho sentito dire in quella bella tirata è che non vuoi essere ferita come ti ha ferito Dale mai più, e cedendo a ciò che Nick vuole, aprendoti a una relazione più seria con lui, ti stai aprendo alla possibilità che possa farlo.»

«È ridicolo, Lar. Nick non è Dale.»

Lara incrociò le braccia, si appoggiò allo schienale e sorrise.

«Oh, ti credi tanto intelligente, vero?» Cara le diede un colpo allo stomaco con un cuscino.

«Uh, se fossi così intelligente, avrei schivato quel pugno.» Lara si spostò sul sedile in modo da proteggere il suo addome da altri attacchi di cuscini vaganti. «Ma seriamente, Car, pensaci. Nick non ha fatto altro che trattarti meravigliosamente, ti ha dato i tuoi spazi, e ora vuole vivere con te. Dov'è il problema?»

«Il problema è...» La sua bocca si contorse avanti e indietro in un'espressione imbronciata degna di un bambino di quattro anni in piena crisi di nervi, una che Cara aveva perfezionato all'età di due anni e da cui non era mai cresciuta.

«Sì?»

«E se non riuscisse a vivere con me? E se non andasse bene che piego gli asciugamani in tre non appena ho finito di usarli? E se non sopportasse di avere un cassetto per le posate organizzato per dimensioni e utilizzo? E se lasciasse alzata la tavoletta del water?»

Lara si mise il cuscino sotto le braccia e cercò con tutte le sue forze di non ridere. Se solo quello fosse stato il problema tra lei e Jeff.

«Tesoro, queste sono cose da nulla. Lo so, lo so. Tu non le vedi così, ma tu e Dale eravate compatibili in questo senso e comunque non ha funzionato. Forse questo è il modo dell'Universo di dirti di dare una possibilità a Nick. Prova qualcosa di diverso. Esci dalla tua zona di comfort.»

O forse era il modo dell'Universo di dire a *lei* di farlo, perché Gage era *decisamente* fuori dalla sua zona di comfort.

Cara lo capì nello stesso momento. «Oh, come se io dovessi *essere avventurosa* ?»

Fu il suo turno di ricevere un colpo allo stomaco con il cuscino.

Che si trasformò in una festa di risatine e colpi di cuscino che fecero cadere una nevicata di fazzoletti usati sul tappeto.

Quando le risatine si placarono, si ritrovarono sul pavimento davanti al divano con i fazzoletti schiacciati sotto i loro sederi.

«Siamo proprio una bella coppia, eh?» disse Cara, appoggiandosi alla schiena di Lara.

«Siamo qualcosa, questo è certo. Due donne terrorizzate dall'unica cosa che tutti gli altri sembrano desiderare.»

«L'amore.»

«Stavo per dire l'impegno.»

«Non sono la stessa cosa?»

«Non nel mio mondo. E nel tuo?»

Cara scrollò le spalle. «È vero. Amavo Dale, ma questo non aveva un cazzo a che fare con il suo impegno.»

«Jeff, anche.»

«Stronzi.»

«Già.»

«E Gage?»

«Oh, sono sicura che lo diventerà alla fine, ma per ora, no, non lo è.»

Cara si mise seduta e si accomodò con le gambe piegate sotto di sé. «Perché pensi che alla fine lo diventerà? Sembra un bravo ragazzo. Di sicuro sembra che gli piaci.»

Lara raccolse un paio di fazzoletti dalla sua coscia sinistra e li lanciò sulla pila di giornali sul tavolino. «Perché i ragazzi come lui lo fanno sempre. Cioè, io sono okay, ma guardalo. Può avere qualsiasi donna voglia e poi io sarò fuori dalla porta. Ci sono già passata, non voglio rifarlo.»

«Ah.» Cara accartocciò i fazzoletti nella prima pagina della sezione sportiva. «Jeff che rialza la sua brutta testa.»

«La testa di Jeff non era brutta. Quello era parte del problema.»

«Non parlavo di quella sulle spalle.»

Questo strappò una risatina a Lara. «Vorrei poter dire che hai ragione, ma quello non era nemmeno il problema di Jeff.»

«Stronzate. Quella sua testolina ha avuto un'idea di merda nel suo minuscolo cervello e ha deciso che non eri abbastanza buona per il collettivo *esso* che era Jeff McMostro.»

Lara alzò un sopracciglio. «McMostro? Ti prego, dimmi che non mi hai mai chiamata così quando avevo il suo cognome.»

«Certo che no. E l'ho chiamato così solo nella mia mente. Anche se penso di essermi lasciata sfuggire una volta. Sua madre mi ha lanciato uno sguardo strano all'ultima festa di compleanno che gli hai organizzato.»

La festa di compleanno in cui aveva voluto mostrargli la sua idea per l'attività di torte. Si era ammazzata di lavoro per quella torta, e dannazione, era venuta bene. Aveva fatto delle foto e avrebbe retto il confronto con quelle che faceva ora. Ma Jeff era stato inorridito dal fatto che sua moglie avesse *fatto una torta* invece di ordinarla dalla pasticceria di lusso che usava la sua azienda.

E lei era rimasta lì, subendo il suo disprezzo perché *lei* non voleva fare una scenata.

«Riesci a immaginare cosa direbbe McMostro se ti vedesse con Gage? Soprattutto se vedesse Gage al lavoro.»

«BeefCake non è l'unica cosa che fa Gage, sai.»

Cara sbuffò, ancora in preda alle risatine. «Scusa, Lara, ma suona così sbagliato.»

«Sai cosa intendo.»

«Lo so, ma devi ammettere che è divertente. Cioè, non potevano trovare un nome, non so, più sottile?»

«Devi ammettere che attira l'attenzione.»

«Così come i ragazzi.»

«Quindi, è il nome perfetto. Cioè, non c'è da indorare la pillola su quello che fanno. Tanto vale andare fino in fondo.»

«Parole che potresti considerare di prendere a cuore, Lar. Quell'uomo ti vuole.»

«Potrei dire la stessa cosa a te, Car.»

Le risatine si asciugarono come latte versato e un rotolo di carta assorbente.

Gage era piuttosto robusto...

Cara passò una mano tra i suoi riccioli e Lara si trattenne dal dirle che sembrava Medusa. Era stato il loro terrore segreto al liceo. Con buone ragioni.

«D'accordo, lo farò se lo farai tu.»

«Gage non mi ha chiesto di andare a vivere con lui.» E *non* avrebbe menzionato la cosa del lap dance. Troppa informazione, anche tra cugine.

«Non quello.» Cara aveva padroneggiato l'occhiataccia malefica dalla loro nonna italiana dal lato paterno. «Dagli una possibilità. Date una possibilità a voi due di arrivare a quel punto. E io vedrò se riesco a convincere Nick sulla cosa delle quarantotto ore. Magari settantadue se è fortunato.»

Progressi. Cara stava decisamente facendo progressi.

Ora, aveva *lei* il coraggio di farlo anche?

Quindici

L'Universo decise di non collaborare.

Tra il lavoro diurno di Gage e il suo improvviso afflusso di ordini, per non parlare delle sue attività dopo il lavoro per BeefCake, Inc., non c'era tempo per loro di finire ciò che avevano iniziato. Giovedì sera - alle undici e sette - Lara dovette pensare che l'Universo stesse cercando di dirle qualcosa.

«Odio la pasta di zucchero», mormorò Cara, cercando di aprire la sua auto con la chiave al contrario.

Lara gliela girò. «La pasta di zucchero sta pagando il tuo mutuo».

«Ehi, ho un'idea. Facciamo un sacco di banconote da cinquanta e cento con quella roba. Pensi che i cassieri in banca le cambierebbero?»

Lara mise la mano sulla testa di Cara e la spinse giù nel sedile del conducente come un poliziotto con un sospettato. «Non sono così sicura che dovresti guidare fino a casa».

Cara si lasciò cadere contro il sedile. «Non lo farò. Vado da Nick».

«Ce l'hai fatta? L'hai convinto?»

Cara annuì. «Gli ho detto che le relazioni sono tutte una questione di compromesso. Io ero disposta se lo era anche lui». Aprì un occhio. «Inoltre, è più vicino di casa mia in questo momento».

Fortunata Cara. La casa di Gage era mezz'ora più lontana della sua, e alle

97

undici di sera, troppo lontana per guidare. Inoltre, sua sorella e suo nipote stavano soggiornando lì.

Sì, che cosa aveva l'Universo, comunque?

«Guida con attenzione. Mandami un messaggio quando arrivi».

«Anche tu, Lar». Cara chiuse la portiera, accese l'auto e abbassò il finestrino. «Ti voglio bene».

Lara si lasciò praticamente cadere nel sedile del conducente. «Anch'io».

Dio, era stanca. Non pensava di essere mai stata così sfinita fino al midollo. Avrebbero dovuto concedersi il lusso dei tappetini di gomma vicino ai tavoli di preparazione, che non aveva voluto acquistare con i profitti fino ad ora, ma i Crocs che indossava non bastavano per giornate di quindici ore. La schiena la stava uccidendo.

Accese l'aria condizionata, alzò i finestrini e alzò il volume della stazione dei musical a tutto volume, avendo bisogno di qualcosa per tenersi sveglia, ma il fatto che non sapesse cantare non doveva tenere svegli gli altri.

Si vide riflessa nello specchietto retrovisore. Oh, Dio, i suoi riccioli si erano stretti come cavatappi a causa dell'umidità, con "highlights" verde crema al burro da quando Cara aveva acceso il mixer troppo forte e aveva mandato il frosting a volare ovunque (nota per sé stessa: controllare la parte superiore degli armadietti domani prima che arrivino topi dipendenti dallo zucchero). *Lei* sembrava Medusa. Fortuna che non avrebbe visto Gage stasera; sarebbe scappato urlando nella direzione opposta.

Anche se, dato che aveva sopportato il suo coma da Sambuca, forse non l'avrebbe fatto.

Come diavolo si era interessato a lei quella notte?

Non aveva mai pensato di chiedere a Jeff cosa lo avesse attratto di lei all'inizio. L'aveva incontrato in un ristorante che stava recensendo. Era seduta al bar, assaggiando il menu con tutta la sicurezza di una neolaureata che aveva ottenuto il lavoro dei suoi sogni, e lui aveva preso il posto accanto a lei. Una cosa aveva portato all'altra e le aveva chiesto il numero. Lui aveva nove anni più di lei, bellissimo in un modo biondo da country club, con una laurea in legge e il giusto fascino per farle venire le farfalle nello stomaco.

Aveva capito più tardi - troppo tardi - che la sua età era stata la sua più grande attrattiva per lui. Qualcuno che poteva plasmare nel suo ideale perfetto di moglie di un socio. Anche prima della notte in cui l'aveva sorpreso a tradirla con la bionda, aveva pensato che avrebbe dovuto stare con qualcuna come quella svampita. Aveva frequentato alcune modelle prima di lei, ma diceva che i commenti su Barbie e Ken erano diventati vecchi nel corso degli anni. Aveva voluto qualcosa - qualcuno - di diverso, e una bassa, scura e formosa italiana era sicuramente diversa. Il fatto che pendesse dalle sue labbra probabilmente aveva solo aumentato il fascino.

Almeno per un po'. Almeno, *pensava* di aver avuto un paio di buoni anni. Ma poi l'aveva sorpreso, e beh...

Avrebbe dovuto scegliere la moglie trofeo fin dall'inizio. Sangue blu invece di sugo di pasta. Quei tipi non avrebbero mai voluto una carriera diversa dall'essere la sua perfetta padrona di casa.

Si chiedeva cosa facesse la sua fidanzata per vivere. O cosa non facesse. E se si chiamasse Barbie.

Lara entrò nel parcheggio del suo condominio mentre l'ultima nota della hit di *Evita* sfumava. Non era una grande fan della versione di Madonna, ma almeno conosceva tutte le parole. Il nome della fidanzata di Jeff non importava. Né la fidanzata.

Né Jeff.

Ma Gage, d'altra parte... Cosa vedeva quando la guardava? Gli piaceva il sugo di pasta? Gli era piaciuta la bistecca con patate, quindi avevano quello in comune. Ma era abbastanza come base per una relazione?

E chi diceva che lui ne volesse una? Un paio di buone notti, sì, era decisamente d'accordo per quello, ma per il lungo termine?

Lara salì i gradini del vialetto verso il suo condominio. Aveva trent'anni; doveva pensare al lungo termine. I ragazzi non dovevano preoccuparsene così tanto, ma le sue uova non ringiovanivano, e se il dolore alla schiena fosse stato un'indicazione, non sarebbe stata in grado di inseguire bambini piccoli per molti altri anni.

Non poteva sprecare quegli anni con un ragazzo che cercava solo di divertirsi. Sesso fantastico, nessun impegno, incontrarsi quando potevano... tutte quelle cose del momento sarebbero andate bene nei suoi vent'anni - tranne che li aveva sprecati sposando Mr. Ken Doll - ma questo era il resto della sua vita a cui stava pensando. Doveva rimanere concentrata su quello e non sul fatto che Gage era come zucchero su uno stecco e tutto ciò che voleva fare era leccare.

Salì i due gradini del suo portico anteriore, aprì la porta a zanzariera-

E vide i fiori.

Non rose. Certo che no. Le rose sarebbero state troppo comuni. Troppo cliché. Troppo da *moglie trofeo* .

Questi erano gigli. Gigli tigrati, emerocallidi, calle, con iris e crisantemi mescolati, che spaziavano dal rosso all'arancione e ogni sfumatura di rosa possibile - con fili di strass intrecciati.

Ho visto questi e ho pensato a te.
Ma tu sei più bella.
~ G

Ok, forse c'era qualcosa da dire sul vivere il momento.

«Ricordati di lasciare i girasoli nel frigorifero fino all'ultimo minuto, Cara, così non appassiscono. Questo caldo sarà micidiale per tutta la glassa». Lara infilò diversi canovacci arrotolati sotto la scatola di girasoli sul sedile posteriore dell'auto di Cara. Aveva dovuto tagliare gli steli a un metro e venti invece di uno e cinquanta, e anche escogitare un modo dell'ultimo minuto per attaccare la parte del fiore vero e proprio perché aveva bisogno del furgone per la consegna alla festa in spiaggia e il sedile posteriore di Cara era significativamente più corto di come aveva pianificato di trasportarli. «E aggiungi un altro furgone per le consegne alla nostra lista dei desideri».

«Prima o dopo quel secondo mixer?»

«Che ne dici allo stesso tempo?»

Cara scivolò nel sedile del conducente, facendosi cadere il cappello da chef nel processo. «Penso che ci uccideremmo a farlo simultaneamente, Lara. Seriamente, sono sfinita. Non so come tu sia riuscita a continuare».

Pura determinazione ispirata dagli assegni mensili degli alimenti di Jeff.

«Ti ricordi come collegare gli steli-»

«Sì, sì, mi ricordo. Diavolo, ci ho sognato la notte scorsa, mi hai fatto preoccupare così tanto che lo farò male. Non è scienza missilistica, Lar. Se sono riuscita a superare l'esame da commercialista, posso sicuramente avvitare qualche bullone nel bambù».

«Ma non avvitarli troppo stretti o si creperanno e cadranno. E se cadono-»

«Avrà un effetto domino sul resto del giardino. Sì, lo so. Ho capito. Penso che sia per questo che sono stata sveglia metà della notte scorsa».

«Forse aveva a che fare con Nick».

Cara chiuse la portiera con uno strattone. «Quella era la prima metà della notte. Tu hai requisito il resto. Ora lasciami andare o non arriverò mai in tempo. Divertiti alla festa in spiaggia».

Lara si allontanò dall'auto in modo che Cara potesse partire, e si passò l'avambraccio sulla fronte. Sembrava di andare in spiaggia. Meno la piacevole brezza marina. Solo l'inizio di giugno e già Madre Natura aveva deciso di tirare fuori tutti i ferri del mestiere, aumentando il fattore calore tanto da sembrare più metà agosto.

Specialmente quando arrivò con il furgone alla festa e vide Gage in piedi lì in pantaloncini, canottiera, un paio di infradito, con i capelli diventati biondi per le lunghe giornate al sole. L'uomo sembrava più appetitoso di uno dei suoi cupcake.

«Ehi, Cupcake».

Dimentica la pasta di zucchero; era *lei* che si stava sciogliendo. «Cosa ci fai qui?»

«Qui, lascia che ti aiuti con quello». Prese la ruota panoramica dal retro del furgone. «Due dei miei ragazzi sono qui per esibirsi. Gina è la cugina di Bryan».

«Sua cugina?» Fece scivolare fuori la barella, aprì le gambe, mise i freni, poi si mise al lavoro per trascinare la torta rettangolare su di essa. «Non è che per caso hai avuto qualcosa a che fare con il fatto che abbiamo ottenuto questo lavoro, vero?»

Lui scrollò le spalle. «Gina aveva bisogno di dolci, tu hai i dolci. Sembrava una soluzione perfetta».

Continuava a martellare la sua armatura, non è vero?

«Grazie». Fece uscire le parole attorno al nodo in gola - e al ferreo controllo che aveva sulle sue emozioni. Non tutti i bei ragazzi erano come Jeff. Gage lo stava dimostrando.

«Prego. Dove vuoi che metta questo?» Gage sollevò la ruota panoramica e i suoi bicipiti si flettettero.

E Gage *decisamente* non era come Jeff.

Si asciugò una goccia di sudore dalla fronte. Faceva davvero caldo qui al sole. «Gina ha detto che avrebbe preparato due tavoli per me».

«Ah, sì. Sono accanto all'aggiunta della sala massaggi. Seguimi».

Volentieri. I suoi pantaloncini di nylon pendevano dal suo sedere con un'allettante oscillazione, e ogni tanto si curvavano sulle sue natiche molto bene.

Sì, faceva davvero caldo qui al sole.

Svuotò il resto del furgone per lei mentre lei montava la ruota e dava gli ultimi ritocchi alla torta rettangolare.

«Questi sembrano fantastici, Lara». Camminò dietro il tavolo e le porse la scatola di brochure, sporgendosi per un rapido bacio. «Anche tu sei fantastica».

Lei afferrò il suo cappello da chef con imbarazzo. «Il calore deve averti fuso il cervello. Nessuno sta bene con un cappello da chef».

«Tu sì». La baciò di nuovo - troppo veloce e non abbastanza azione della lingua. In effetti, *nessuna* azione della lingua.

Sospirò e si ricordò che quella era una cosa buona. La pasticcera non dovrebbe sbavare sui suoi cupcake. Su Gage? Certo. Sui cupcake? Non tanto.

Si sventolò le guance. «Ragazzo, fa davvero caldo stasera».

«Lo fa adesso». Le rivolse quel sorriso di traverso che era garantito per riscaldarle il sangue ancora più del sole, e le passò una nocca lungo il braccio. «Mi sei mancata».

Lei rabbrividì, il che era ridicolo con questo caldo. «Anche tu. Grazie per i fiori».

«Mi hai già ringraziato per quelli».

«Un messaggio non conta. Volevo ringraziarti di persona».

«Te lo ricorderò, diciamo, dopo questa festicciola?»

Non avrebbe finito qui fino a dopo le undici, poi doveva riportare indietro il furgone, pulire gli utensili, i vassoi e la ruota panoramica, e preparare tutto per domani. «Va bene».

Questa volta passò la nocca sulla punta del suo naso. «Ottimo. È un appuntamento».

Lei rabbrividì di nuovo.

«Gage!» Una donna corse verso il tavolo. Una donna davvero carina.

«Geen - che succede? Hai conosciuto Lara?»

Lara si rilassò un po'. Gina. La cugina di Bryan. Se Gage l'avesse voluta, avrebbe avuto anni per fare la sua mossa.

«Piacere di conoscerti». Il benvenuto di Gina fu tiepido nel migliore dei casi. Ah, beh, Lara era abituata alla signora Applebaum, quindi questo non era niente. Il cliente ha sempre ragione. «Gage, abbiamo un problema».

«Cos'è?»

Gina guardò Lara. «È um... Forse è meglio parlarne in privato».

Lara ripeté il suo mantra *il cliente ha sempre ragione* e li congedò con un gesto. «Vai avanti. Possiamo tagliare la torta quando vuoi».

«Ottimo. Grazie». Gina lo trascinò via, e Lara non poteva davvero lamentarsi. Gage sembrava bello tanto nell'andarsene quanto... nell'arrivare.

Sì. Faceva *davvero* un caldo dannato oggi.

* * *

«Cosa succede, Geen?» Gage si affrettò per starle dietro.

«Tanner è, um, indisposto».

Lui inarcò un sopracciglio verso di lei. «E?»

«Non è in condizioni di esibirsi».

«Cosa vuol dire che non può esibirsi?» Gage si stava già dirigendo verso la casa. Merda. Non aveva bisogno di questo. Quella sera era l'inaugurazione della nuova spa diurna che aveva costruito per Gina, e le sue amiche e clienti erano il target chiave di BeefCake. Sperava di ottenere qualche affare dalla serata, ma non sarebbe successo se questo spettacolo fosse andato male.

Attraversò la cucina, ma si fermò quando raggiunse il corridoio. «Dov'è?»

Gina indicò il piano di sopra. «In bagno. Non è un bello spettacolo.»

Aveva visto Tanner nel suo costume numerose volte. Se Gina diceva che non era un bello spettacolo, doveva essere successo qualcosa di brutto.

«Merda.» Salì le scale due gradini alla volta.

Tanner era raggomitolato sul pavimento del bagno, Carlo in piedi accanto a lui sembrava impotente.

«Cos'è successo?» Gage si inginocchiò accanto a lui.

«Non lo so. Ultimamente non mi sono sentito tanto bene e mentre mi stavo preparando ho avuto un dolore molto acuto.» Si strinse l'addome. «Sto sudando come un maiale. Spero non sia l'appendicite.»

Lo sperava anche Gage. Avrebbe messo fuori gioco il loro miglior elemento, e diavolo, Tanner *non* era un buon paziente. «Gina, chiama un'ambulanza.»

«È già in arrivo. Vado ad aspettarli.» Corse fuori dalla stanza.

«Rilassati, Tan. Ti porteremo in ospedale e vedremo cosa succede.»

«Mi dispiace di averti deluso, amico.»

«Ehi, non preoccuparti. Pensa solo a guarire.»

La porta d'ingresso si aprì e sentì i paramedici salire le scale. Gage uscì dal bagno per dar loro spazio per lavorare.

«Posso gestirla da solo, capo,» disse Carlo. «Ballerò per il doppio del tempo. Gli darò il loro denaro.»

Gage scosse la testa. Figuriamoci, no? Normalmente, Bryan sarebbe stato qui. Gina era, dopotutto, sua cugina. Avrebbe dovuto essere lui a supervisionare, ma Gage aveva voluto avvicinarsi a Lara, così si erano scambiati. Con Bry che gestiva la sicurezza alla festa per il cinquantesimo compleanno (quelle donne di mezza età tendevano ad essere molto più invadenti di quanto si sarebbe mai aspettato), toccava a Gage risolvere la situazione.

C'era solo un modo in cui poteva farlo.

«Portami il costume, Carlo. Ho un paio di pantaloncini di ricambio nel mio pick-up.» Aveva iniziato a portarli con sé dopo la prima volta che aveva dovuto sostituire qualcuno. Ballare era una cosa, condividere lo spazio intimo con un altro ragazzo era tutt'altra cosa. La prima volta aveva indossato un preservativo e un calzino e dopo di allora, aveva tenuto il suo paio d'emergenza nel pick-up. Gli aveva salvato il culo - e il pene - più di qualche volta.

Corse al pick-up mentre Tanner veniva caricato sull'ambulanza e lanciò un'occhiata al tavolo di Lara. Era occupata con un gruppo di ospiti. Sperava che la tenessero impegnata durante l'esibizione. Se avesse saputo che avrebbe dovuto ballare, non avrebbe fatto assumere Lara da Gina. I balli privati erano una cosa, ma in pubblico? Sarebbe stato troppo personale.

Dieci minuti dopo, indossava il costume di Tanner e stava sudando freddo dietro le quinte.

Scosse le braccia, ruotò il collo. Era ridicolo. Non aveva mai avuto paura del palcoscenico. Aveva fatto questa danza decine di volte. Si era esibito centinaia di volte. Forse migliaia. Avrebbe dovuto fare quello che aveva sempre fatto. Scegliere una donna tra la folla e ballare per lei.

Lara era tra la folla.

Questo diventò un problema quando il suo cazzo se ne rese conto.

Merda.

La musica iniziò e diede una pacca sul braccio a Carlo. «In bocca al lupo.»

«Anche a te.»

Gli sarebbe piaciuto rompere la sua *terza* gamba perché stava diventando troppo interessata al fatto che Lara lo avrebbe guardato. Quando aveva proposto la scommessa del ballo in grembo, era con l'idea che sarebbero stati solo loro due. Un'erezione nei pantaloni non sarebbe stato un problema - sarebbe stata la soluzione, in realtà, se una cosa avesse portato all'altra, ma ora? Avrebbe dovuto scegliere una nonna su cui concentrarsi.

Nemmeno quel pensiero lo fece sgonfiare. Fantastico.

Arrivò il suo segnale e Gage fece un respiro profondo, si concentrò sul gonfiare i pettorali e si dimenò sul palco.

* * *

Lara alzò lo sguardo quando la musica iniziò. Il patio sul retro era stato circondato dai pannelli di velluto nero di BeefCake, Inc. appesi a telai in PVC, con il loro striscione con il logo davanti. Le foto ingrandite dei ragazzi non c'erano, ma d'altronde, che senso aveva quando il pubblico avrebbe avuto la cosa reale?

I due ballerini uscirono e-

Uno era Gage.

Oh mio Dio.

Indossava un gilet nero, un papillon e un paio di pantaloni neri attillati che non lasciavano nulla alla sua immaginazione.

E poi iniziò a contorcersi - il che *davvero* non lasciò nulla alla sua immaginazione.

Wow, il ragazzo sapeva *muoversi* . Che peccato essersi persa quelle mosse svenendo nel suo letto.

Fece un paio di spinte pelviche e il suo six pack - no, *eight* -pack - si contrasse in una deliziosa sensualità. Anche il suo partner lo stava facendo, ma, beh, *lui* non stava facendo per lei quello che stava facendo Gage.

La folla lo adorava. Iniziarono i fischi e le donne si avvicinarono al palco.

I loro fidanzati si avvicinarono al *suo* tavolo. Capiva perfettamente il perché.

Gage alzò le braccia e le mise dietro il collo, i suoi pettorali che danzavano a tempo con il pesante ritmo che le pulsava nelle vene fino a un punto in particolare. Fletteva i bicipiti a ritmo, prima uno, poi l'altro, poi si girò e - santo cielo - scosse il sedere a triplo tempo.

Quei pantaloncini di nylon che aveva indossato prima dovrebbero essere bruciati perché non facevano assolutamente nulla per i suoi attributi come facevano quei pantaloni. La pelle nera modellava i glutei più sodi che avesse visto da tempo - beh, dal Mattino Dopo nella sua stanza d'albergo.

«Ehm, signorina?» Qualche ragazzo le schioccò le dita davanti al viso. «Ha dei cupcake al velluto rosso? Sono i preferiti della mia ragazza.»

Lara scosse la testa, strappando lo sguardo da Gage. Prima il lavoro.

«Um, sì. Ne ho. Sono... Vediamo...» Dannazione, era tutta agitata. *Lavoro, Lara* .

Giusto. Concentrarsi sul lavoro. E uscire dai pantaloni di Gage.

Faceva davvero un caldo infernale quella sera.

Consegnò il cupcake al ragazzo.

«Grazie. Vediamo se funziona,» mormorò prima di dirigersi verso la folla di donne danzanti.

«E al cioccolato?» chiese un altro ragazzo. «Con glassa al cioccolato? E nel mezzo? Più cioccolato c'è, meglio è.»

Lara gli porse il suo Devil's Delight Special che li aveva tutti e tre.

Un altro ragazzo voleva la torta di fragole, un altro la cheesecake, tutti portando i cupcake nella folla danzante, probabilmente per attirare l'attenzione delle loro fidanzate altrove.

Buona fortuna con quello . I suoi cupcake erano buoni, ma nulla avrebbe potuto competere con la pura perfezione della forma maschile che si muoveva a ritmo di musica sensuale e sexy su quel palco. Questo spettacolo era un festino per tutti i sensi e lo zucchero non era certo il sapore che quelle donne desideravano. Gage e Bryan sapevano certamente cosa stavano facendo quando avevano messo insieme il loro piano aziendale e - *wow* ! - sapevano sicuramente come intrattenere il pubblico.

Le donne stavano praticamente urlando. Qualcuna aveva persino lanciato un reggiseno sul palco. Il partner di Gage lo raccolse e fece l'occhiolino a una donna in prima fila.

Del tutto irrazionalmente, un'ondata di gelosia si sollevò dentro Lara, minacciando di soffocarla.

In realtà, Lara avrebbe voluto soffocare quella donna. Non ci aveva provato con Gage, ma se lui fosse stato da quella parte del palco? Doveva essere così abituato a cose del genere. Diavolo, guarda come si era buttata su di lui alla festa di addio al nubilato e lui non si era nemmeno tolto metà dei vestiti. Dio solo sapeva cosa avrebbe fatto se l'avesse fatto.

Cosa poteva vedere Gage in lei? L'uomo era la pura perfezione fisica - più di quanto Jeff fosse mai stato e *lui* l'aveva lasciata.

Le parole di Cara le risuonavano nella mente. *Gage ti vuole. Sii avventurosa*

.

Facile a dirsi; Gage era un enorme rischio per il suo fragile ego.

Per fortuna, aveva un flusso costante di fidanzati gelosi in cerca di cupcake a tenerle la mente occupata, ma ogni tanto alzava lo sguardo e... sì, quel formicolio ricominciava a turbinare nel basso ventre.

Il gilet volò via. Lo stava facendo roteare sopra la testa come un lazo quando lei alzò lo sguardo e la sua bocca divenne secca come l'osso.

Ok, non una buona scelta di parole perché aveva indirizzato il suo sguardo dritto al suo inguine, e oh sì, non c'era *nulla* lasciato all'immaginazione. Anche da qui poteva dire che l'uomo non aveva problemi in quel dipartimento.

Poi si strappò i pantaloni.

Santa madre di- Afferrò la bottiglia d'acqua che teneva sotto il tavolo e se ne spruzzò un po' sulla camicia.

Non servì a nulla per rinfrescarla.

Indossava dei piccoli shorts neri aderenti su quei fianchi ondeggianti, con troppi movimenti sensuali per i suoi gusti - beh, no, non era vero. Le piaceva; solo non voleva che piacessero anche alle altre donne.

E poi uscirono le banconote. Ovviamente, nel giro di circa trenta secondi, Gage si ritrovò con un patrimonio addosso.

Era gelosa. Non ne aveva davvero il diritto, ma *lui* aveva baciato *lei* quando era arrivata. Certo, non era stato coinvolgente come quello di qualche giorno fa, ma avevano dei piani per dopo. Quelle donne dovevano tenere le loro dita e le loro banconote per sé.

In un mondo perfetto, sarebbe successo, ma questo era ciò che Gage faceva per vivere. Alimentava le fantasie di quelle donne. Lasciava che infilassero le loro sudicie ditine nei suoi pantaloni. Forse alcune di loro sarebbero andate oltre, chissà? Accettava spesso le loro offerte? Dopotutto, l'aveva fatto con lei.

Lara si sedette su uno sgabello. Dio, non ci aveva pensato in quel modo. Lei era lì quella notte, più che disponibile, e lui ne aveva approfittato.

Beh, no, non aveva approfittato di lei, solo della sua offerta. In realtà era stato un vero gentiluomo al riguardo, ma comunque. Non poteva essere stata la prima volta che aveva rimorchiato una donna e l'aveva portata in camera sua - avrebbe voluto che fosse l'ultima?

Lara *non* condivideva.

Si tamponò il collo con uno strofinaccio. Stava esagerando. Cara l'avrebbe schiaffeggiata se avesse potuto sentirla. *Sii avventurosa. Lui ti vuole* .

Ma per quanto tempo?

Quella era la domanda. Non poteva sopportare di essere scaricata di nuovo. Faceva troppo male. Era troppo umiliante. Debilitante. L'amore non valeva la pena - e chi diceva che l'amore fosse sul tavolo? Forse questa era solo una buona vecchia lussuria. Che, per qualche motivo, Gage trovasse qualcosa di interessante in lei, ma dopo un paio di giri a letto sarebbe finita.

E poi dove si sarebbe trovata?

Lui e il suo partner stavano facendo una fortuna lassù sul palco. Sapeva davvero ballare. E non dicono che il modo in cui un uomo balla è direttamente correlato al modo in cui-

«Niente male, eh?» Gina si avvicinò al tavolo.

Lara balzò in piedi. «Um, sì. Avete avuto un grande successo per questo evento. Grazie ancora per aver usato Cavallo's Cups & Cakes.»

«Parlavo di Gage.» Gina fece un cenno verso il palco dove Gage stava ora stuzzicando il pubblico facendo scorrere le banconote lungo l'elastico dei suoi shorts.

Se se li fosse tolti, si sarebbe sciolta in una grande pozzanghera proprio lì.

«Um, sì, bello. Lui e Bryan hanno un buon modello di business.»

Voleva tanto nascondere il viso nella torta quando Gina sogghignò.

«È la prima volta che lo sento descrivere in questo modo, ma va bene.» Gina prese un cupcake Tasty Temptations. «Quindi Gage mi dice che questa è una nuova attività per te.»

Affari. Grazie a Dio. *Quello* era l'argomento perfetto per distogliere la sua mente dagli addominali di Gage - e dal suo sedere e dalle cosce e dalle braccia.

«Non è nuova. Mia cugina ed io siamo in attività da sette mesi ormai. Abbiamo molti clienti soddisfatti e riceviamo ordini ogni giorno.» Consegnò a Gina uno dei dépliant, cercando di non fissare oltre la sua spalla gli addominali ondeggianti di Gage, ma oh, era difficile non farlo. «Qui ci sono alcune testimonianze e posso darti dei numeri di telefono se vuoi parlare direttamente con loro.»

Gina prese il dépliant. «Rilassati. Ti ho assunto sulla parola di Gage, e se sei abbastanza buona per lui, sei abbastanza buona per me.» Gina diede un morso al cupcake. «Assicurati solo di *essere* buona per lui.»

Stava parlando dei cupcake, vero?

Lara stava riflettendo sulla sua risposta quando, all'improvviso, ci fu un enorme trambusto sul palco mentre una donna si *tuffava* sul palco. Tipo, seriamente, si *tuffava*. Lanciata dal trampolino improvvisato fatto dalle mani incrociate delle sue amiche - e l'avevano lanciata dritta su Gage.

«Oh diavolo. Mi stai *prendendo in giro*?» Gina lasciò cadere il cupcake sul tavolo e si precipitò via correndo.

Lara poteva solo fissare mentre Gage barcollava sotto l'impatto, ma in qualche modo riuscì a rimanere in piedi con la donna avvolta intorno a lui come una coperta. *Baciandolo*.

Oh, Dio. Lara chiuse gli occhi. Non poteva guardare. Certo, non l'aveva provocato lui, ma cavolo, non ne aveva bisogno con donne che letteralmente gli si gettavano addosso.

Non poteva passare di nuovo attraverso tutto questo.

La musica si spense tra la folla urlante. Fantastico. Il povero Gage veniva assalito e la gente tifava per quella donna appiccicosa. Lara aprì gli occhi e vide Gina e un paio di ragazzi tra la folla che cercavano di staccare la donna da lui, una scena così simile a quando aveva visto la bionda avvinghiata a Jeff al barbecue degli Schmitt. Jeff si era liberato e le aveva detto che non era stata colpa sua - che era stata lei ad attaccarlo - ma il danno era stato fatto. Il suo ego era stato lusingato - probabilmente non l'unica cosa - e aveva iniziato a guardarsi intorno. Aveva cominciato a trovare difetti in lei. A criticare, sminuire, demoralizzare.

Finalmente, riuscirono a staccare la sanguisuga da Gage, e guarda un po'? Lui scrutò la folla, attraverso l'ampiezza del cortile, il suo sguardo che la cercava come un missile a ricerca di calore.

Le scuse che vide nei suoi occhi la colpirono con altrettanta forza.

Aveva bisogno di trovare un ragazzo carino, dall'aspetto anonimo. Dimenticarsi di qualcuno attraente e sexy; tutte le donne volevano quello. Aveva bisogno di trovare qualcuno di cui potersi fidare; qualcuno che volesse sistemarsi con lei per il resto della vita e fosse contento di non guardare altrove. La passione poteva non essere quella che provava con Gage, ma almeno avrebbe potuto contare sul per sempre.

Diciassette

Gage fece la doccia più veloce - e fredda - conosciuta dall'umanità dopo lo spettacolo, si infilò la canottiera e i pantaloncini, e andò alla ricerca di Lara.

Aveva visto l'espressione sul suo viso quando la donna lo aveva assalito. Se non si fosse concentrato così tanto per non guardare Lara, avrebbe notato cosa stava succedendo proprio davanti a lui prima che la situazione degenerasse. Ma non l'aveva fatto e l'espressione sul viso di Lara lo preoccupava da morire.

Leslie aveva dimostrato quanto grande potesse diventare il problema della gelosia. Non che avrebbe dovuto. Quando stava con qualcuna, stava con lei e solo con lei. Ma ci sarebbe voluta una donna molto sicura di sé per sopportare la sua carriera notturna. Lo sapeva. Fino a quando non aveva visto l'espressione affranta sul viso di Lara dal palco, aveva sperato che lei fosse quella donna.

Avrebbe dovuto esserlo, dannazione, indipendentemente da ciò che quel bastardo di un ex marito le aveva fatto o detto. Era bellissima, gentile, divertente e di successo nel suo lavoro, per non parlare del fatto che era sexy da morire. Come poteva non essere sicura di sé?

Questo voleva scoprire. Arrivare al nocciolo della questione. Convincerla che ciò che era successo quella sera non significava nulla. Non aveva alcun impatto su ciò che stavano iniziando.

Ma diavolo, l'idea che stessero iniziando qualcosa lo terrorizzava quasi quanto vedere di nuovo quell'espressione sul suo viso.

Fu fermato da un paio di donne single e fece del suo meglio per liberarsi senza essere scortese. Era parte del lavoro e non poteva permettersi di essere poco professionale con tutti questi potenziali affari in giro. Ma doveva raggiungere Lara.

«Gage!» Gina gli afferrò il braccio. «Mi dispiace davvero per quello che è successo. Non so cosa sia preso a Megan e al suo gruppo. Certo, sono chiassose, ma fare una cosa del genere...» Gina scosse la testa.

«È andata così, Geen. Non posso dire che non sia mai successo prima.» E probabilmente sarebbe successo di nuovo. Se solo non avesse avuto bisogno dei soldi che questi spettacoli gli procuravano.

«Lara sembra simpatica.» Gina gli porse una birra e camminò con lui verso il tavolo dei cupcake. «Non è il tuo solito tipo, però.»

Prese una lunga sorsata fresca. «Non sapevo di avere un tipo.»

«Bellissime, bionde e stronze. Le ultime cinque tue fidanzate mi hanno trattata come se fossi la domestica.»

«Stai esagerando.»

«Se lo dici tu.»

«Ma Lara è bellissima.»

Gina inclinò la testa. «Non una bomba sexy, però.»

«Sai, Geen, a un certo punto un uomo cresce. Inizia a pensare con la testa sulle spalle invece che con quella tra le gambe.» Prese un altro sorso, non volendo pensare a *quello*.

«Sono sicura che sarà entusiasta di sapere che è la scelta logica e non quella che vorresti saltare addosso.»

Si strozzò con la birra. «Che ti prende stasera? Di solito non sei così invadente riguardo alla mia vita amorosa.»

Esalò. «Hai ragione. Mi dispiace. È solo che mi hai sorpreso con lei. Non mi sarei mai aspettata che volessi qualcuno come lei.»

«Che intendi dire, qualcuno come lei?»

«Gentile. Con i piedi per terra. Vera.»

«Oh.» La guardò. «Le altre sono state davvero così terribili?»

«Non terribili, ma nessuna che potessi vedere rimanere con te a lungo. Lei? Sì, posso vederti rimanere con lei.» Fece *tintinnare* il collo della sua bottiglia con la sua. «Devo andare a tagliare la torta. Buona fortuna, Gage.»

La guardò dirigersi verso l'altro tavolo. *Rimanere con lei* . Gina stava correndo un po' troppo. Non poteva pensare a lungo termine. Non ora che Connor, Missy e Jayna avevano bisogno di lui. C'erano troppe cose da fare e mai abbastanza tempo per farle. Guarda come lui e Lara non erano riusciti a connettersi per tutta la settimana. Qualche messaggio - nemmeno una telefonata - non era la base per una relazione.

Inoltre, erano entrambi troppo occupati a costruire le loro attività. Lei era uscita da un brutto matrimonio, e lui... beh, non sapeva quando sarebbe stato pronto per il per sempre. Al momento, il giorno per giorno era una sfida. E dopo il disastro di stasera, ne stava affrontando un'altra.

«Bello spettacolo» disse una donna che si mise in fila dietro di lui per i cupcake.

«Grazie.»

«Fai feste private?»

Gage le rivolse il sorriso lento che le faceva sciogliere, dandogli il tempo di valutare la situazione. Gli era stato fatto il filo centinaia di volte. In passato aveva accettato alcune proposte, ma ultimamente non era più interessato.

«Il minimo sono feste di quattro persone e richiedono almeno due ballerini.» Lui e Bry avevano stabilito quella regola fin dall'inizio, avendo entrambi avuto troppe esperienze che avrebbero potuto prendere una brutta piega ai loro tempi d'oro.

Vide i simboli del dollaro scorrere nel cervello della donna. La vide tirare fuori una bilancia mentale e soppesare quella somma contro la possibilità che sarebbe uscita fortunata da quell'affare. Gli sarebbe piaciuto dirle che quella percentuale era zero - nessuno andava a letto con clienti paganti durante l'orario di lavoro, motivo per cui aveva dovuto aspettare che lo spettacolo finisse per andarsene con Lara quella prima sera.

«Hai un biglietto da visita?»

Ne tirò fuori uno dalla tasca dei pantaloncini. «Certo. Chiamaci domani. Ti metteremo in programma e radunerò un paio di ragazzi.»

«Oh, ma potresti farlo tu. Voglio dire...» Il suo rossore era completamente affettato. «L'hai fatto così bene lassù.»

Sì, proprio come pensava. Non ci sarebbe stata nessuna festa. O se ci fosse stata, avrebbe cercato di farla finire come una festa per uno... ehm, tre.

«Stasera era un'occasione speciale. Non ballo più. Possiedo l'azienda.»

Le sue sopracciglia si alzarono e si avvicinò un po' di più. «C'è un modo in cui posso farti cambiare idea?»

Lasciò cadere il sorriso. Non c'era bisogno di attirarla. O lo avrebbe assunto o no, ma non stava vendendo la sua anima per un paio di centinaia di dollari. Era già abbastanza brutto che stesse vendendo il suo corpo.

«Mi dispiace, temo di no. Come ho detto, stasera era un'occasione speciale.»

«Lo è stata sicuramente.» Si leccò le labbra.

Dio lo salvasse dalle donne a caccia.

Uscì dalla fila. Non voleva davvero un cupcake, non quando voleva invece la *pasticcera* dei cupcake.

Se lei gli stava ancora parlando.

Si infilò dietro il suo tavolo, osservandola mentre intratteneva la folla. Era cordiale con il giusto tocco di professionalità, così che si capiva che ognuno dei suoi cupcake aveva il suo personale marchio di approvazione. Avendoli assaggiati, poteva attestare la sua maestria nell'arte.

Avendo assaggiato *lei*, poteva attestare la sua maestria su *di lui*.

«Se desiderate un gusto che non abbiamo», disse a due donne che avevano degli opuscoli in mano, «sarò più che felice di valutare la possibilità di fornirlo».

Non avrebbe commentato sul suo sapore. Quello, voleva tenerlo solo per sé.

Lara consegnò l'ultimo dei cupcake a tema tartaruga marina a uno degli ospiti. Gage sapeva che ne teneva altri sotto il tavolo nella scatola termica con le ruote che aveva aiutato a scaricare prima, quindi si tirò su i pantaloncini, si accovacciò accanto a lei, afferrò una scatola e gliela passò.

«Grazie», disse lei con quel sorriso teso che lo colpì dritto al plesso solare.

Avevano bisogno di parlare.

«Cos'altro posso fare per te?» Intendeva la frase in tutti i sensi possibili.

Lei deglutì, un movimento minuscolo, ma rivelatore. Sì, decisamente doveva riuscire a stare da solo con lei per chiarire le cose.

«Ci sono altri cavalluccini marini? Non ne ho fatti molti perché, di solito, sono i bambini ad andare matti per il gusto bastoncino di menta, non gli adulti. Ma sembra che tutti abbiano sviluppato un appetito per qualcosa di dolce».

Lui aveva sicuramente appetito per qualcosa di dolce. E il suo nome era Lara Cavallo.

Frugò tra le scatole, ma i cavalluccini marini non si trovavano da nessuna parte. «Sembra che siano finiti».

Lara non perse un colpo; raccomandò invece all'ospite uno dei cupcake a forma di conchiglia. Disse che lo zucchero filato era altrettanto dolce e delizioso quanto il bastoncino di menta.

Tutto ciò a cui lui riusciva a pensare era leccare qualcosa. Preferibilmente le sue gambe. Era seduto proprio accanto a loro e non poteva fare a meno di esserne consapevole. Lisce e abbronzate e nude... Voleva solo un assaggio.

Si sistemò i pantaloncini. Non avrebbe mai pensato che i cupcake potessero essere eccitanti, ma con Lara, lo erano decisamente.

Lei si spostò all'altra estremità del tavolo a quel punto, quindi Gage si buttò a capofitto nel rendersi utile da questa parte, dove non sarebbe stato tentato-

Cancella quest'ultima parte. Sarebbe *sempre* stato tentato vicino a lei.

Cos'era in lei che lo colpiva così tanto? Gina aveva ragione; non era mai stato con qualcuna come Lara. Tralasciando il suo aspetto - non che potesse - ma era quella cosa *autentica* su cui si stava concentrando. Era stata così sexy quella notte nel club. Il suo aspetto scuro e sensuale aveva catturato la sua attenzione in un mare di bionde finte con troppo silicone e abbronzatura spray, la strana percezione della società di un presunto ideale.

Poi aveva bevuto un po' troppo e lui aveva avuto l'opportunità di conoscere la vera Lara. *In vino veritas* non era mai stato più vero. Era adorabile. Così orgogliosa della sua pasticceria, così pronta a fare festa e ballare e stare con lui. Aveva persino voluto pomiciare sulla pista da ballo. Era stato lui ad avere il controllo allora, volendo mantenere quel momento privato, sia per evitare le prese in giro dei ragazzi sia perché voleva assaporarlo. Assaporare lei.

Lo voleva ancora.

Gina si avvicinò mentre Gage stava tirando fuori le ultime due scatole di cupcake, fece la sua cosa al microfono, poi tagliò la torta. L'intera festa si riversò sul tavolo allora, e Gage non ebbe alcuna possibilità di parlare con Lara, poiché erano troppo occupati a distribuire i dessert per avere tempo personale.

Ma avrebbe trovato il tempo per farlo una volta finito tutto questo.

Diciotto

Gage aiutò Lara a smontare la sua postazione e a caricare tutto sul carrello per tornare al suo furgone. Si era offerto di spingerlo per lei, ma lei aveva insistito che poteva farcela da sola, e avendo due sorelle, aveva imparato che quando una donna dice che può farcela, può farcela, e lui farebbe meglio a lasciarla in pace e farle fare da sola.

«Lara, riguardo a quello che è successo con lo spettacolo stasera-»

«Oh, sì. Quello. Come stai? Stai bene? Cosa l'ha spinta a farlo? La conosci?»

Stava farfugliando e lui lo trovava adorabile. Trovava *lei* adorabile. E sexy da morire. Quando era stata l'ultima volta che aveva trovato una donna adorabile *e* sexy allo stesso tempo? Forse Gina aveva ragione sul suo tipo di bionda esplosiva.

«Sto bene. Probabilmente il suo orgoglio è più ferito di qualsiasi altra cosa.»

«Succede spesso? Donne che ti si buttano addosso?» Si morse il labbro inferiore mentre evitava il contatto visivo sollevando le teglie davanti a sé, ostruendo perfettamente il suo campo visivo.

Gage avrebbe dato qualsiasi cosa per farla concentrare su di lui invece.

«Tecnicamente, sono state le sue amiche a lanciarla su di me.»

Lei abbassò le teglie e lo fulminò con lo sguardo.

Okay, lo scherzo non era la strada giusta da percorrere. «Ehm, no, non succede spesso, ma *è* un rischio del mestiere. Dovresti sapere che, indipendentemente dalla politica di non fraternizzazione della nostra azienda, ho i miei standard personali, e le effusioni in pubblico non ne fanno parte.»

In privato, d'altra parte...

Lei spinse il carrello contro il furgone e frugò nella sua borsa in cerca delle chiavi. «Ma pensavo avessi detto che non balli più.»

«Tanner si è ammalato. Potrebbe essere l'appendicite. Ho dovuto sostituirlo. Ecco perché Bryan o io andiamo a ogni spettacolo. Non si sa mai cosa può succedere, e come in questo caso, è stata una buona cosa avere qualcun altro disponibile. La gente ha pagato per uno spettacolo; meritava di averlo.»

«Glielo hai certamente dato.»

Non era sicuro se fosse un elogio o una condanna. «Ti è piaciuto? Beh, prima che Megan perdesse il controllo, intendo.»

«Avrei dovuto essere morta per non apprezzarlo.» Lara spalancò le porte doppie e si girò verso il carrello. «Ogni donna qui stasera l'ha apprezzato. Devi saperlo.»

«La tua è l'unica opinione che conta.»

Lei si fermò a metà strada verso il carrello per lo spazio di un battito cardiaco.

Due.

«Lara?»

Lei prese fiato, poi allungò la mano verso la pila di scatole appiattite. «Sono sicura che domattina sarai sommerso di richieste.»

Non era quello che voleva sentire.

«Voglio dire, ho visto Maryellen Bledsoe parlare con te dopo. Sarà buono per un addio al nubilato.»

«*Lei* si sposa?» Dava una prospettiva completamente nuova alla donna che ci aveva provato con lui.

«No, sua figlia.» Lara chiuse il carrello e lo fece scivolare nel retro del furgone, poi si girò e si spazzolò le mani. «Grazie per avermi aiutato con tutto, Gage. Lo apprezzo.»

«Quindi è tutto qui?»

«Non so cosa intendi.»

«Penso che tu lo sappia.» Incrociò le braccia, molto consapevole di ciò che faceva al suo petto e ai suoi pettorali, e dell'effetto sulle donne. Non era al di sopra dell'usare qualunque cosa Dio gli avesse dato per attirare la sua attenzione. Un colpo basso, forse, ma era disperato. «Non ho fatto avances a Megan. Lei e le sue amiche hanno perso un po' il controllo. Succede, ma nessun danno, nessuna colpa. Non è che accetterò la sua offerta.»

Lei si tolse il cappello da chef. «È proprio questo il punto, Gage. Non è niente. Ogni donna qui ti voleva.»

«Sì.»

«Sì? È questo che hai da dire? Lo sai?»

«Certo. Dovrebbero. È di questo che tratta lo spettacolo. Offrire una fantasia. È quello che mi sono prefissato di fare.»

«Ma i loro fidanzati erano proprio qui.»

«Non pensi che i ragazzi vadano nei locali di spogliarello? Se non altro, abbiamo portato uguaglianza nelle relazioni.»

«Come può essere uguale se desiderano qualcun altro? Non è il punto di una relazione essere *in* una relazione? Non è per questo che le persone formano relazioni, per stare con quella persona? Non capisco questa cosa di guardare altre persone. Perché preoccuparsi di essere in una relazione se è questo che farai?»

Quindi anche il suo ex l'aveva tradita. Un desiderio ardente di fare a pezzi quel tizio, membro per membro, ruggì dentro di lui. Quel bastardo non meritava di vivere. Certamente non l'aveva meritata. Cosa al mondo avrebbe spinto l'uomo che aveva avuto *Lara* a cercare qualcun'altra?

Ma grazie a Dio l'aveva fatto, perché ora Gage aveva una possibilità con lei.

E proprio così, il suo mondo cambiò.

Voleva una possibilità con lei. Più di qualche messaggio di testo o una notte rubata qua e là, voleva *lei*. Stare con lei. Esplorare quello che stava succedendo tra loro. Sì, sarebbe stato difficile, ma sarebbe stato più difficile non averla nella sua vita.

Le prese la mano. Aveva bisogno di toccarla e voleva che lei lo sentisse. «Lara, non posso definire le relazioni degli altri. C'è una domanda per Beef-Cake, Inc.; noi la soddisfiamo. Ma questo non significa che sia chi sono io. Che mi definisca o come vivo la mia vita. Sai perché lo faccio. Questa è la cosa fondamentale per me. Connor e Missy. Mi faccio il culo per aiutarli, sia nel lavoro diurno che in questo. È la migliore possibilità che abbiamo. Non fare l'errore di pensare che sia chi sono. Non lo è. È una fantasia - per i clienti.

«Esco, faccio uno spettacolo, offro quello che vogliono, e poi me ne vado.

Torno alla mia vera vita. Missy e Connor e il lavoro diurno. E tu.» Le portò la mano alle labbra e la baciò. «Sono tornato da te. Ho lavorato al tuo tavolo, ti ho aiutato a finire, ho pulito con te e ho impacchettato per te. Non per nessun'altra.»

Poteva vedere che lei voleva credergli. Voleva farla credere, e mentre le azioni parlano più delle parole, in questo caso avrebbe solo confuso la questione perché lei aveva visto tutta quella sessualità sfacciata stasera e non era riuscita ad affrontarla.

Proprio come Leslie.

Esalò, pregando che non decidesse di chiudere prima ancora di iniziare.

O... voleva che lo facesse? Avrebbe reso la sua vita molto più facile.

Ma non migliore.

Fu questo pensiero che lo spinse a continuare. «Mi piacerebbe davvero andare da qualche parte e stare con te. In qualunque modo tu voglia definirlo, voglio solo stare con te».

Lei lo voleva; lui poteva vederlo nel palpito del suo polso alla gola. Nel modo in cui i suoi occhi guizzavano verso i suoi e in quel modo così sexy in cui si mordeva il labbro.

Le sfiorò la tempia con le dita e le accarezzò la guancia. «Per favore, tesoro. Voglio solo stare con te. Anche se fosse solo per parlare. Mi piace parlare con te. Mi piace stare con te. Mi sei mancata questa settimana. Speravo che tu provassi lo stesso».

Quello era il problema. Lei *provava* lo stesso. E questo la spaventava da morire. Nonostante il *sii avventurosa* di Cara, non era sicura di essere pronta per il rischio. Guarda cosa era successo stasera: Gage non aveva fatto nulla di male, ma lei era pronta a crocifiggerlo per questo. Tutto ciò a cui era riuscita a pensare era cosa lui potesse vedere in lei. Quando sarebbe caduta l'altra scarpa e lui sarebbe stato tutto preso da una di quelle donne - o, diavolo, forse più di una - e lei sarebbe rimasta a curare un cuore spezzato *di nuovo* .

Ma poi Gage fece scivolare quelle deliziose dita che avevano già inviato brividi dalla sua tempia giù per la guancia fino a parti più a sud, contorcendosi e roteando attraverso il suo cuore e il suo stomaco, e le fece scivolare lungo la mascella, la gola fino alla clavicola. Solo un tocco leggerissimo, ma aveva catturato la sua attenzione e sperava... sperava davvero che questa volta, con lui, sarebbe stato diverso. Che potesse fidarsi di ciò che diceva. A differenza di Jeff.

Jeff .

Lo stava facendo di nuovo. Permetteva al suo ex marito di definire la sua vita e il modo in cui vedeva il mondo.

Col cavolo. Jeff aveva perso quel diritto quando aveva scelto qualcun altro.

«Mi vuoi, Lara. Vuoi stare con me».

Beh, ovvio.

«E io voglio stare con te».

Deglutì. *Sii avventurosa* .

Aveva sempre seguito le decisioni di Jeff. Qualunque cosa lui avesse voluto fare in ogni situazione. Il suo lavoro, la loro casa, la sua attività di pasticceria, su quale lato del letto potesse dormire, quali vestiti dovesse indossare... Non si era resa conto di quanto lui fosse stato controllante e di quanto lei si fosse lasciata controllare fino a quando tutto non era crollato.

Se davvero voleva liberarsi di Jeff, doveva fare ciò che *lei* voleva fare.

E voleva Gage. Per quanto a lungo o per quanto poco potesse averlo, indipendentemente da ciò che era successo su quel palco stasera, o dal fatto che le donne ci avessero provato con lui per tutto il tempo. Se non si fosse fidata di lui, se avesse ceduto alla paranoia, avrebbe lasciato vincere Jeff di nuovo.

Sii avventurosa .

Gage non si era mosso. Era a circa quindici centimetri da lei, il suo dito proprio sopra il suo cuore e nessun'altra parte di lui la toccava, lasciando che fosse lei a prendere la decisione.

«Sì, Gage. Hai ragione. Ti voglio. Andiamo a casa».

Diciannove

A credito di Gage, non aveva infranto alcuna legge per riportarli a casa sua, ma a lei non sarebbe dispiaciuto se l'avesse fatto. Una cosa era fare il salto, un'altra era dover ripensarci per venticinque minuti mentre lo seguiva con il furgone.

Ma si riduceva al fatto che lo voleva. Era semplice come quello, perché anche se quella Megan gli era stata addosso, *lui* non era stato addosso a *lei*. Era molto importante per Lara ricordare questo. A differenza di Jeff, che era stato un polpo intorno alla Barbie di Plastica quella notte in cui aveva scoperto il tradimento, Gage non era stato la parte colpevole, e se voleva avere qualche possibilità di andare oltre Jeff, doveva permettere a Gage di essere chi diceva di essere senza proiettare su di lui i suoi problemi.

Lui aprì la porta del furgone quando lei spense il motore e le tese una mano per aiutarla a scendere - o forse era per tirarla contro di sé.

Lei andò volentieri.

«Non ho avuto l'opportunità di farlo nel modo giusto prima», disse prima di baciarla.

Non era affatto un bacio appropriato.

Era caldo e affamato e tutto ciò di cui aveva bisogno. Quelle donne potevano fantasticare quanto volevano, lei aveva la cosa reale tra le sue braccia e presto, si sperava, nel suo letto.

Oh Dio. Le immagini che vide nella sua mente mentre la sua lingua faceva cose deliziosamente peccaminose alla sua, accendendo ogni terminazione nervosa a tutto vapore, quasi la mandarono fuori di testa.

«Dentro», fu tutto ciò che riuscì a dire.

Ma era tutto ciò di cui aveva bisogno. Gage le afferrò la mano, le diede un ultimo bacio duro sulle labbra, poi praticamente la trascinò lungo il vialetto. Armeggiarono un po' con la sua chiave ma finirono per spingere entrambi la porta e quasi cadere dentro.

Gage sbatté la porta dietro di loro e la tirò contro di sé. «Quindi immagino che tu non voglia parlare».

Era così dannatamente sexy. I suoi occhi acquamarina la trafiggevano, il suo corpo duro premuto contro di lei così che poteva sentire ogni rilievo e piano, e sì, parlare era decisamente sopravvalutato.

Si morse il labbro, cercando di trattenere il sorriso. «Beh, se è quello che vuoi fare-»

Lui la baciò. Duramente.

Lei ne aveva bisogno. Aveva bisogno di lui. Aveva bisogno di questo. Avvolse le braccia intorno a lui e ricambiò il bacio.

Lui gemette e le ginocchia di Lara si sciolsero a quel suono.

Fortunatamente, Gage la sollevò in quelle sue forti braccia scolpite e la portò lungo il corridoio fino alla sua camera da letto, senza mai interrompere il bacio.

Con i piedi che penzolavano tra le sue gambe, a Lara non importava. Tutto ciò su cui poteva concentrarsi era il calore e il sapore e l'assoluta sensualità del suo bacio. Le sue labbra erano incredibili, la sua lingua ancora di più, e la tensione repressa che sentiva in lui era inebriante.

Lui accese l'interruttore della luce vicino alla porta della camera da letto.

«Cosa?» Si tirò indietro di scatto quando lui la mise in piedi, la luce troppo abbagliante.

«Voglio vederti, Lara. Niente pasticci al buio. Voglio vedere tutto quello che provi. Voglio guardarti mentre ti sciogli tra le mie braccia. Voglio vederti sorridere dopo».

Cosa che sarebbe successa troppo in fretta se avesse continuato a dire cose del genere. Gli mise una mano sulla bocca. «Attento. Non affrettare le cose. Voglio godermi ogni secondo».

Lui le mordicchiò le dita. «Fidati di me, tesoro, lo farai».

Si fidava di lui. Per quanto sorprendente fosse, dato quello che faceva per vivere e come le donne ci provavano con lui, si fidava di lui.

Questo avrebbe dovuto preoccuparla - molto - ma le sue mani stavano sfiorando ovunque, accendendo fuoco lungo le sue vene e attraverso ogni terminazione nervosa mentre scivolavano sotto l'orlo della sua maglietta per sfiorare il suo ventre, e non poteva preoccuparsi. Tutto ciò che poteva fare era sentire. E godere.

«Così morbida e liscia», sussurrò. «Come il raso».

Lenzuola di raso forse. Avrebbe voluto averne.

Sarebbero finite nella sua lista della spesa domani.

Le sue dita scivolarono sotto la cintura della sua gonna. «Voglio sentirti, Lara. Tutta te. Toccare e assaggiare e tentare ogni centimetro di te».

«Lo stai già facendo».

«Oh, tesoro, non hai ancora visto niente». E con questo, slacciò la cerniera della sua gonna lasciandola cadere ai suoi piedi, poi le sfilò la maglietta sopra la testa, lasciandola solo con i due lembi di seta pesca e pizzo che costituivano la sua biancheria intima.

Quindi, ok, forse aveva sperato che questo sarebbe successo stasera.

Gage trattenne bruscamente il respiro. «Mio Dio, sei bellissima».

No, era imbarazzata. Dopotutto, lui era quello bello. Con il corpo perfetto. Che aveva avuto in mostra per il piacere di tutti.

Sii avventurosa.

Giusto. Non avrebbe permesso alle sue insicurezze di rovinare la serata. Gage era qui con lei, la voleva, e sarebbe stata una sciocca a lasciare che qualcosa si mettesse in mezzo.

Quindi invece, ripensò al ballo di stasera nella sua mente, immaginando che fossero stati solo loro due lì. Nessuna folla, nessun'altra donna, nessuna Gina, solo Gage e lei, e lui aveva ballato solo per lei. Che ogni rotazione dei suoi fianchi, ogni occhiolino e sorriso, ogni mano che scivolava sulla sua pelle e ogni sguardo ammiccante nei suoi occhi... tutto quello era stato per lei.

Afferrò lo scollo della sua canottiera e strappò.

Gli occhi di Gage si allargarono e, oh mio Dio, non poteva credere di averlo fatto. Non aveva mai strappato la camicia a un ragazzo prima.

Lui sorrise con quel sorriso malvagiamente sexy di lato e lasciò cadere le mani dal suo corpo. «Vai avanti, Lara».

Non c'era tempo per essere imbarazzata ora. Soprattutto quando ne era eccitata.

Afferrò l'ultimo pezzo di tessuto che teneva insieme la maglietta in basso e lo strappò, poi gliela spinse giù per le braccia e incollò le labbra al suo petto. Sapeva così buono. Sapone e sudore e Gage e... eccitazione. Oh, sì, riconosceva quell'odore. La voleva.

Non che ne dubitasse. Il rigonfiamento sotto i suoi pantaloncini non poteva nasconderlo.

Passò il palmo lungo la sua lunghezza.

«Lara». Gemette il suo nome e la sua testa cadde all'indietro, dandole perfetto accesso a quella gola forte e cordata e al polso che batteva alla sua base.

Lo baciò. Lo lambì. Lo amò. Poi mordicchiò la sua strada verso il basso, assaporando ogni flessione dei suoi pettorali, per trovare il suo capezzolo. Si indurì al primo colpo della sua lingua, il che era solo giusto visto che i suoi stavano bramando le sue mani e la sua bocca su di loro.

Tutto il desiderio represso e la frustrazione dei tre anni solitari da quando era stata con un uomo, era stata *desiderata* da un uomo, si sollevarono dentro di lei. Lo combatté; se si fosse permessa di pensarci, avrebbe rovinato ciò che poteva avere con lui.

Così non pensò. Invece, sentì. E Dio, quanto si sentiva bene.

Passò le mani su quel corpo duro, senza un grammo di grasso. Accarezzò con il palmo le linee scolpite dei suoi fianchi, poi intorno fino a quel sedere perfetto che ricordava così bene.

«Cavolo, parlando di andare di fretta». Gage ringhiò contro la curva del suo collo. «Attenta, Lara».

Non voleva essere attenta. Era stata attenta e non l'aveva portata da nessuna parte.

Infilò le mani sotto la cintura e gli spinse giù i pantaloncini - il ragazzo andava in giro senza biancheria - lungo le gambe.

Questa volta, fu lei a tirarsi indietro e guardare. «Mio Dio, *tu sei* bellissimo».

«Gli uomini non sono bellissimi».

«Non è vero. Tu lo sei». Fece scorrere un dito lungo il centro del suo petto, su ogni "pacco" scolpito degli addominali, fino a quella sottile linea di peli sotto l'ombelico che portava...

Oh sì. Lui la desiderava decisamente.

«Lara? Sei sicura di questo, vero? Non dobbiamo farlo per forza».

Oh sì che dovevano.

Fece scorrere il dito lungo la sua "linea della felicità" fino alla base.

E poi fece scorrere quel dito lungo tutta la lunghezza, fermandosi proprio sulla punta.

Ebbe un sussulto e Lara lo guardò. «Ti voglio, Gage. Fammi l'amore».

Dopo di che, non ebbero bisogno di parole. Strapparono via le lenzuola dal letto e si toccarono e accarezzarono, si provocarono e si stuzzicarono a vicenda, ansimando e sorridendo mentre scoprivano i corpi l'uno dell'altra. A Gage piaceva essere baciato sotto l'orecchio sinistro; a lei piaceva l'interno del gomito. I piedi di Gage erano solleticosi; a Lara piaceva leccargli la pianta del piede.

A Gage piaceva leccare ogni parte di lei.

E lei glielo permetteva. Si aprì e aprì il suo corpo a lui, al suo desiderio, e a quella lingua maledettamente talentuosa mentre scopriva tutti i suoi luoghi segreti, trascinandola fuori dal suo letargo triennale con veemenza.

«Sei così bella, Lara», sussurrò contro il suo seno mentre la sua lingua e i suoi denti le inviavano spirali di piacere. «Devi saperlo».

Ora lo sapeva. Proprio in questo momento perché lui la faceva sentire così.

Ne aveva bisogno. Aveva bisogno di lui. Per tutto il tempo che sarebbe durato.

Rotolò sopra di lui e appoggiò i pugni sotto il mento, il suo corpo vibrante mentre lo cavalcava. «Ti voglio dentro di me, Gage».

Lui sussultò sotto di lei. «Oh piccola, è lì che voglio essere».

Dio, se lo voleva.

Lei afferrò i suoi pantaloncini quando lui disse che i preservativi erano nella tasca, poi si sedette sopra di lui come una minuscola amazzone conquistatrice e srotolò il preservativo sul suo membro, e Gage pensò di non aver mai visto nessuno più bello. Era così incredibilmente sexy che non riusciva a capire come potesse non saperlo. Come potesse anche solo pensare di essere gelosa di qualsiasi altra donna.

Le afferrò i fianchi nel momento in cui il preservativo fu al suo posto, fece pressione perché si chinasse in avanti, poi la sollevò e scivolò nel suo calore stretto e umido. «Dio, Lar, sei così dannatamente buona».

«Hai ragione. Lo sono». Si abbassò, prendendolo fino in fondo, i suoi bellissimi seni che ondeggiavano davanti a lui.

Era più di quanto ci si potesse aspettare che un uomo potesse sopportare, e lui non aveva intenzione di provarci.

Prese un capezzolo teso e duro in bocca, il suono del suo gemito che mandava il desiderio a pulsare nelle sue vene, gonfiando il suo membro dentro di lei così dannatamente velocemente che pensò potesse esplodere. Doveva pensare a qualcosa - qualsiasi cosa - per calmarsi e non rovesciarla e spingersi dentro di lei.

Aspetta. Perché stava combattendo quell'idea?

Non ne aveva idea. La girò sulla schiena, fece scivolare una mano intorno alla sua gamba e sotto il suo sedere - quella curva deliziosa che si adattava perfettamente al suo palmo - e la tirò contro di sé in modo che lo prendesse più in profondità.

Sorrise quando lei gemette. «Ti piace così?»

«Uh huh». Si inarcò verso di lui, la testa che si piegava all'indietro, e Gage si attaccò al polso nel suo collo che batteva al ritmo del suo.

Flesse i fianchi, ritirandosi solo un po', ma lei affondò le unghie nel suo sedere.

«Non andartene».

«Tesoro, non ho alcuna intenzione di farlo». Mai.

Mai?

Gage smise di flettere. No no no. *Mai* non era la questione qui. Non era sul tavolo per essere preso in considerazione. Questo era per stasera. Qualche settimana, forse, ma non poteva essere per *sempre*.

Lei si dimenò sotto di lui. «Gage... per favore...» ansimò, le sue labbra che percorrevano il suo petto, la sua lingua che stuzzicava il suo capezzolo, e le sue mani - dolce Gesù - le sue mani che vagavano sulla sua schiena, il suo sedere, ogni parte di lui, spingendolo di nuovo dentro di lei.

Lui andò. Non poteva *non* farlo.

Lei gli strinse le gambe intorno alla vita. «Di più, Gage».

Voleva darle di più. Molto di più.

Uscì. Affondò di nuovo quando lei gemette. Si ritirò e lo ripeté tutto da capo. E ancora. E ancora. Così tante volte, così forte e veloce, che quando l'accecante ondata di piacere lo afferrò, Gage non aveva più nulla in sé per combatterla.

Così non lo fece. La cavalcò e la portò con sé, mentre tuonava su di loro, abbattendosi solo per rifluire e costruirsi di nuovo come onde sulla riva, ancora e ancora, l'ascesa e la corsa, mentre si riversava in lei.

Lei gemeva sotto di lui, la testa gettata all'indietro, gli occhi serrati, e pronunciò il suo nome mentre lo stringeva, spremendo ogni briciolo di piacere dal suo corpo.

«Lara», mormorò contro il suo seno, la lucida patina di sudore più dolce di qualsiasi suo cupcake. «Ecco, piccola. Vieni per me».

«Io... È...»

Bene. La voleva incoerente. Si mosse di nuovo dentro di lei, sorridendo quando lei ansimò...

Le baciò il collo. La guancia. Le labbra. Fece scorrere la lingua su di esse, volendo entrare.

Lei lo accolse, succhiandolo in quel caldo umido calore come la sua guaina faceva con il suo membro, e Gage sentì un'altra ondata crescere dentro di lui.

Flesse i fianchi. Sì. Lì. Lei si sentiva così bene stretta intorno a lui. Doveva muoversi. Di nuovo.

«Oh, Gage». Il suo respiro uscì in un sussurro tremante, infiammando i suoi nervi già tesi al limite.

Si mosse di nuovo.

Le gambe di lei si serrarono intorno al suo sedere, le caviglie si incrociarono, e si inarcò verso di lui prima di disfarsi completamente intorno a lui.

Gage perse il controllo, spingendosi dentro di lei. Sollevandosi contro le sue caviglie incrociate, tuffandosi in lei, il bisogno impellente di reclamare ogni parte di lei che lo spronava. Aveva bisogno di questo, la voleva, doveva averla, ogni briciolo. Ogni parte. Ogni ultima risposta.

Le sue grida echeggiavano nella stanza, le sue unghie gli graffiavano la schiena e i suoi talloni - Dio santo, i suoi talloni gli premevano sul sedere, spingendolo dentro di lei così profondamente che non riusciva più a distinguere dove finiva lui e dove iniziava lei.

E poi non importò più mentre raggiungeva l'orgasmo, un lungo momento glorioso che gli toglieva il respiro e la vista, sospeso nel tempo mentre lei prendeva tutto ciò che lui aveva da dare e anche di più, e Gage precipitò oltre il limite sapendo che nulla era mai stato così e non lo sarebbe mai più stato.

E che non poteva più tornare indietro...

* * *

Ci volle un po' perché i tremori si placassero, e quando aprì gli occhi per trovare i suoi bellissimi occhi proprio di fronte a lui, tutta la nebbiosa soddisfazione sensuale che provava riflessa in essi, i tremori ricominciarono.

«Ehi», sussurrò.

«Ehi a te».

«Stai bene?»

«Penso che potrebbe essere un termine blando per quello che sto provando, ma sì, sto bene». Le sue dita tracciavano pigri cerchi sulla parte bassa della sua schiena e il suo sorriso era di pura soddisfazione.

Scivolò fuori dal suo corpo e rotolò su un fianco, portandola con sé. «È stato più che bene, sai. Direi piuttosto incredibile».

«Mi sta bene».

E lei gli stava bene. Cosa che avrebbe dovuto spaventarlo, ma non lo faceva. Non più.

Gage le accarezzò la guancia e le inclinò la testa all'indietro. La baciò. Le sfregò le labbra con le sue, dolce e tenero, ma con la promessa di molto di più.

Quanto di più era la domanda.

Le nascose la testa sotto il suo mento e la avvolse tra le sue braccia, proteggendoli da quei pensieri. La realtà sarebbe arrivata fin troppo presto con il sole; stanotte voleva solo godersi Lara.

Venti

Lara fluttuò nella pasticceria. La notte scorsa - e questa mattina - erano stati...
magici.

Lui le aveva fatto l'amore - no, si erano fatti l'amore a vicenda. Poi si erano
svegliati questa mattina e l'avevano fatto di nuovo. Lui aveva preparato la colazione mentre lei faceva la doccia, dato che avevano concordato che farla
insieme li avrebbe solo fatti arrivare in ritardo al lavoro, cosa che nessuno dei
due poteva permettersi. Avevano mangiato insieme, e poi lei aveva pulito
mentre lui faceva la doccia, tutta la domesticità della scena le stava toccando il
cuore.

Andare a letto con Gage era stato fantastico; svegliarsi con lui ancora
meglio - al punto che non riusciva a ricordare perché avesse pensato che non
sarebbe stata una buona idea.

«O hai ingoiato un chilo di crema al burro questa mattina, o qualche *altro*
tipo di crema».

Lara trasalì. Cara era sempre stata schietta, ma quella era esagerata persino
per lei.

«Hai dormito *per niente* ?»

Lara si infilò il grembiule dalla testa. Con un po' di fortuna si sarebbe incastrato sul suo chignon e non avrebbe mai dovuto affrontare il sorriso consapevole di sua cugina.

Cara l'aiutò a tirare giù il grembiule. «Sai che prima o poi lo scoprirò, quindi tanto vale che tu lo dica ora».

«Non c'è niente da dire».

«Ah ah. Certo. Non ti ho mai vista così, beh, mai».

Lara trasalì. *Non* era mai stata così con Jeff. Nemmeno all'inizio. «La festa è stata un successo e penso che otterremo altri ingaggi da questa».

«Niente da fare. Non te la caverai con una discussione di lavoro. E poi, ho già sentito cosa è successo. Allora, Gage è stato così bollente a letto come apparentemente lo è sul palco?»

«Cavolo, Car, puoi darci un taglio? Ti chiedo io di raccontarmi tutto?»

«Non devi. Ti racconto tutto comunque. Quindi questo significa che c'è stato qualche bacio?»

Lara alzò gli occhi al cielo e afferrò una confezione di pasta di zucchero. Aveva bisogno di sbattere qualcosa.

«Dai, Lar. Non capisco perché sei così riservata su questo».

«Perché non c'è davvero niente da dire. Gage ha ballato, Megan ha perso il controllo e tutti hanno adorato i cupcake».

«Beh, da quello che ho sentito sul suo ballo, mi sorprende che tu riesca a camminare oggi. Deve averti fatta eccitare».

«Parlando di eccitazione, cos'è questa personalità da dea del sesso che hai improvvisamente adottato?» Voleva spostare l'attenzione da sé.

Sfortunatamente, Cara era troppo fastidiosamente intelligente per cascarci. Si sedette sul tavolo di preparazione. «Non stai cambiando argomento. Racconta».

«Ha dovuto sostituire uno dei ragazzi che si era ammalato».

«E ti ha *riempita* ?»

Lara le lanciò un pezzo di pasta di zucchero. «Sei fastidiosa».

«Guarda chi parla. Arriva al sodo. Spiega il suo furgone fuori dal tuo condominio questa mattina».

«Oh». Lara tagliò un altro pezzo di pasta di zucchero con un po' più di forza del necessario. Avrebbe dovuto sapere che Cara avrebbe controllato sulla strada per venire. «Quello».

«Sì, quello. Allora, cosa è successo?»

«Più o meno quello che stai immaginando».

«E?»

«E cosa? È stato fantastico». *Lui* è stato fantastico.

«Grazie Gesù». Cara si fece il segno della croce. «Era ora che tornassi in sella».

«Non è un cavallo, Car».

«Spero sia dotato come uno».

Lara non si degnò nemmeno di alzare gli occhi al cielo. Ma sì, lo era. Non che fosse affar di Cara.

«Quindi lo rivedrai o è stata una cosa una tantum?»

Lara poteva sentire l'imbarazzo che le saliva alle guance. «Sto facendo una torta di compleanno per suo nipote». Durante la colazione, Gage l'aveva invitata a festeggiare con loro domani sera e lei si era offerta volontaria.

«Quello di cui sta pagando le spese mediche?»

«Sì».

Cara inclinò la testa e si attorcigliò un ricciolo. «Bellissimo, sa ballare, si prende cura di sua sorella e di suo figlio... Sai, Lar, il ragazzo sembra dannatamente perfetto. Perché non ti ci butti a capofitto?»

In realtà, gli era stata addosso, ma non era questo che Cara intendeva. «Mi sto prendendo il mio tempo, Cara. Dovresti sapere bene quanto me che potrebbe non andare oltre l'apparenza». Cara l'aveva tenuta tra le braccia più volte di quante entrambe volessero ricordare quando aveva pianto per Jeff. Quel bastardo.

«Non giudicare tutti secondo gli standard di McMostro, cugina. Gli stai dando troppo potere».

No, stava prendendo il potere. Per troppo tempo l'aveva dato a Jeff. Ora era responsabile di se stessa e le lezioni imparate valevano la pena di essere ricordate. Mai più essere in balia di qualcuno. Se questa cosa con Gage doveva andare da qualche parte, voleva prendere le decisioni con lui, non solo farsi trascinare.

Anche se era stata una cavalcata incredibile... «Come ho detto, ce la stiamo prendendo con calma».

«Va bene, come vuoi». Cara gettò la pasta di zucchero nel cestino. «Devo occuparmi dei contratti. La signora Applebaum ha anticipato la data di una settimana».

«Ahi, sarà dura».

«Non se assumiamo un aiuto».

«Non possiamo permetterci un aiuto».

«In realtà, possiamo». Cara sorrise. «Ho detto alla signora Applebaum che dovevamo riorganizzare i progetti per accontentarla e ci sarebbe stata una commissione per questo».

«Non l'hai fatto».

«L'ho fatto. E ha accettato. Quindi offri il lavoro a Jesse. Avremo il nostro primo dipendente. Da qui può solo migliorare».

Lara sperava che fosse vero in tutti gli aspetti della sua vita.

* * *

Gage non riusciva a togliersi quel sorriso stupido dalla faccia mentre portava le finiture al gazebo la mattina successiva. Grazie a Dio lavorava da solo. Non avrebbe voluto sopportare le prese in giro dei ragazzi; Lara era troppo speciale per questo.

E questo era un grosso problema. Uno che avrebbe dovuto affrontare prima o poi, ma non in quel momento. Voleva solo godersi l'estasi post-coito. Era passato troppo tempo dall'ultima volta che si era sentito così.

In realtà, non era sicuro di essersi mai sentito così.

Il che era anche un grosso problema.

Il suo telefono squillò mentre sistemava il rivestimento sui cavalletti. «Ehi Missy, che succede?»

«Potrei chiederti la stessa cosa. Ero preoccupata quando non sei tornato a casa ieri sera. Stai bene?»

Dire che stava bene era un eufemismo. «Scusa. Sì, sto bene». Non era abituato a dover rendere conto a qualcuno e non le aveva mandato un messaggio per dirle che non sarebbe tornato a casa.

«Era Lara?»

Si strinse il ponte del naso, non volendo condividere questo ancora. «L'ho invitata a cena domani sera per festeggiare il compleanno di Connor».

Lei sbuffò. «E questo ti ha tenuto occupato tutta la notte?»

Non aveva *nessuna* intenzione di discutere della sua vita amorosa con la sua sorellina. «C'è altro di cui hai bisogno, Miss? Devo salire su questo tetto».

«Ci sono un sacco di cose di cui ho bisogno, Gage, ma la più importante sei tu. Stai attento, okay? Sul tetto e altrove».

Poteva anche essere la sua sorellina, ma era pur sempre una mamma e ne aveva il tono.

Infilò il telefono nella tasca posteriore e misurò la prima tavola. Ancora qualche pezzo di rivestimento e questo lavoro sarebbe stato finito. Poi avrebbe potuto fatturarlo e concentrarsi sugli altri, compreso il gazebo per McCullough.

Era quasi pronto a tagliare quando il telefono squillò di nuovo. Bryan. Cavolo. Una notte fuori e tutto il mondo doveva sapere i fatti suoi.

«Ehi, Bry».

«Quando pensavi di dirmi di Tanner? Avrei pensato che tra te e Gina non sarei stato l'ultimo a saperlo dodici ore dopo».

Accidenti. Aveva dimenticato anche quella telefonata. Aveva comunque controllato con l'ospedale sulla strada per venire qui questa mattina. Tanner era stato ricoverato per appendicite. «Me ne sono occupato».

«Sì, l'ho saputo anch'io. Molto bene da quello che posso capire. Megan Livezy chiama qui da un'ora cercandoti. Dice che le devi delle scuse».

«*Io* devo delle scuse a *lei*? Da dove le è venuta questa idea?»

«A quanto pare l'hai toccata in modo inappropriato mentre cercavi di togliertela di dosso».

«Santo cielo». Si strinse di nuovo il ponte del naso, questa volta per il mal di testa. «Quella donna era avvinghiata a me come un burrito e *io* sono quello che ha fatto tocchi inappropriati?»

«Sì, lo so. Ho sentito la storia da un sacco di persone diverse. Ora sto cercando di ottenere un video. Dobbiamo dimostrare che è stata lei l'istigatrice per farla stare zitta. Non abbiamo bisogno di questo tipo di pubblicità».

«Merda». Nulla avrebbe mandato a rotoli il loro business più velocemente di voci che si diffondevano su quali altri *servizi* offrivano...

«Esatto». Bry si schiarì la gola. «Quindi, Missy ha chiamato qui, cercandoti. Ha detto che non sei tornato a casa».

«Ma che diavolo? Tutti devono sapere i fatti miei? Ero fuori servizio. Il mio tempo è mio». Posò la sega per evitare di tagliare qualcosa che non avrebbe dovuto.

«Te lo chiedo come amico, non come socio in affari. Era la signora dei cupcake?»

«Ha importanza?»

«Sì, ha importanza, Gage. Ti piace. E dato che so tutto quello che succede nella tua vita - quante volte mi hai detto quali sono le tue priorità - posso essere preoccupato. Voglio dire, non fraintendermi, se ti piace e stai avendo una relazione, fantastico. Ma se non è così, devo chiedermi cosa stai facendo perché lei è nel settore. Non abbiamo bisogno di cattivi rapporti».

«Non ce ne saranno, Bry. Va tutto bene. Non preoccuparti».

«Sono preoccupato per te. Sei sotto pressione ultimamente. E con l'impegno di stasera, beh, come ho detto, hai molto da fare».

Gage si appoggiò al cavalletto. «Stai facendo il Dr. Phil con me?»

Bry sbuffò. «Sì, proprio io. Dr. Strizzacervelli. No, mi sto solo assicurando che tu abbia la testa a posto».

«Ce l'ho. Non preoccuparti».

«Va bene allora». Gage lo sentì sfogliare alcuni documenti. Bry non aveva ancora ben capito l'era senza carta. «Vuoi fare tu la festa del Weekend delle Ragazze venerdì o lo faccio io?»

L'idea di passare cinque ore con un gruppo di dieci amiche single sulla trentina non sembrava più allettante. Soprattutto perché aveva un'altra festa di addio al nubilato stasera. «Passo per questa. La presa a sonnifero di Megan è stata più che sufficiente per il mese».

«Capito. Okay, fammi sapere come vanno i contatti. Gina ha detto che quasi tutti hanno compilato un biglietto».

E almeno due terzi di loro avevano messaggi personali per lui o Carlo.

Riattaccò, inserendo le chiamate a freddo nel suo programma dopo il seminterrato dei Torrington questo pomeriggio, prima del gazebo di McCullough. Non c'erano mai abbastanza ore in un giorno.

E ora aveva aggiunto Lara al mix, anche se non avrebbe avuto problemi a trovare tempo per lei.

La chiamò. Era passata solo un'ora, ma ehi, un ragazzo aveva il diritto di chiamare la donna con cui aveva passato la notte un'ora dopo colazione se voleva.

«Ehi». La sua voce era morbida e roca come l'ultima volta che aveva pronunciato il suo nome quando era venuta nelle prime ore del mattino.

«Ehi a te. Com'è la tua mattinata?»

«Impegnativa. Come al solito. Devo ancora svuotare il furgone, la pasta di zucchero si rifiuta di collaborare e Cara sta facendo affari a destra e a manca. Assumeremo il nostro primo dipendente».

«Ehi, è fantastico. Gli affari vanno a gonfie vele».

«Proprio quello di cui abbiamo bisogno».

«Ti capisco». E la capiva davvero. Era bello sentire la sua voce. Gli sarebbe mancata quella sera, ma entrambi avevano impegni e sarebbero tornati a casa troppo tardi per vedersi. «Quindi, a proposito della cena di domani. Posso passare a prenderti mentre torno dal cantiere, ma sarò piuttosto sporco. Spero non ti dispiaccia se ti lascio con Missy mentre mi faccio una doccia». Aveva pensato di chiederle di farla con lui, ma con Connor in casa, non era la migliore delle idee. Inoltre, non sarebbero mai arrivati alla festa.

«Perché? Missy è qualche persona pericolosa di cui dovrei aver paura? Voglio dire, l'ho già incontrata e dopo aver sopportato quel padre della sposa ubriaco all'expo, dovrei essere in grado di gestire una sorella».

Gage si acciglò al ricordo. Quel tizio aveva guardato in modo inappropriato, per non parlare del toccare. Dovrebbe essere grato di non averla toccata. «Missy è innocua in confronto a quel tipo».

«Mi sembra che tu abbia reso quel tizio piuttosto innocuo».

Poteva sentire il sorriso nella sua voce e questo gli fece apparire un sorriso sul viso. Non disdegnava di essere un cavaliere in armatura lucente se era questo che lei voleva. «Miriamo a compiacere, signora», disse, facendo la sua migliore imitazione da cowboy senza chaps, cappello o stivali.

«Certamente lo fai, Gage. Mi hai decisamente compiaciuta». E con queste parole provocatorie, riattaccò.

Lasciandolo in sospeso.

Ventuno

«Questa deve essere una delle torte di compleanno più belle che tu abbia mai fatto», disse Cara il pomeriggio successivo, esaminando la scacchiera di Connor.

Gage le aveva parlato dell'ossessione di Connor per gli scacchi e il suo videogioco preferito, così lei aveva rinunciato al suo pomeriggio libero per cercare online idee per i pezzi degli scacchi che assomigliassero ai personaggi del gioco. Aveva trasformato la scacchiera nel salone di un castello e aveva usato il logo del gioco come schema di colori. Tutti i tipi di armi medievali, armature e troni circondavano i bordi, con la corte composta da altri personaggi.

«Qualsiasi bambino di sette anni la adorerà».

«Lo spero».

«Oh, sicuramente. Il problema sarà quando arriverà il momento di tagliarla. Scommetto che vorrà giocarci invece».

Quel pensiero le aveva attraversato la mente, ma con tutte le feste di compleanno che avevano organizzato, non aveva ancora incontrato un bambino che potesse resistere alla torta.

Lara chiuse il coperchio della scatola della torta e si tolse il cappello da chef. «Sei sicura di poter gestire il negozio mentre vado a casa a fare una doccia prima di cena? Dovrei tornare in tempo prima che arrivi Gage».

«Nessun problema. È la domenica della burocrazia. Mi occuperò di quello e risponderò alle eventuali chiamate. Devo capire come impostare la busta paga per il nostro nuovo dipendente». Jesse aveva colto al volo l'opportunità di un lavoro estivo a tempo pieno. «Vai a farti bella per il tuo uomo».

Era esattamente quello che Lara intendeva fare.

Tornata nel suo appartamento, diede un'occhiata all'ultimo messaggio di Gage appena prima di entrare in doccia per lavarsi via gli sforzi della giornata.

Non vedo l'ora di vederti.

Nemmeno lei. Erano stati dei maniaci dei messaggi nelle ultime trentasei ore, con una chiamata di un'ora la scorsa notte.

Il suo viso - e il resto del suo corpo - si scaldarono a *quel* ricordo. Chi avrebbe mai detto che il sesso telefonico potesse essere così eccitante?

Si fece aria. Non l'aveva mai fatto prima, ma era venuto come una progressione naturale quando entrambi erano nei rispettivi letti e la notte li avvolgeva con il loro desiderio reciproco.

Usò la sua scorta di saponi e oli profumati di marca che aveva comprato dopo aver lasciato la sua vita precedente - fragranze che aveva scelto *lei* - si prese cura extra dei suoi ricci da Medusa per evitare che esplodessero come una massa di lana d'acciaio, poi si tormentò su cosa indossare.

Stava esagerando. Sarebbero stati solo lei, Gage, Missy, Connor e alcuni dei suoi amici. Pizza e patatine con torta e gelato per dessert, non una gita al country club.

E di questo poteva dirsi grata. Non le era mai piaciuto lo stile di vita a cui Jeff aspirava. Non era da lei, ma l'aveva fatto per lui.

E dove l'aveva portata?

Guardandosi allo specchio, in un vestito estivo e sandali con tacco basso, Lara dovette ammettere che cercare di adattarsi al mondo di Jeff l'aveva portata dove si trovava ora: in attesa di una cena con un uomo meraviglioso e la sua famiglia.

Non era affatto un brutto posto in cui trovarsi.

* * *

Gage arrivò nel parcheggio della pasticceria quindici minuti in anticipo. Ottimo. Quindici minuti in più da passare con Lara.

Entrò. L'area di reception era piccola. Avrebbero avuto bisogno di qualche ritocco di pittura qui e forse un bancone più basso. Aveva sempre odiato quando il receptionist non riusciva a vedere oltre per salutare i nuovi arrivati. Non che fosse un problema per loro al momento, ma con il talento di Lara e la determinazione di Cara, lo sarebbe stato alla fine.

Si diresse verso il corridoio. «C'è nessuno?»

«Qui dietro!»

Seguì la voce. Si rivelò essere la cugina di Lara in un ufficio alla destra dell'area cucina. «Ehi, Cara. Lara è qui?»

Cara alzò lo sguardo, i suoi ricci che le spuntavano dalla testa come se avesse infilato la mano in una presa elettrica. «Dovrebbe arrivare a breve. È andata a casa a fare una doccia».

Un'immagine che aveva avuto in testa tutto il maledetto giorno...

«Vuoi un tour del posto?» Cara sbatté la pila di carte che stava tenendo sulla scrivania.

«Va bene, sei occupata».

Mise la matita sopra le carte. «Nessun problema. Sono stufa di guardare questa roba. I contratti non sono il mio forte, soprattutto quando devo capire come fare le buste paga per l'aiuto che abbiamo assunto, rivedere l'inventario per il lavoro di un nuovo cliente, cose del genere». Inclinò la testa, assomigliando abbastanza a Lara da essere carina, ma mancando di quel qualcosa di speciale che lo interessava. «Non ti interessa davvero sentire queste cose, vero?»

«Certo che mi interessa. Tutto ciò che riguarda Lara mi interessa. Inoltre, so tutto di forniture e programmazione. Sto lavorando a tre lavori di costruzione in questo momento».

«Oltre a BeefCake?»

Lui scrollò le spalle. «Tutto lavoro e niente gioco rende Gage un ragazzo noioso». Era una battuta sarcastica tra lui e Bryan perché non c'erano abbastanza ore nel giorno per tutto quello che avevano da fare per pensare al gioco. Forse tra cinque anni.

Lei girò intorno alla scrivania. «BeefCake è *tempo libero* per te? Trovi divertenti le donne eccitate, maleducate e che ti palpano?»

Cara ovviamente non aveva colto il sarcasmo. «Ehi, aspetta. Hai frainteso quello che intendevo».

Lei mise le mani sui fianchi e si avvicinò a lui, una piccola palla di furia. «Beh, perché non me lo spieghi visto che stai frequentando mia cugina? Non ha bisogno di un giocatore che la usi. Ha già passato abbastanza inferno con quel cretino del suo ex. Pensavo fossi un bravo ragazzo, con tutto quello che stai facendo per tuo nipote. Voglio dire, sono tutta per Lara che esce e si diverte un po', ma con il modo in cui è stata in luna di miele in questo posto negli ultimi due giorni, ci deve essere qualcosa di più in te oltre al buon sesso».

«Ha detto questo?» E lui che sperava che lo avesse trovato fenomenale.

Cara alzò gli occhi al cielo. «*Questo* è ciò su cui ti concentri? Uomini. Giuro su Dio che non vi capirò mai voi creature».

«Forse se smettessi di chiamarci creature, potresti».

«Quando la vostra specie smetterà di comportarsi come tale, lo farò».

Parlando di avere un peso sulle spalle... «Non lasci che la tua statura ti fermi, vero?»

«Cosa c'entra la mia statura con tutto questo?»

Apparentemente nulla, dato che lo aveva fatto indietreggiare contro un muro.

Alzò le mani. «Tregua? Mi dai una possibilità di spiegare?»

Incrociò le braccia e batté un piede. «Due minuti».

Non avrebbe davvero dovuto sorridere. Cercò di non farlo. «Al momento sto lavorando a tre diversi progetti di costruzione, sto cercando di procurarmene altri per quando questi saranno finiti, ho le chiamate di vendita da fare per i contatti di BeefCake, per non parlare dell'aiuto al mio socio con la programmazione, le assunzioni, la formazione, i costumi e tutto il resto associato all'organizzazione di uno spettacolo itinerante, sto cercando una sede per avere una presenza permanente e, ah sì, ho un nipote infortunato che ha bisogno di terapia e chirurgia, con una sorella che sta facendo tutto il possibile per sbarcare il lunario. Quindi, occasionalmente, mi addentro nel regno del sarcasmo per affrontare lo stress. Tu hai solo avuto la sfortuna di sentire quella piccola divagazione».

Sorprendentemente, l'aveva fatta tacere.

Lei si appoggiò al bordo della scrivania - in realtà si appoggiò contro di essa perché non era abbastanza alta per sedersi sopra - e lo studiò.

«Siamo a posto ora?»

Lei si toccò il labbro. «Credo di sì. Ma se fai del male a Lara, dovrai vedertela con me».

Quella prospettiva lo spaventava più di Megan che gli si lanciava tra le braccia l'altra sera.

«Non ho intenzione di farlo, Cara. Ci tengo a lei. Ma la realtà della situazione è che ci sono solo così tante ore in un giorno, quindi devo essere felice con quello che posso avere con lei».

«È per questo che l'hai invitata a cena stasera».

«Uno dei motivi. L'altro è che volevo che fosse presente. Lei è importante per me, e il compleanno di Connor è importante per me. Se vuoi venire anche tu, sei più che benvenuta».

Lei si toccò di nuovo le labbra. «È un'idea».

Accidenti. Non aveva pensato che avrebbe accettato l'offerta.

Si alzò. «Allora, vuoi quel tour?»

Per fortuna, la porta sul retro della cucina si aprì. «Car, sono tornata!»

Lara era qui.

«Cavolo. Non c'è bisogno di sembrare così sollevato», mormorò Cara mentre gli passava accanto uscendo dall'ufficio.

Gage sorrise e scosse la testa. Non poteva biasimare Cara; Missy avrebbe fatto la stessa cosa se l'avesse lasciata sola con Lara-

Cosa che stava pianificando di fare quando fosse tornato a casa. Forse era una buona cosa che venisse Cara. Poteva impedire un interrogatorio che non aveva davvero bisogno di avvenire.

La seguì fuori.

«Gage! Sei in anticipo».

Era molto contento di esserlo. Lara era stupenda. Il suo vestito aderiva nei punti giusti e i suoi capelli erano un groviglio di morbide onde che le cadevano sulle spalle come quando vi aveva intrecciato le dita l'altra sera mentre facevano l'amore.

«Ho finito prima del previsto, così sono venuto qui. Volevo farti una sorpresa, ma la sorpresa l'ho avuta io». Guardò Cara. *Questo è sarcasmo, tesoro* .

Cara lo fulminò con lo sguardo.

Lara guardò entrambi. «Va tutto bene?»

«Sì. Certo», disse Cara. «Vengo a cena con voi».

«Ehm, cosa?»

Gage scrollò le spalle. «Più siamo, meglio è, giusto?»

«È quello che dico sempre», disse Cara.

«No, non è vero. Odi la folla». Lara mise la mano sul fianco. «Che sta succedendo, voi due?»

«Niente, Lara. Onestamente». Gage aprì le braccia. «Posso avere un abbraccio o rovinerò il tuo outfit?» Due sorelle gli avevano anche insegnato l'importanza di chiedere il permesso proprio per quel motivo.

Lara andò tra le sue braccia. «Il giorno in cui un uomo non può abbracciare una donna per questo motivo è il giorno in cui il mondo dovrebbe finire».

Una donna secondo il suo cuore-

Woah.

«Gage?»

Si era irrigidito e lei l'aveva sentito. «Io, uhm, non voglio rovinare i tuoi capelli».

Lei si tirò indietro e lo guardò. «Voi due vi state comportando in modo molto strano. Siete sicuri che non stia succedendo nulla?»

«Va tutto bene». La tirò a sé. Ora andava tutto bene.

«Sì, Lar, va tutto bene», disse Cara, per una volta dalla sua parte. «Ora, prendiamo la torta e andiamo via di qui? Io, per una, sono stufa di questo posto oggi. Non vedo la luce del giorno da ore».

Gage guardò l'esterno dell'edificio mentre portava la torta al suo furgone e la sistemava sul sedile. L'ufficio di Cara aveva una parete esterna. Era in blocchi di cemento, ma se non c'erano fili elettrici che la attraversavano, avrebbe potuto metterci una finestra a un costo relativamente basso. Aveva quella extra che aveva recuperato da una casa quando i proprietari avevano optato per delle porte francesi. Poteva usare quella. E aveva anche un paio di pezzi di granito di forma irregolare che poteva utilizzare per un nuovo bancone della reception, ora che ci pensava. Alcuni scarti di legno con cui poteva fare un corrimano per le sedie, e aveva abbastanza vernice avanzata per rinfrescare il posto. Un giorno, forse due, e la loro area di reception sarebbe sembrata come nuova. E Cara potrebbe avere un po' di luce del sole per mantenere il buon umore.

Scosse la testa mentre camminava verso il lato del guidatore. Guardalo; come se non avesse già abbastanza da fare, ora si stava offrendo volontario per lavorare alla panetteria.

Lara aprì la portiera e si sedette nell'auto di sua cugina, il vestito che scivolava su rivelando quella distesa di cosce con cui aveva trascorso un tempo considerevole a familiarizzare l'altra notte.

Sì, avrebbe trovato il tempo.

Ventidue

La casa era invasa da bambini di sette anni, la maggior parte di loro in completo costume fantasy, con Connor vestito da re che dominava su tutti dalla sua sedia, in particolare su una piccola troll bionda con fossette e angelici occhi blu che lo guardava come se fosse davvero un re. Gage sorrise. Ah, i geni dei Tomlinson iniziavano a manifestarsi presto.

Faceva bene al cuore di Gage vedere suo nipote divertirsi. I bambini venivano spesso, ma stare uno a uno diventava noioso dopo un po', e con Connor confinato in casa per la maggior parte del tempo, questo era un pomeriggio ben accetto.

Missy gli lanciò un sorriso grato quando entrarono in cucina.

«Grazie a Dio che sei qui. Sono arrivati tutti in anticipo. A quanto pare Connor ha fatto sapere che voleva una battaglia su larga scala prima che arrivasse la pizza, quindi eccoli qui. Mi chiedevo perché continuasse a chiedermi a che ora avremmo ordinato. C'è possibilità che tu possa supervisionare mentre preparo tutto qui?»

«Fammi correre di sopra a fare una doccia veloce, poi sono tutto tuo.»

«Io e Cara possiamo gestirli», disse Lara. «Tu vai a farti la doccia e noi terremo il forte.»

Dall'espressione di Cara, Gage avrebbe detto che non era entusiasta dell'idea. Ma baciò la guancia di Lara mentre saliva le scale. «Grazie. Te ne devo una.»

«E a me», brontolò Cara. «Me ne devi sicuramente una. Una grossa.»

Oh, Cara aveva decisamente una buona padronanza del sarcasmo.

* * *

«Grazie mille per l'aiuto», disse Missy quando suo fratello lasciò la stanza. La povera ragazza sembrava esausta e la festa non era nemmeno iniziata.

«Nessun problema», disse Lara. «C'è qualcosa che dobbiamo sapere prima di avventurarci là dentro?»

«Tenete solo le spade laser lontane dallo schermo piatto. È l'orgoglio di Gage.»

«Ci pensiamo noi», disse Lara, dirigendosi verso l'orda di mongoli invasori.

Cara sbuffò. «Beh. Un ragazzo innamorato di un enorme tubo catodico. Perché non sono sorpresa?»

«È successo qualcosa con Nick?»

Cara alzò gli occhi al cielo. «Certo che no. Non definisco la mia intera esistenza in base al mio ragazzo, sai.»

«Stai cercando di dirmi qualcosa?»

Cara la guardò. «Um, no. Mi dispiace. Hai ragione. Stavo facendo la stronza. Troppa burocrazia, immagino.»

«Ooh, ha detto una parolaccia!» Uno dei bambini si tolse la maschera e indicò Cara. «Cinquanta centesimi nel barattolo delle parolacce!»

Altri cinque si unirono al coro. A quanto pare, i barattoli delle parolacce erano una cosa comune tra gli amici di Connor.

Lara allontanò Cara da loro. Non c'era bisogno di incitare una rivolta.

«*Un guard* !» urlò un tirapiedi mentre si lanciava verso un troll, il suo francese bisognoso di una revisione.

«Ti *spewero* », disse un altro, cercando effettivamente di farlo.

Lara afferrò la spada laser. «Ehi, non è permesso infilzare. Altrimenti la torta cadrà dalla sua pancia.»

«Torta?» Venti paia di occhi si voltarono verso di lei e il pandemonio si fermò.

Solo per ricominciare su un'altra tangente.

«Dov'è la torta?»

«Ne voglio un po'.»

«Posso avere un pezzo con il bordo?»

«C'è una rosa? Voglio una rosa.»

«Non mi piace il cioccolato.»

«Mi piace solo la torta al caffè.»

«Avete la crostata?»

Cara stava girando su se stessa come se i bambini la stessero tirando come una trottola. Lara dovette ridere. Era incredibile quanto lei e Cara fossero simili in molte cose, ma l'idea di un bambino mandava la sua povera cugina nel panico. Venti di loro potevano mandarla al manicomio.

Lara alzò le mani per zittire l'orda. «Su, su, tutti. Ci sarà la torta, ma non fino a dopo cena. E per arrivare alla cena, dobbiamo mantenere la casa intera. Sapete come fare, vero? Se volete correre in giro, dovremo spostarci fuori nel cortile sul retro.»

«Ma Connor non può andare nel cortile», disse una graziosa piccola troll bionda che si era praticamente attaccata al fianco di Connor.

«Certo che può. Quando suo zio Gage scenderà, lo porterà fuori e lo metterà sul suo trono. Poi potrete onorarlo come un vero re.»

Era la cosa giusta da dire. Il petto di Connor si gonfiò, il suo sorriso raddoppiò di dimensioni, e la troll gli diede una pacca sulla mano.

«Forza, tutti! Andiamo fuori a rendere il cortile degno di un re!» Lara fece un gesto con la mano verso le porte scorrevoli in vetro che davano sul terrazzo, e come uno stormo di uccelli, tutti si precipitarono fuori.

«Come diavolo ci sei riuscita?» Cara scosse la testa. «Hai i superpoteri del Pifferaio Magico?

Lara diede una pacca sulla spalla di Cara. «Ti ricordi quando facevamo da babysitter per gli O'Malley? Quello era un allenamento.»

Gli O'Malley avevano avuto otto figli, uno nato ogni anno. Lara aveva guadagnato tutti i suoi soldi per le spese del liceo facendo loro da babysitter.

«Sì, ricordo. Ero convenientemente malata ogni volta che tu non potevi occupartene. Mi spaventavano.»

«Ah, Cara, erano solo bambini.»

Cara rabbrividì. «Erano il mio peggior incubo. Tutto quel rumore e quel caos.» Si guardò intorno nel soggiorno, ora libero dai bambini, ma decisamente non dal caos. C'erano più spade e mantelli persi di quanti Lara potesse contare. «No, grazie.»

«*Io* dirò grazie.» Missy fece capolino nella stanza. «Non so come ci sei riuscita, ma grazie. Sto cercando di farli uscire da qui da mezz'ora.»

«Posso uscire adesso?» chiese Connor, con la sua troll ancora in piedi accanto a lui.

«Appena Gage scende, Connor. Fino ad allora, posso restare qui con te.» Lara guardò Cara. «Vuoi andare a supervisionare fuori?»

Cara la fissò a bocca aperta. «Scusa? Quale parte di *peggior incubo* non hai capito? Che ne dici se *tu* vai là fuori e io resto qui a tenere compagnia a Connor? Sono sicura di poter gestire un bambino.»

Lara nascose il suo sorriso mentre afferrava un mucchio di succhi di frutta e si dirigeva fuori. A volte Cara era troppo facile da manipolare. «Va bene per me. Ci vediamo tra poco.»

* * *

Circa dieci minuti dopo, un Gage rasato di fresco e dall'aspetto delizioso uscì dalla porta portando in braccio suo nipote e il cuore di Lara ebbe un sussulto.

Non solo per la perfezione fisica che era Gage, anche se c'era anche quella, ma per la compassione e la premura così evidenti mentre aiutava Connor a sistemarsi tra i suoi amici.

Jeff voleva dei figli. Il classico maschio e femmina, anche se come si aspettasse che avessero il suo aspetto biondo quando lei era metà del loro pool genetico era al di là della sua comprensione. Aveva continuato a rimandare l'idea di averli «finché non fosse stato il momento giusto». Col senno di poi, ne era contenta, ma all'epoca si era semplicemente lasciata guidare da lui.

L'aveva fatto fin troppe volte.

Guardò Gage mentre sistemava i succhi di frutta. Le aveva lasciato prendere le decisioni su ciò che stava accadendo tra loro. Certo, aveva dato il via alla loro notte insieme, ma non era nulla a cui lei non avesse già pensato. Lui aveva solo dato voce a quei pensieri, ma poi le aveva lasciato prendere la decisione. Qualunque cosa avesse deciso, lui l'avrebbe accettata.

Era così felice di aver deciso ciò che aveva fatto. L'altra notte era stata

146

perfetta. Spaventosamente perfetta. Nessuno poteva essere perfetto come Gage. Eppure, lo era.

Lui rise per qualcosa che Connor aveva detto, la pura gioia sul suo viso le fece trattenere il respiro. L'esterno era decisamente molto bello, ma era chi lui fosse veramente che traspariva in questo momento di spontaneità. Sarebbe stato bellissimo anche senza quel fisico da urlo.

Si stava esponendo a un sacco di potenziali sofferenze abbassando la guardia con lui.

Un mini-mago urtò il tavolo, facendo cadere la piramide di succhi di frutta che aveva costruito, così si mise a ricostruirla.

«Un centesimo per i tuoi pensieri». Gage si avvicinò di soppiatto, le diede un rapido bacio sulla guancia e le avvolse le braccia intorno alla vita. «O valgono di più?»

Lei si scrollò di dosso il caos del suo passato e guardò oltre la spalla. «Niente a cui dobbiamo pensare mai più. Allora, ti senti meglio dopo la doccia?»

«Ora che ti ho tra le mie braccia sì. Cosa pensi che direbbero i bambini se ti baciassi qui e ora?»

«Bleah, che schifo! Il signor T sta abbracciando una ragazza!» Uno degli elfi indicò verso di loro.

«Ehi, non criticare finché non ci hai provato, Nicky. Le ragazze sono fantastiche». Giusto per dimostrarlo, Gage la baciò di nuovo sulla guancia.

Si levò un coro di «bleah».

«Non credo che ci stiano credendo», disse lei, ridendo mentre si liberava dal suo abbraccio. Per quanto fosse piacevole, i bambini non avevano bisogno di vederlo.

«Aspetta che crescano. Vorranno avermi ascoltato ora».

Lei gli diede un colpetto giocoso sul braccio. «Sei una cattiva influenza».

«Su questo punto discuterò con te. Due notti fa pensavi che fossi una buona influenza».

Due notti fa era stato molto bello.

Sentì il rossore salirle alle guance.

«Sei adorabile quando arrossisci, lo sai?»

Il che la fece arrossire ancora di più.

«Ok, voi due siete più nauseantemente dolci di quella torta là dentro», disse Cara mentre usciva dalla cucina, solo per fare un giro su se stessa. «Rientro prima di avere una carie».

Lara scosse la testa. «Quella è solo la sua scusa per allontanarsi dai bambini. Cara ha sempre avuto problemi con loro».

«E tu? Hai problemi con loro?»

«Adoro i bambini. Ne voglio un sacco un giorno». Il che, si augurava, sarebbe stato prima piuttosto che dopo, visto che non stava ringiovanendo. Ciò significava che doveva riversare tutte le sue energie e i suoi sforzi nella pasticceria per assicurarsi che fosse finanziariamente solida prima di poter anche solo considerare di avere figli. Ovviamente, avrebbe anche dovuto trovare qualcuno con cui averli. «E tu? Vuoi dei figli?»

«Assolutamente. Un giorno». Guardò verso Connor. «Fammi andare a vedere se ha bisogno di qualcosa. Missy ha detto che la pizza dovrebbe essere qui tra circa quindici minuti, quindi non avrà molto tempo qui fuori. Dovrei portarlo fuori più spesso. Non ci avevo davvero pensato. Grazie».

«È un piacere. È un bambino dolce e il mio cuore va a lui».

Gage guardò suo nipote. Sbatté le palpebre un paio di volte. «Non si merita questo. Era solo un bambino normale, sai? Si stava solo divertendo un minuto e il successivo, tutta la sua vita è cambiata».

«E la persona che lo ha investito? Ci sono soldi dell'assicurazione?»

Gage si strinse nelle spalle. «Non molto. E Missy non ne aveva perché non ha un'auto. La sua polizza per l'affitto non lo copre».

Lei gli mise una mano sul braccio. «Almeno ha persone intorno a lui che lo amano».

Lui si schiarì la gola e si sforzò di sorridere. «Sì. Questo ce l'ha». Mise la mano sulla sua. «Grazie, Lara. Per essere qui».

«Non c'è nessun altro posto dove vorrei essere». Era vero.

«È arrivata la pizza!» urlò Missy dalla porta, rompendo il momento. E la pace. All'improvviso, venti bambini scalmanati e urlanti invasero il terrazzo, infilandosi tra lei e Gage come un fiume tra le rocce.

Gage rise. «Nuoterò controcorrente per prendere Connor. Tu faresti meglio a non lottare contro la corrente».

Lei lo salutò militarmente. «Sissignore, Capitano. Ci vediamo a riva».

La cena passò in un turbinio di piatti, tovaglioli trasformati in aeroplanini di carta, troppi fischietti per pensare lucidamente, e decisamente troppa caffeina e bevande zuccherate per una folla di esseri che non avevano bisogno di stimolanti.

E poi vollero la torta.

Lara accese le «torce» sui bastioni del castello e Gage la portò per metterla davanti al re.

Seguirono sufficienti «ooh» e «aah», e proprio come Lara aveva previsto, tutti ne vollero un pezzo. Connor salvò il suo personaggio preferito che lei aveva fatto con il cioccolato da modellare, ma il resto era a disposizione di tutti, persino le mura del castello che aveva fatto con riso soffiato e marshmallow.

«Quanto a lungo rimarranno qui questi selvaggi?» chiese Cara, staccandosi l'ennesimo grumo appiccicoso di marshmallow dalla maglietta. «Non andranno mai a dormire stanotte».

Missy ridacchiò. «Quello è un problema dei loro genitori, non mio. In momenti come questi, sono felice di averne solo uno».

Una volta che la torta fu demolita, ehm, mangiata, e i regali aperti, radunarono i bambini di nuovo fuori per smaltire la botta di zuccheri. Connor era di nuovo sul suo trono, i bambini giocavano a nascondino intorno a lui, mentre gli adulti accesero il braciere sul terrazzo e tenevano d'occhio che nessun fantasma rimanesse indietro.

«È bello», disse Cara, appoggiando la testa all'indietro sulla sedia a dondolo. «Non ricordo l'ultima volta che mi sono semplicemente rilassata e ho guardato le stelle. Certo, riesco a malapena a ricordare com'è la luce del giorno, sono stata così tanto nel mio buco di ufficio».

«A proposito», Gage si mise a sedere e tirò Lara più vicino a sé con il braccio intorno alle sue spalle, «posso farlo io per te. Ho una finestra extra da un lavoro se sei interessata».

Cara alzò un sopracciglio e lo fulminò con lo sguardo senza muovere la testa. «Quanto mi costerà?»

«A te? Niente». Diede una leggera spinta a Lara. «Tu invece...»

Lei squittì quando lui le accarezzò il collo con il naso.

«Oy vey». Cara chiuse l'occhio ma un accenno di sorriso le aleggiava sulle labbra.

«Sei disposta a pagare quel prezzo?» le sussurrò quando le mordicchiò l'orecchio.

Lei deglutì, poi annuì.

Bene. «E stavo pensando che potrei sistemare la tua area di ricevimento.

Un po' di vernice, un nuovo bancone, e il posto sembrerà valere un milione di euro».

«A patto che non costi tanto», disse Cara, di nuovo padrona del sarcasmo.

«L'unica cosa che costerà sarà il tempo. Ho un seminterrato e una cucina da finire per due clienti, e domani inizio un gazebo nel complesso residenziale di Fox Run Hills. Lavorerò al tuo ufficio quando potrò».

«Fox Run Hills? Lara, non è lì che-»

«Sì, è lì. Cambiamo argomento».

Interessante come avesse ritrovato la voce per quello.

«Non è lì che cosa?» chiese lui.

«Niente. Non è niente».

Non era niente, ma non l'avrebbe pressata. Glielo avrebbe detto quando fosse stata pronta.

Qualcuno bussò alla porta d'ingresso.

«Sembra che sia arrivata la cavalleria», disse Missy, alzandosi in piedi, «a salvarci da tutti questi piccoli invasori».

Un flusso costante di genitori passò per la porta nella mezz'ora successiva per riprendere i loro festaioli stanchi. Gage, Lara e Cara aiutarono a pulire, poi fu il momento anche per gli adulti stanchi di andarsene.

Gage accompagnò Lara alla macchina di Cara, ma non aprì la portiera. Invece, la incastrò tra essa e lui con le mani sul tetto da entrambi i lati di lei.

«Grazie per essere venuta e per la torta. A Connor è piaciuta molto».

«Sono contenta. È stato divertente farla. Grazie per avermi invitata. E per aver permesso a Cara di venire».

«In qualche modo le parole 'permettere a Cara' non sembrano andare d'accordo. Tua cugina fa quello che vuole».

Lara annuì. «Sì, a volte vorrei poter essere come lei».

«Non credo tu debba essere nessun altro se non chi sei, Lara. Mi piaci proprio così come sei».

Soprattutto quando si mordeva il labbro inferiore tra i denti. Dio, voleva farlo lui. Ma domani sarebbe stata una lunga giornata e era già quasi domani.

Fece un respiro profondo. «Mi mancherai stanotte».

Quel rossore adorabile si diffuse sulle sue guance e non poté resistere dal baciarla. «Anche tu mi mancherai».

«Quindi devo cercarmi un passaggio a casa, o voi due vi staccherete dalla macchina e vi prenderete una stanza?»

Gage diede un ultimo morso alle labbra di Lara. «Cara, sei proprio un bel tipo».

«E non dimenticarlo, Gage». Aprì la portiera del lato guidatore. «Ora lascia entrare Lara in macchina. Abbiamo una settimana impegnativa e lei deve essere abbastanza sveglia per affrontarla, non come sabato. Abbiamo un'attività da mandare avanti, ricordi?»

Gage, più di chiunque altro, capiva cosa intendesse. La baciò ancora una volta. «Ha ragione. Ti chiamerò. Ricorda, ti devo ancora un ballo».

Dio sapeva che non l'avrebbe dimenticato.

Ventitré

Gage attraversò l'ingresso con il cancello del complesso residenziale di Fox Run Hills. Ogni casa era una variante dello stesso tema, con prati curati, recinzioni in ferro battuto, pilastri all'entrata dei vialetti, Acura, BMW e Mercedes ovunque. Con così tante persone che cercavano di tenere il passo con i vicini, avrebbe potuto fare un sacco di soldi se J.C. McCullough l'avesse raccomandato.

Indipendentemente dai suoi sentimenti personali verso il tizio, avrebbe costruito il miglior gazebo che chiunque avesse mai visto nel minor tempo possibile, in modo che sarebbe stato l'argomento di discussione non solo alla festa di fidanzamento del tipo, ma a ogni ritrovo di vicinato successivo.

Organizzavano ritrovi di vicinato qui, o succedeva solo al country club?

Entrò nel vialetto, parcheggiò il suo furgone e il rimorchio con l'escavatore dietro le tuie di nuovo, e tirò fuori i suoi cartelli pubblicitari dal cassone del furgone. A volte erano la migliore pubblicità.

Suonò di nuovo il campanello della porta d'ingresso. Lascia che J.C. gli dica di usare l'ingresso di servizio. Se ne aveva il coraggio.

La cameriera rispose di nuovo alla porta.

Lo stronzo *non* aveva il coraggio. Perché Gage non era sorpreso?

«Il signor McCullough ha detto che il cancello sul retro è aperto e può passare da lì.»

«Farò consegnare del cemento questo pomeriggio, quindi se deve uscire, potrebbe voler parcheggiare la sua auto in strada così non la blocchiamo. Può riferirlo al signor McCullough?»

La donna annuì e chiuse la porta, lasciando Gage lì in piedi. Se c'era una cosa che la prova di Connor gli aveva insegnato, era che quando si arrivava al dunque, tutti erano uguali. Quando eri ferito, eri ferito, quindi tutto questo noblesse oblige lo irritava davvero. Ma il tizio stava pagando i suoi conti, quindi Gage se lo fece andare bene e andò sul retro.

Lo stronzo lo stava aspettando, controllando il suo orologio come se Gage stesse timbrando il cartellino.

«Devo essere in ufficio per le otto, quindi se potessi arrivare qui per le sette domani, lo apprezzerei.»

Gage fece un punto di controllare il suo cellulare. Le sette e due. Ci volevano almeno due minuti per camminare dalla sua auto alla porta d'ingresso e poi girare sul retro.

Posò la sua cassetta degli attrezzi sul muretto di pietra che circondava il patio. «Sì, certo.» Non valeva la pena litigare.

«Madeleine ha detto che ci sarà una betoniera qui oggi?»

Gage annuì e tirò fuori il suo misuratore laser e la vernice per terra. Avrebbe portato il Bobcat dopo aver delineato l'area di scavo.

«Ha un'assicurazione per coprire eventuali danni al vialetto, vero?»

Gage trattenne la sua risposta sarcastica mentre si allacciava la cintura degli attrezzi intorno alla vita. «Ce l'ho. Posso darle una copia se vuole.» Avrebbe pensato che il signor Avvocato Presuntuoso l'avrebbe chiesto prima, ma va bene.

«Ottimo. La lasci a Madeleine prima di andarsene.» Lo stronzo piegò il suo giornale e si alzò. «Sarò di ritorno alle sei. A quell'ora se ne sarà andato.»

Non era una domanda quindi Gage non sentì il bisogno di rispondere.

«Bene, allora, me ne vado. Cerchi di mantenere il rumore e il disordine al minimo, vuole? Non ho bisogno che i vicini si lamentino.»

Gage gli fece un saluto - astenendosi dal tipo a un dito - e si diresse verso il lato sinistro della piscina per tracciare dove avrebbe scavato le fondamenta, ricordando a se stesso che era lì per fare un lavoro e non doveva per forza piacergli il cliente.

Per fortuna, perché questo tizio decisamente non gli piaceva.

* * *

«Mi arrendo!» Una raffica di carte volò fuori dalla porta dell'ufficio di Cara.

Lara ne raccolse alcune e si preparò prima di entrare nella tana di sua cugina. *Lei* non ci entrava mai se non era necessario. I numeri le davano l'orticaria.

«Qual è il problema, Car?»

Cara agitò un mucchio di carte verso di lei. «Questo. Questi contratti. Mi stanno facendo impazzire. Laddove e pertanto e con la presente... Abbiamo bisogno di un avvocato solo per tenere traccia di tutti i cambiamenti che l'altro avvocato sta raccomandando. Sono appena le otto e ho già l'emicrania.» Si pizzicò il ponte del naso. «Sono una persona dei numeri, non una fottuta laureata in lettere.»

«Allora chiama semplicemente l'avvocato e chiedigli qualsiasi cosa su cui hai dubbi.»

«E pagargli trecento dollari all'ora? Sei fuori di testa? Potrei assumere qualcuno part-time per una settimana con quella cifra. Forse anche meno.»

«Che ne dici della sorella di Gage?»

Cara aprì un occhio. «Come, scusa?»

Lara posò le carte sull'angolo della scrivania. Non voleva disturbare qualunque sistema di archiviazione Cara avesse in corso. «La sorella di Gage. La mamma di Connor? Stava studiando per diventare assistente legale prima che Connor si ferisse. Potremmo assumerla per qualche ora per dare un senso alle cose e darci indicazioni su cosa chiedere all'avvocato. Forse ci farebbe risparmiare qualche ora fatturabile. Sarebbe più economico che chiamare l'avvocato e Gage ha detto che le farebbe bene una pausa. Sarebbe un vantaggio per tutti noi.»

«Oh. Mio. Dio.» Il braccio di Cara si abbatté sulla scrivania. «Ci sei cascata alla grande.»

«Cascata in cosa?»

«Questa cosa con Gage. Ti piaceva tutta quella scena domestica ieri sera, ammettilo.»

Lara alzò gli occhi al cielo. «Cara, ho appena iniziato a uscire con lui.»

«Non ti ha impedito di andarci a letto.»

«*Tu* fai la predica a *me*? Sul serio?»

«Non sto facendo prediche. Sto solo facendo notare che hai fatto le cose molto più velocemente del solito.»

«Considerando che non sono andata a letto con nessuno negli ultimi tre anni, direi che è abbastanza ovvio.»

«Ma perché lui?»

Lara incrociò le braccia. Non aveva bisogno di questo terzo grado da Cara. Non ora che le cose erano ancora così nuove. «Non eri tu quella che mi diceva di essere avventurosa? Ora stai facendo marcia indietro? Deciditi, Car.»

«Voglio solo assicurarmi che tu sappia cosa vuoi. Ero d'accordo che tu andassi a letto con lui solo per sfogare la tensione. Ma fare cose da famiglia, passare del tempo lì, conoscerli - assumere sua sorella, per l'amor del cielo... Questo va oltre il semplice grattare un prurito.»

Che ironicamente non era stato grattato la notte scorsa.

Lara fece un respiro profondo. Gli era mancato.

«La prossima cosa che farai sarà preparare un cestino da picnic e portarglielo sul posto di lavoro.»

Ecco un'idea... «Considerando che si trova nel quartiere di Jeff, non credo proprio.»

«Oh sì. Mi ero dimenticata di quello. Non sarebbe divertente se incontrasse McMostro? Riesci a immaginare Jeff alle prese con tutta quella mascolinità grezza nel suo piccolo mondo di Stepford?»

«Wow. Davvero non ti piace Jeff. Perché non me l'hai mai detto?»

Cara fece un tentativo svogliato di sistemare il disordine di carte. «Eri così felice con lui che ho pensato ci dovesse essere qualcosa in lui che non vedevo. Chi ero io per rovinarti la festa? E poi, mi avresti ascoltata?»

Lara scosse la testa. Non l'avrebbe fatto. Era cotta a puntino.

«Esatto. Quindi ho deciso di farmene una ragione ed essere qui per te se le cose fossero andate male. Cosa che pensavo sarebbe successa. Non era l'uomo giusto per te.»

L'aveva scoperto nel modo più duro.

«Odio avere ragione.»

Lara alzò le spalle e raccolse un altro paio di fogli da terra. Ormai era acqua passata. «Preferirei non riesumare il disastro che è stato il mio matrimonio, se non ti dispiace. Perché non pensi ad assumere Missy solo per sistemare questo caos? Salverà la tua sanità mentale, le mie orecchie e un paio di alberi che non dovranno finire come polpa.»

Cara prese i fogli, lanciando loro il Malocchio. Lara ritrasse la mano; aveva sentito troppe storie su quel Malocchio - non voleva scottarsi se i fogli improvvisamente avessero preso fuoco.

«Va bene. Mandami un messaggio con il suo numero di telefono e la chiamerò.»

Lara tornò in cucina e prese il cellulare.

Mi manchi. - G

Non aveva sentito il messaggio arrivare alle - controllò l'ora - sei. Ecco perché stava dormendo profondamente sognando lui.

Era stato un bel sogno. Poteva non averlo portato fisicamente a casa la notte scorsa, ma lo aveva fatto nei suoi sogni. E, oh, come l'aveva fatta sentire a casa *lei* ... Più e più volte. Si era svegliata con le lenzuola aggrovigliate, un velo di sudore sul corpo e un pulsare tra le gambe a cui aveva dovuto provvedere prima di alzarsi dal letto.

Non era come avere Gage lì con lei, ma era il meglio che poteva ottenere finché i loro orari non si fossero sincronizzati.

Probabilmente c'erano più probabilità che un meteorite colpisse la Terra.

Anche tu mi manchi. Buona giornata. -Io

Ok, forse non era il messaggio più romantico, ma almeno lui avrebbe saputo che stava pensando a lui.

Non riusciva a *smettere* di pensare a lui. Gage si stava rivelando più di quanto avesse mai potuto sperare o immaginare per sé dopo il disastro con Jeff.

Tralasciando l'aspetto fisico; il legame emotivo che aveva con la sua famiglia era più che sufficiente per lei. L'amore tra lui e sua sorella, la cura e la preoccupazione per suo nipote, il modo speciale in cui la faceva sentire... Aggiungendo il fatto che le faceva ribollire il sangue e poteva eccitarla con un solo sguardo - dannazione, persino quel soprannome sciocco la faceva sentire speciale - Gage era quasi troppo bello per essere vero.

Ventiquattro

Non tutti pensavano che Gage fosse meraviglioso.

Lara era seduta alla riunione mensile della Camera di Commercio, ascoltando Gage che si rivolgeva all'assemblea riguardo a una sede per i suoi ragazzi, e tutto ciò che riceveva era resistenza da parte degli altri membri.

Osceno, disgustoso, sessista, pornografico ... Non poteva credere alle parole che venivano lanciate. E gli atteggiamenti... Era seriamente tentata di alzarsi e chiedere a tutti esattamente in quale decennio - no, in quale *secolo* - si trovassero, perché certamente non era il ventunesimo.

«Controlleremmo l'ingresso come qualsiasi altro club. Ventuno anni è l'età legale per bere, e poiché serviremo alcolici, i clienti dovrebbero avere ventuno anni per entrare. Adulti legali. Non siamo interessati a corrompere i minori». Gage manteneva la calma dietro il podio, ma poiché lo conosceva, poteva vedere lo sforzo che gli costava.

Avrebbe voluto arrivare presto stasera, ma aveva dovuto mettere gli ultimi ritocchi alla torta degli Henderson prima che Jesse partisse per consegnarla - ed era per questo che era riuscita a partecipare alla riunione. Di solito lo faceva Cara, ma questa sera era l'unico momento in cui Missy poteva trovare qualcuno che stesse con Connor, quindi Cara era fuori ad addestrarla.

Se Lara avesse saputo che Gage sarebbe stato qui, si sarebbe alzata un'ora prima questa mattina e avrebbe finito in tempo la torta della signora Henderson.

Stava bene lassù con la sua polo e i pantaloni kaki. Come un uomo d'affari, che è ciò che era. Non il viscido che stavano cercando di dipingerlo.

«Provocherai rivolte», disse uno dei membri del Consiglio. John Qualcosa. Che sembrava terribilmente geloso del fatto che Gage *potesse* incitare una rivolta.

«Offriamo alle persone un buon momento ed è attentamente monitorato dalla sicurezza. Non è diverso da qualsiasi altro club con artisti dal vivo, che siano ballerini o una band».

«Le band di solito non si tolgono i vestiti».

«Ah no? Non hai mai visto un batterista o un chitarrista togliersi la maglietta e lanciarla tra la folla? Io sì. Noi, almeno, cerchiamo di tenere i nostri vestiti. I costumi costano».

«E le stanze private?» chiese una donna anziana. «Ho sentito dire che club come il tuo sono solo facciate per la prostituzione».

Il muscolo della mascella di Gage si tese. Lara lo vide deglutire e i suoi occhi si strinsero. «Io *non* gestisco un giro di prostituzione. Oltre ad essere illegale, è moralmente riprovevole per me».

«Eppure lo spogliarello non lo è?»

Gage espirò. Bello lungo e rumoroso. «I ragazzi sono ballerini esotici. Quello che si tolgono o non si tolgono dipende da loro, ma posso garantirvi che non c'è mai nudità frontale completa. Questo viola le leggi sulla decenza e io sono un cittadino rispettoso della legge». Afferrò il bordo del podio fino a far diventare bianche le nocche. «Il mio socio ed io gestiamo uno spettacolo pulito, pieno di buon intrattenimento con un occhio alla sicurezza pubblica. Solo per questo aspetto, dovremmo ottenere una licenza commerciale per la sede di Craft Street».

Craft Street era a due isolati dalla sua pasticceria, e un piccolo brivido le fluttuò nel ventre al pensiero di averlo così vicino, dato che la loro interazione in questi ultimi giorni era stata solo tramite messaggi e telefonate.

L'Inquisizione andò avanti per altri quindici minuti, con Gage che manteneva il suo atteggiamento professionale per tutto il tempo.

Curioso, ma ricordava l'unica volta in cui aveva partecipato alla riunione dell'Associazione dei Proprietari di Casa del loro quartiere con Jeff. Lui voleva allargare il vialetto, ma l'ordinanza diceva che non potevano farlo senza l'approvazione dell'Associazione. Era triste vedere quanto velocemente l'arroganza presuntuosa di Jeff li avesse fatti rivoltare tutti contro di lui, e non solo non avevano ottenuto la deroga, ma erano stati multati per aver installato il bordo di blocchi di granito lungo il vialetto, che era anche qualcosa per cui avrebbero dovuto ottenere l'approvazione dell'Associazione prima dell'installazione.

Se n'era andata mortificata; Jeff era stato indignato con rabbia moralista.

Inutile dire che era stata più che felice di vendere la casa e trasferirsi dopo il divorzio. Ora, almeno, i suoi vicini non avevano problemi con lei.

L'interrogatorio era finalmente terminato, e Lara afferrò la sua borsa, aspettandosi pienamente di seguire Gage fuori e parlare con lui, ma lui la sorprese. Prese posto nella prima fila e rimase per il resto della riunione. Non che ci fossero altri grandi problemi, solo alcune misure da approvare su come venivano distribuiti i rapporti, ma Gage si assicurò che la sua presenza fosse nota.

Non sapeva come qualcuno - qualsiasi *donna* - potesse non accorgersi che lui era nella stanza.

E apparentemente nessuna donna lo fece, visto che tutte si affollarono intorno a lui una volta che la riunione fu aggiornata. Compresa la vecchia bigotta che aveva tirato fuori la questione delle stanze private.

Probabilmente voleva portarlo in una.

Lara represse la gelosia. Non era colpa di Gage se le donne fantasticavano su di lui. Beh, non ora. Sul palco? Tutta un'altra storia. Ma anche allora, era un lavoro. Solo un lavoro.

Fece il necessario chiacchiericcio sociale, e se non avesse visto l'occhiolino che le aveva fatto quando l'aveva scorta mentre si avvicinava, avrebbe pensato che fosse sinceramente interessato a ogni donna con cui parlava. Aveva un modo di far sentire ognuna come se fosse l'unica donna nella stanza, una sensazione con cui Lara aveva fin troppa familiarità-

E se non lo intendesse più con lei di quanto lo facesse con quelle altre donne?

I suoi passi e il suo sorriso vacillarono.

Oh Dio, stava esagerando. Ovviamente non era vero. Lui ci teneva a lei. Stava diventando paranoica.

Dannato Jeff. Una volta aveva fiducia in se stessa quando si trattava di ragazzi. Quando si trattava di qualsiasi cosa.

Aveva ritrovato quella fiducia quando si trattava della pasticceria; perché non poteva ritrovarla quando si trattava di Gage?

Lui strinse la mano all'ultima donna e si avvicinò a lei con un rapido bacio sulla guancia.

«Ragazza, sei una vista per occhi stanchi». Si prese il suo tempo per osservarla. «Mi sei mancata». La sua voce era bassa, inviando brividi su tutta la sua pelle. «Sono contento che tu sia qui».

«Non sapevo che saresti venuto».

«Non lo sapevo neanch'io finché oggi non ho ricevuto una lettera che mi informava che la mia domanda per Craft Street era stata respinta. Dovevo venire a perorare la mia causa.»

«Penso sia stato molto efficace.»

«Non ne sono sicuro. Le opinioni sono difficili da cambiare e la gente pensa che ci occupiamo solo di commercio sessuale. È piuttosto scoraggiante.»

«Perché non hai menzionato il motivo per cui stai facendo questo? Per Connor, intendo.»

Si passò una mano sulla bocca. «Ci ho pensato. L'ho fatto. Ma questo non è solo per Connor. Voglio dire, Con è il motivo per cui *io* lo sto facendo, ma tutti i ragazzi hanno le loro ragioni. Questa è un'attività commerciale valida. Redditizia. Le tasse che pagheremmo avrebbero dovuto farci ottenere l'approvazione, ma il pregiudizio contro di essa sta facendo loro dispetto a livello di bilancio, quegli idioti miopi.»

«Quindi cosa farai ora?»

«Non lo so. Se non approvano Craft Street, non approveranno nessun'altra località. Quel posto è rimasto vuoto per oltre un anno. Avrei pensato che sarebbero stati entusiasti di veder sistemato un edificio fatiscente. Sembra che siamo sfortunati.»

Lara stava per offrire una spalla consolatrice quando notò l'uomo dall'altra parte della stanza. «Um, forse no.»

Il capo di Jeff. Per quanto Jeff avesse idolatrato quell'uomo, il signor Davis era rimasto disgustato dal loro divorzio e le aveva chiaramente fatto sapere che sarebbe stato più che felice di aiutarla se mai ne avesse avuto bisogno. Non in modo inappropriato; l'uomo era sposato con la sua fidanzatina d'infanzia da oltre cinquant'anni. Credeva nel matrimonio e nella fedeltà ed era stato pronto a licenziare Jeff sul posto fino a quando non aveva deciso di farlo diventare socio in modo che Lara potesse ottenere più alimenti. L'aveva persino indirizzata all'avvocato che aveva assunto per rappresentarla. Jeff aveva imprecato sottovoce ad ogni riunione che avevano avuto.

Il signor Davis aveva riso sotto i baffi ogni volta che la vedeva. «La vendetta», aveva detto. E anche con la partnership, Jeff era ancora l'ultimo arrivato tra i soci e il signor Davis intendeva assicurarsi che rimanesse tale.

Oh, sì, Weatherington Davis era una forza con cui fare i conti, e lei aveva intenzione di farlo proprio ora.

«Scusami un attimo, Gage?»

«Lara, cosa stai-»

Lei si liberò dalla sua presa. «Fidati di me. Potrei essere in grado di aiutare.»

Si diresse a passo spedito verso il signor Davis. Il suo viso si illuminò quando la vide.

«Lara. Che piacere vederti.» Le prese le mani e le diede un bacio sulla guancia. Profumava di sapone alla lavanda - di sua moglie - e sigari - suoi - con un tocco di fumo di legna, qualcosa del tutto fuori posto nel caldo tempo estivo, ma questo era il signor Davis.

«Salve, signor Davis.»

«Su, su, pensavo avessimo superato questa fase. Ti ho detto più e più volte di chiamarmi Weathers. Tutti i miei amici lo fanno.»

Jeff non lo faceva. Solo per questo motivo, Lara decise di farlo. «Grazie, Weathers. Come sta? Come sta Mary? E i bambini? Ho sentito che ha un nuovo nipotino.»

«Ah, sì, la piccola Candace. È l'immagine sputata di sua madre. La mia primogenita, Susan. Non credo che tu abbia mai incontrato Susan.»

Era stata a casa sua solo due volte per la festa di Natale dell'azienda e in entrambe le occasioni c'era stato solo il figlio più giovane. «No, non l'ho incontrata, ma se quella bambina assomiglia minimamente a Mary, di sicuro sarà una bellezza.»

Adulare la moglie del signor Davis, ehm, Weathers, era un modo sicuro per arrivare al suo cuore. Aveva sempre scaldato il cuore di Lara vedere quanto adorasse sua moglie.

Voleva che qualcuno la adorasse così.

Lanciò un'occhiata a Gage. Aveva sentito i suoi occhi su di lei per tutto il tragitto fino a qui e per tutto il tempo in cui aveva parlato. Era una bella sensazione sapere che la stava guardando.

E, sì, forse aveva aggiunto un po' di ondeggiamento extra al suo passo.

«Lo dirò a Mary che l'hai detto. Le è sempre piaciuta la tua compagnia.» Weathers guardò i due uomini che gli stavano ai lati. «Bene, ragazzi, ne discuteremo domani, che ne dite? Ho la sensazione che la signorina Cavallo abbia qualcosa di cui deve parlarmi.»

Gli uomini annuirono e si allontanarono.

«Ora, mia cara, cosa ti passa per la mente?»

«Perché pensa che abbia qualcosa in mente? Non posso venire a salutare un vecchio amico?»

«Lara, potrei essere vecchio, ma non sono rimbambito. Inoltre, non sono neanche lontanamente attraente come il tuo uomo laggiù, quindi penso che ci sia qualcosa di cui hai bisogno di parlarmi che lo riguarda, altrimenti l'avresti portato con te. E dato che ho sentito il suo appassionato discorso dal podio, ho una buona idea di ciò di cui vuoi parlarmi.»

Lei sorrise e scosse la testa. «C'è un motivo per cui il suo studio legale ha tanto successo.»

«Non grazie al tuo ex marito. Non so come tu sia riuscita a rimanere sposata con lui così a lungo. Io devo sopportarlo solo per otto ore - e nemmeno quelle - e voglio divorziare da lui.»

«Spero che presto potrà farlo.»

«Oh?»

«È la mia pasticceria. Mia e di mia cugina. Spero di renderla abbastanza redditizia da non dover più prendere gli alimenti di Jeff. Allora potrà lasciarlo andare.»

«E perdere il mio facchino? Stai scherzando? E perché mai vorresti smettere di prendere i soldi da quell'uomo? Ne hai diritto, e Dio sa che lui ha bisogno di essere ritenuto responsabile per quello che ha fatto.»

«Lo apprezzo, Weathers. Davvero. Ma non mi piace essere in debito con lui. Odio dover prendere i suoi soldi. Voglio i miei.»

«Così puoi sbatterglielo in faccia.»

Lei accennò un sorriso. «Qualcosa del genere.»

«Ah, ragazza, sapevo che avevi del fegato. Certo, eri abbattuta per quello che aveva fatto, ma sapevo che avevi la forza di risorgere dalle ceneri.» La condusse fuori dalla portata d'orecchio delle persone che si erano avvicinate a loro mentre parlavano.

«Ora, cosa posso fare per te? Vuoi che faccia pressione sulla Camera per concedergli la licenza commerciale?»

«Sì. È un buon business. Onesto, redditizio, in regola. Gage e il suo socio hanno lavorato davvero sodo per costruirlo e li aiuterebbe molto avere uno spazio proprio. Mettere radici e far crescere l'azienda. Restituiranno, sia sotto forma di tasse che creando posti di lavoro, e inoltre il posto è abbandonato in questo momento. Lo sistemeranno. È un bene per lo sviluppo urbano, giusto?»

Weathers la osservò per alcuni istanti, con quel suo sguardo glaciale che gli aveva fatto vincere molti casi difficili, valutandola.

Poi sorrise. «Mi fa bene al cuore vederti così.»

«Così?»

«Innamorata.»

Gli occhi di Lara si spalancarono. Non era innamorata di Gage. Un caso grave di piacere, sì. In preda alla passione, certo. Ma amore? Erano stati insieme a malapena abbastanza per innamorarsi.

E lei non stava *facendo* l'amore. Non ora. Era troppo presto dopo Jeff, e del tutto inopportuno.

«Non sono innam-»

«Non cercare di dirmi che non lo sei. Sono in quello stesso stato da più di cinquantacinque anni, da quando io e Mary avevamo tredici anni. So come appare l'essere innamorati.»

Lara si mise le mani sulle guance, certa che fossero rosso fuoco in quel momento. «Signor Davis-»

«Weathers.»

«Weathers. Davvero, non è come pensa.»

«Ah. Ti ho messa in imbarazzo. Mi dicono che sono peggiorato con l'età.» Si sistemò il colletto. «Va bene, mettiamo da parte questo discorso sull'amore. Vorresti che appoggiassi l'attività del tuo uomo. Sono d'accordo con te che quello che sta proponendo è una buona decisione aziendale e i commenti idioti fatti dal consiglio hanno solo rafforzato la mia decisione di farlo ancora prima che tu arrivassi. Ma accetterò la tua gratitudine in qualsiasi momento.»

Sorrise quando lo disse e Lara non sapeva cosa avesse fatto per meritarsi di averlo dalla sua parte, ma era molto contenta di averlo fatto.

«Grazie mille, signor... ehm, Weathers. Lo apprezzo davvero e so che anche Gage lo apprezzerà.»

«Gage *non* sta apprezzando che tu sia ancora qui a parlare con me, quindi penso che dovremmo salutarci. Digli di controllare la posta. Sono certo che, entro la prossima settimana, troverà la licenza di cui ha bisogno.»

Gli diede un bacio sulla guancia, ridendo di cuore quando lui le lanciò un'occhiata furbetta, e si affrettò a tornare da Gage.

«Chi era quello?»

Gli spiegò chi era Weathers.

«Non ho bisogno di nulla dal capo del tuo ex marito. Posso farcela da solo, Lara.»

«Davvero? Perché a me non sembrava che stessi facendo un così buon lavoro, Gage, visto che ti hanno respinto. E che importa come ottieni la licenza purché la ottenga?»

«Perché il tuo ex marito è coinvolto.»

«Solo marginalmente.» Continuò a spiegare la posizione di Weathers. «Quindi vedi, l'unico motivo per cui Jeff ha ancora il suo lavoro è perché Weathers vuole assicurarsi che io riceva gli alimenti. Be', quello e così possono tutti comandare a bacchetta Jeff. Otteniamo entrambi ciò che vogliamo.»

«E io?»

«Tu cosa? Stai ottenendo la licenza commerciale come volevi.»

La sua bocca si piegò di lato. «Immagino.»

«È diverso da quando hai fatto assumere me da Gina per il catering della sua festa?»

Aprì la bocca, ma poi la richiuse. Poi ci passò sopra una mano. «Immagino di no.»

«Accidenti, non sembrare così entusiasta.»

«No, hai ragione. Grazie.»

«Prego. Ora che ne dici di portarmi fuori a festeggiare? Non ho avuto la possibilità di mangiare nulla oggi e sto morendo di fame.»

«Di cosa, esattamente, hai fame?»

In quell'istante, con la sua voce bassa e i suoi occhi blu concentrati sulla sua bocca, il tono scherzoso era scomparso, sostituito da un altro tipo di provocazione.

Lara si leccò le labbra.

Gage gemette. «Dio, Lara, non qui. Non riuscirò a uscire e tutte quelle persone penseranno che avevano assolutamente ragione su BeefCake.»

Non riuscì a trattenere un sorriso. Era bello sapere che lei lo influenzava tanto quanto lui influenzava lei. «Non possiamo permetterlo, vero? Non quando il signor Davis si sta dando tanto da fare per convincerli del contrario.»

«Allora andiamocene di qui finché riesco ancora a camminare dritto.»

Resistette all'impulso di guardare in basso.

Be', quasi.

«Mi stai uccidendo.» Le afferrò il braccio e la guidò verso la porta, e per la prima volta da quando l'aveva conosciuto, non si fermò a parlare con nessuna delle donne che cercavano di attirare la sua attenzione.

E, sì, Lara si sentiva un po' compiaciuta di questo.

Venticinque

Finirono di nuovo da Donegan's, solo che questa volta non c'erano anelli di cipolla, né patate al forno farcite, e nessuna scommessa su lap dance, perché quello era praticamente scontato.

Lei ordinò il pollo irlandese, lui un hamburger, e li divorarono in un batter d'occhio. Gage aveva persino chiesto il conto insieme al cibo, così ordinarono, mangiarono e pagarono in meno di trenta minuti.

Venti minuti dopo, erano nudi.

«Dio, Lara, non sono riuscito a smettere di pensare a te. A questo». Stavano in piedi nel suo soggiorno, i loro vestiti sparsi ovunque e lui le accarezzava i seni perfetti, soppesandoli, i pollici che le sfioravano i capezzoli fino a farli indurire.

Lei si inarcò verso di lui. «È così bello, Gage».

«Sì, lo sei». Doveva assaggiarne uno. Si chinò e vi sfiorò delicatamente le labbra, sorridendo quando lei sussultò. Poi lo mordicchiò dolcemente, solo con le labbra, sorridendo ancora di più quando lei gli tenne la testa e si premette contro di lui.

«Leccami, Gage». Il suo respiro era affannoso, la sua voce disperata.

Lui capiva quella sensazione.

Gage fece ciò che lei gli chiedeva - ciò che lui voleva fare - facendo vorticare la lingua intorno al picco che si irrigidiva, poi lo succhiò nella sua bocca, il sapore e la sensazione di lei che minacciavano la sua sanità mentale. Doveva portarla a letto.

La prese in braccio e catturò il suo sussulto con un altro bacio, percorse il corridoio e la depose sul letto senza interrompere il bacio.

Dio, si sentiva così bene sotto di lui. Morbida dove una donna dovrebbe esserlo. Accogliendolo dove aveva bisogno di pressione, e lo scivolare setoso delle sue gambe contro le sue era puro paradiso.

Si sollevò sui gomiti e le prese la testa tra i palmi, i suoi riccioli intrecciati tra le sue dita. «Mi sei mancata».

Lei gli morse il mento. «Anche tu mi sei mancato».

«Sei così bella, Lara». Le morse il naso, la giocosità era nuova per lui, ma voleva ogni parte di lei. Voleva il suo sorriso e la sua piccola risatina carina. Voleva i suoi gemiti e i suoi respiri superficiali e ansimanti. Voleva il suo nome sulle sue labbra mentre le dava i migliori orgasmi della sua vita.

«Mi fai sentire bella, Gage».

Non avrebbe dovuto essere necessario; avrebbe dovuto sentirsi bella senza di lui. Perché lo era. Dentro e fuori. Quanto era stata premurosa con Connor, con sua cugina. E come si donava a lui senza riserve. Quella totale generosità e altruismo la rendevano una persona bella e i riccioli meravigliosi, gli occhi caldi e sensuali, quel naso all'insù carino, e quelle labbra... Dio, quelle labbra... Erano tutti solo una cornice per l'anima bella che contenevano.

«Non lasciare mai che qualcuno ti dica che non lo sei, Lara. C'è così tanta bellezza dentro di te che traspare. Bisognerebbe essere idioti per non vedere tutto questo in te». Avrebbe ucciso il suo ex marito. *Vaniglia* - quell'uomo era pazzo? Lara non era per niente vaniglia. Era cioccolato decadente con vortici di fragola e menta piperita, un banchetto per il suo palato che voleva assaggiare ancora e ancora.

Lei sbatté le palpebre - due volte - contro le lacrime agli angoli degli occhi. «Grazie».

La sua voce si spezzò alla fine e Gage non poteva permetterlo. Questa non era una notte per le lacrime. Questa era una notte per sorrisi e risate, e oh sì, lunghi gemiti di piacere. Forse anche un grido o due - o sette - del suo nome. Se fosse riuscito a durare così a lungo.

La baciò. Non in modo carnale, non leggermente, ma abbastanza per mostrarle tutto ciò che provava per lei. Ogni buona azione, ogni meraviglioso sorriso, ogni pensiero doloroso che aveva avuto di lei da quando si erano incontrati.

Avrebbe affrontato tutto ciò che significava per lui più tardi.

«Sei la donna più bella del mondo per me, Lara, e mi assicurerò che tu lo sappia prima del mattino».

Lara rabbrividì alle sue parole. Voleva credergli - e forse, se si fosse lasciata andare, l'avrebbe fatto. «Fa' solo l'amore con me, Gage. Portami fuori da me stessa come hai fatto l'altra notte. *Quello* era bellissimo».

«I tuoi desideri sono ordini», disse lui con quel sorriso che la faceva impazzire, prima che quelle bellissime labbra scendessero sulle sue per trascinarla in un turbine di eccitazione e sensazioni che poteva a malapena credere.

Ovunque Gage toccasse si trasformava in fuoco. Le sue terminazioni nervose fremevano sotto la pelle, onde che si contorcevano su di lei, la sua pancia in subbuglio in una risposta che solo lui era stato in grado di suscitare, e il calore si insinuava lungo le sue membra, facendosi strada nel suo cuore e avvolgendolo così strettamente che non riusciva a respirare. Era così coinvolta in lui che questa poteva essere un disastro di proporzioni epiche se non avesse funzionato.

Lara scacciò quel pensiero dalla sua mente. Ad un certo punto doveva lasciar andare il dubbio e imparare di nuovo a fidarsi.

Fiducia. Era una grande questione per lei.

Gage le mordicchiò lungo la linea della mascella e giù per la gola, prendendosi dolce cura della sua clavicola, immergendosi nell'incavo alla base, la sua lingua che vorticava lì, irradiando un desiderio viscido e caldo in ogni parte di lei.

«Dio, tesoro, hai un sapore incredibile», mormorò contro la sua pelle e Lara poteva solo annuire.

E contorcersi. Lo faceva piuttosto bene quando le sue labbra trovarono il suo capezzolo.

Le sue dita giocavano con l'altro e le sensazioni crescevano in lei, frantumando la sua mente da qualsiasi cosa che non fosse la gloriosa frizione delle sue dita e della sua lingua e la dura lunghezza di lui contro la sua coscia.

Gli passò le mani sulla schiena, ogni centimetro un'esperienza di proporzioni sensuali. Non aveva un grammo di grasso, e ogni muscolo si contraeva e fletteva sotto il suo tocco, generando una contrazione corrispondente in un'area molto specifica. «Ti voglio, Gage. Dentro di me. Ora».

Lui alzò la testa, quei bellissimi occhi acquamarina velati di desiderio. Per lei. «Mi avrai, Lara. Ma andremo piano. Lo faremo durare. Lo renderemo bellissimo».

Lo era già.

Gage la baciò scendendo lungo il suo corpo, immergendosi nel suo ombelico, la sua lingua che vorticava generando ancora più sensazioni lì, ognuna che si irradiava da quel centro verso un altro, un po' più in basso e molto più bisognoso.

Lei si contorse sotto di lui, bisognosa di pressione - ah, sì, lì. Dio, la lunghezza e la forza di lui...

Lui le cullò i fianchi con le mani e poi, oh, Dio, poi la sua lingua la trovò.

«Hai un sapore incredibile», sussurrò contro i suoi riccioli prima di prendere ciò che lei voleva così volentieri dargli.

La faceva impazzire di desiderio. La sua lingua e le sue dita esperte facevano crescere la sua brama, portandola sull'orlo del precipizio, solo per farla ricadere e tenerla sospesa, ogni parte di lei tremante di bisogno. Stringeva le lenzuola, scuoteva la testa, premeva contro la sua bocca, cercando quella liberazione finale, ma Gage continuava solo a stuzzicarla.

«Ti prego, Gage», ansimò, con la mente a metà fuori di sé per il desiderio, l'altra metà così concentrata su ciò che lui stava facendo che era come se potesse vederlo dietro le palpebre chiuse.

«Ti accontenterò, Lara, ma dovrai lavorare per ottenerlo».

I suoi occhi si spalancarono e incontrarono il suo sguardo malizioso. «Cosa?»

Lui sorrise allora e le fece arricciare le dita dei piedi.

«Girati». Le sollevò la gamba e la girò finché non fu sulla pancia e il suo posteriore...

«Cosa hai intenzione di fare?»

«Non è quello che farò *io* ». Scivolò giù dal letto e mise le sue mani forti intorno alle sue caviglie... e la trascinò giù dal letto. «È quello che farai *tu* ».

Lei lo guardò da sopra la spalla mentre cercava di reggersi in piedi. Non stava funzionando molto bene; il suo corpo era così eccitato che le ginocchia minacciavano di cedere.

«Ballerai per me».

Le sue ginocchia cedettero e cadde sul materasso. «Cosa?»

Lui la afferrò per la vita e la tirò su. «Ricordi il lap dance?»

«Ma *tu* lo devi a *me* ».

«E te lo darò. Ma poi tu ne farai uno a me».

«Perché?»

Quel dannato sorriso sexy di lato era tornato. «Perché no?»

Oh. Già.

«Sarà divertente».

Divertente, erotico... patata/patata.

«Resta lì. Torno subito».

Non si mosse mentre lui lasciava la camera da letto. Non poteva.

Tornò rapidamente, con il telefono in mano e un preservativo sulla sua erezione.

Il ragazzo era incredibile.

Toccò lo schermo un paio di volte, poi emerse la musica.

«Stai scherzando», disse lei, riconoscendo l'introduzione. *Simply Irresistible* di Robert Palmer.

Lui sorrise. «No. Ha un ottimo ritmo e le parole sono perfette. *Sei* semplicemente irresistibile, Lara».

«Sembra che tu stia facendo un buon lavoro nel resistermi, però, visto che sei tutto lì».

«Oh, non preoccuparti. Sarò tutto lì tra pochi secondi». Posò il telefono sul suo comò. «Ora guarda».

Come se potesse fare altro. Lui. Era. Nudo.

Ed eccitato.

E stava ballando.

Per lei.

«Prima muovi i fianchi». Lo dimostrò molto bene. «Dai una spinta alla zona del sedere».

Oh sì. Quello funzionava per lei.

«Qualche scossa». Si girò e la sua bocca si seccò come un deserto.

O era *dessert* ? L'uomo sapeva scuotere il sedere ed era una cosa bellissima.

«Ora combina tutto questo con alcuni movimenti delle braccia». Mise le braccia dietro la testa, piroettò, e i suoi pettorali e gli addominali iniziarono la loro gara di ballo - che lui avvicinò.

Più vicino al suo grembo.

Da dietro.

Lara fece scorrere una mano lungo la sua schiena. L'elettricità le crepitò su per tutto il braccio.

«Che ne pensi?» chiese lui, guardando indietro sopra la spalla mentre il suo sedere sfiorava il suo addome e i suoi testicoli le sfioravano le gambe.

Non riusciva a pensare, soprattutto perché stava ballando con un'erezione completa.

Si alzò di nuovo e le tese la mano. «Vieni a unirti a me».

Lei voleva unirsi *con* lui. Ora. Qui. Immediatamente.

Prese la sua mano, comunque, e si alzò in piedi tremante.

Poi Gage la fece girare e le cinse la vita con le mani, il suo bacino ancora ondeggiante contro di lei, e oh, Dio, la sensazione di lui che le sfiorava la fessura del suo posteriore minacciava di portarle via quel poco di forza che riusciva a malapena a mantenere.

«Segui solo i miei movimenti, Lara».

Ci provò. Davvero. Ma era solo perché le sue mani la guidavano che riuscì a farlo. Il suo cervello era *fritto* mentre ogni sfioramento della sua pelle contro la sua lo mandava in sovraccarico e tutto ciò che riusciva a vedere era l'ampia distesa del letto di fronte a lei dove voleva essere distesa sotto di lui, accogliendo dentro di sé fino al completamento quella parte pulsante e palpitante di lui che stava facendo cose terribilmente peccaminose al suo posteriore.

Poi Gage le accarezzò il seno e le leccò la curva della spalla.

«Non è divertente?»

Divertente non era proprio la parola giusta.

Lara si morse il labbro e lo guardò. «Non posso resistere ancora a lungo».

«Certo che puoi. Io lo faccio per un'ora di fila sul palco. Puoi darmi un paio di minuti». Allora lasciò la presa su di lei e fece un passo indietro.

Lei vacillò.

Gage la afferrò. «Ah ah. Ce la puoi fare. Dai, Lara, fammi vedere cosa sai fare».

L'imbarazzo la inondò. Quello che aveva non era nemmeno lontanamente paragonabile a quello che faceva lui, ma...

Ma lui sembrava apprezzarlo, quindi perché no? Non aveva nulla da perdere se non questo momento se non l'avesse fatto.

Non voleva perdere questo momento.

Prendendo un respiro profondo, Lara scrollò le spalle e si girò. Poteva farcela.

Gage cambiò la canzone. *Addicted to Love* . Stava cercando di dirle qualcosa?

Si sedette sulla sedia accanto al suo letto e il suo sorriso era assolutamente affascinante. E incoraggiante. «Balla per me, Lara».

Il primo battito la colpì e Lara lo sentì risuonare dentro di sé. Sapeva ballare. Con i vestiti, comunque.

I suoi fianchi iniziarono a muoversi. A quanto pare sapeva ballare anche senza.

«Così, piccola. Ondeggia per me».

Lo fece, e la sensazione dei suoi seni che ondeggiavano davanti a lui - e lo sguardo nei suoi occhi quando lo facevano - era assolutamente liberatorio. Mise le braccia dietro la testa, sollevandole, e mise un po' più di rotazione nei suoi fianchi.

I suoi occhi si accesero. «Ah, è bello. Molto bello».

Sì, lo era.

Puntò il piede e ruotò su di esso, i fianchi che seguivano ogni battito del tamburo mentre lasciava che la musica fluisse attraverso di lei. Gettò la testa all'indietro e chiuse gli occhi, sentendo il ritmo nel sangue, permettendogli di scorrerle dentro, di dettare i suoi movimenti.

«Così, Lar». La sua voce era bassa e roca. Come la sensazione che aveva in fondo al bacino. «Vieni più vicino». Questo fu sussurrato, ma lo sentì al di sopra della musica.

Lei ondeggiò verso di lui, il suo sguardo che incontrava il suo e non lo lasciava andare.

Le sue dita si flettevano sulle cosce. Il suo membro sussultò.

Oh sì, lo stava eccitando.

«Girati».

Lo fece. Lentamente.

«Muoviti verso di me».

Lo fece. A cavalcioni sulle sue gambe. Aperta e bagnata e bramosa.

Gage gemette quando lei piegò le ginocchia.

Rimase sospesa lì, sopra il suo grembo, lasciando che i suoi fianchi lo tentassero mentre passava le dita tra i capelli e sul corpo. Si accarezzò i seni, sapendo che lui non poteva vedere ma avrebbe capito che si stava toccando.

Era malizioso. Era decadente. Era la cosa più erotica che avesse mai fatto e il potere di ciò che poteva fargli crebbe dentro di lei. Le diede l'incoraggiamento, la forza di muovere i fianchi un po' più velocemente, sfiorare il suo fondoschiena un po' più in basso, stuzzicarlo ancora di più.

«Mi stai uccidendo», mormorò lui.

«Che bel modo di andarsene», sussurrò lei di rimando con un accenno di risata. Dio, che senso di potere provava.

«Sei la cosa più sexy che abbia mai visto, Lara». Le sue dita le sfiorarono i fianchi.

Si sentiva la cosa più sexy di sempre. «Non toccare, Gage. Non è quello che dici ai tuoi clienti? Niente toccate?»

La sua risata fu aspra. «Hai visto quanto funziona bene».

Lei guardò oltre la spalla. «Allora cosa hai intenzione di fare al riguardo?»

I suoi occhi si infiammarono di nuovo e lui le afferrò i fianchi con le sue grandi e forti mani, tirandola contro di sé. «Sto dichiarando finita questa danza e ti impalerò sul mio cazzo così e ti lascerò cavalcarmi per il resto della mia playlist».

E, oh, fece proprio così.

La prese lì, sulla sedia, con le mani sulle sue cosce tenendola aperta, le dita che giocavano con lei, esigendo che lei si allungasse dietro la sua testa così che i suoi seni fossero alti e tesi e lui potesse guardarli da sopra la sua spalla mentre spingeva dentro di lei a tempo con la musica.

«Dio, tesoro, così. Cavalcami».

Lei lo fece. Inarcò la schiena, flesse le dita dei piedi sul tappeto e lo accolse dentro di sé, sentendo ogni vellutato pollice d'acciaio lungo tutto il suo passaggio e *questa* era la cosa più erotica che avesse mai fatto.

C'erano molte prime volte con Gage e Lara era onestamente felice che fosse lui quello con cui le stava sperimentando tutte.

I loro respiri affannosi erano coperti dalla playlist che doveva essere quella su cui i suoi ragazzi si esercitavano a ballare perché ogni canzone aveva un ritmo pesante e pulsante che risuonava nel suo sangue, scendendo a spirale fino a quel punto dove erano uniti, aumentando il calore e il bisogno e il desiderio finché non ansimava, la testa che cadeva all'indietro, e gli afferrò i capelli perché aveva bisogno di qualcosa - qualsiasi cosa - a cui aggrapparsi.

L'onda si alzò, un turbinio vorticoso di bisogno doloroso, le sensazioni che le rubavano il respiro finché, finalmente, si infranse su di lei, in un pulsante, martellante schianto, incitandola mentre lo stringeva e spremeva ogni sensazione quando lui venne, il momento infinito...

Gage fu il primo a muoversi. Sussultò dentro di lei, riportando Lara in ogni terminazione nervosa deliziosamente sazia del suo corpo.

«Sei incredibile», mormorò contro il suo collo, il suo respiro caldo che le mandava altri brividi attraverso il corpo.

«Anche tu sei piuttosto incredibile. Non l'avevo mai fatto prima».

«Mi avresti ingannato. Sei stata una naturale. Tutta sensuale e seducente e mi hai fatto diventare più duro del granito. Giuro, pensavo che sarei esploso solo a guardarti».

Non riuscì a trattenere un sorriso compiaciuto.

«Ti senti piuttosto soddisfatta di te stessa, vero?» la prese in giro.

Lei annuì contro la sua spalla, sentendo la raspa ruvida della sua barba contro la guancia. Non le sarebbe dispiaciuto sentirla tra le cosce.

Oh, Dio, si sentì gonfiare al pensiero.

«A cosa stai pensando?» sussurrò lui. L'aveva sentito anche lui.

Glielo disse.

«Questo, mia cara, si può sicuramente organizzare».

Riuscì a separarli e a metterla sul letto quando le sue gambe si rifiutarono di collaborare.

Anche se funzionarono piuttosto bene quando lui si inginocchiò accanto al letto e le mise le gambe sulle spalle, mentre procedeva a mandarla in un altro giro di piacere.

Nel momento in cui nessuno dei due riusciva più a muoversi, Lara aveva perso il conto di quante volte fosse venuta. Perso il conto di quante diverse posizioni avessero provato. Ma sapeva che ogni singola volta lui aveva ringhiato il suo nome mentre veniva, stringendola mentre i tremiti lo scuotevano, e Lara era così maledettamente grata per il dono che era Gage.

Lui intrecciò le loro dita mentre giacevano sui loro stomachi uno di fronte all'altra, i loro occhi pesanti per la stanchezza, una delle sue gambe gettata sopra le sue, ma c'era ancora un bagliore di desiderio nel suo sguardo quando la guardava.

«Passa il weekend con me».

L'emozione la attraversò. Non avrebbe desiderato niente di meglio. «Mi piacerebbe tanto, ma non posso. È il nostro weekend più impegnativo dopo la stagione delle feste invernali. Sono prenotata».

«Okay, allora lascia che lo passi io con te. Staccherò presto il tre e posso aiutarti con le tue feste».

«Vuoi davvero passare la tua vacanza lavorando?»

«Se è con te, non sarà lavoro».

Era la cosa giusta da dire. «Sei sicuro?»

Lui le passò la punta del dito sul naso e sulle labbra. Lara resistette all'impulso di succhiarglielo in bocca.

Per tutti e due secondi. Seriamente, perché *non poteva* succhiarglielo?

Lui gemette al primo tocco della sua lingua e ritirò il dito. «Dio, donna, mi esaurirai».

«Bene. Chi la fa l'aspetti».

Il suo sorriso era fin troppo presuntuoso, ma non poteva davvero lamentarsi. Se l'era guadagnato.

«Guarda, mi piacerebbe accettare la tua offerta, ma dobbiamo entrambi alzarci domattina. Improvvisamente ho ancora più fretta per il gazebo che sto costruendo, quindi ho bisogno di dormire».

«Guastafeste.» Anche se, in realtà, era esausta quanto lui, ma era divertente prenderlo in giro.

Lui si girò e la strinse al suo fianco, con la testa di lei appoggiata sul suo petto, e le diede un bacio sulla testa. «Sì, sono proprio io. Un vero e proprio guastafeste.»

Lei sorrise e si accoccolò a lui. Gage era decisamente una *gioia* .

Ventisei

Il resto della settimana di Lara, tuttavia, non fu così gioioso. Il matrimonio di sabato era incerto per quanto riguardava il tempo, il che significava che doveva avere un piano di emergenza per la torta nuziale e nove torte per i testimoni dello sposo, l'ordine più complesso che avesse mai avuto fino ad allora. La torta nuziale stessa era alta sette piani, la maggior parte dei quali doveva essere assemblata sul posto, e l'umidità stava rendendo tutto più difficile poiché la crema al burro sotto la pasta di zucchero iniziava a dare problemi.

Grazie a Dio Gage era venuto con lei. Aveva allestito una tenda all'esterno che la wedding planner aveva dimenticato, poi aveva tenuto i piani mentre Lara li metteva in posizione nella cucina del country club in modo che la torta potesse essere portata fuori in tempo per il ricevimento. Normalmente Cara l'avrebbe aiutata, ma aveva preso un ordine all'ultimo minuto da un nuovo cliente in panico il cui precedente fornitore non poteva consegnare. Fortunatamente, c'era una torta extra in frigo, quindi Cara era andata a consegnarla. Jesse stava gestendo la pasticceria, preparando altri «petardi» per la torta che il comune aveva ordinato per la celebrazione del Quattro Luglio il giorno successivo.

Lara aveva altri tre piani da assemblare quando la sposa passò accanto a loro per l'inizio della cerimonia. Gage era splendido nella giacca dello smoking che si era infilato. Lara si chiese se i pantaloni che indossava fossero di quelli che si strappano via.

Non le sarebbe dispiaciuto scoprirlo di persona.

«Perché sorridi? La sposa è in lacrime» le sussurrò Gage ad alta voce.

Dio, profumava così bene. Anche con il caldo e lo sforzo, quell'odore speciale che era tutto suo l'avvolgeva come aveva fatto la notte precedente.

«I matrimoni mi fanno sorridere.»

«Tesoro, quello *non* è un sorriso felice. È un sorriso del tipo ho-un-segreto-che-voglio-tu-scopra, e mi stai tentando a farlo.» Le diede un morso all'orecchio.

«Smettila. Stiamo lavorando.»

«Faresti bene a ricordartelo invece di tentarmi con la tua sexy presenza.»

Lei alzò gli occhi al cielo. Indossava la sua giacca da chef e il cappello. Il più asessuata possibile.

Lui continuò con le sue battute e quegli sguardi infuocati mentre lavoravano per finire la torta in tempo per il ricevimento.

Gli sguardi peggiorarono solo mentre aspettavano il momento del taglio della torta. «Dai, andiamo a cercare un guardaroba.»

«Sei incorreggibile.»

«No, sono eccitato. E lo sei anche tu.»

Lei alzò gli occhi al cielo.

«*Io* so come farti alzare gli occhi al cielo.» Alzò le sopracciglia in modo suggestivo.

Lei cercò di non ridere, ma sì, quella mossa che aveva fatto la notte precedente con la lingua non solo le aveva fatto alzare gli occhi al cielo, ma le aveva anche fatto vedere le stelle.

«Gage, smettila.»

«Non è quello che hai detto ieri sera.»

Come avesse potuto capire quello che aveva detto la notte prima era oltre la sua comprensione; era stata incoerente. «Sai, a un certo punto, avrò effettivamente bisogno di una notte intera di sonno.» I messaggi e i sexting la stavano tenendo sveglia fino a troppo tardi.

«È a questo che serve la pensione.»

Aveva una risposta per tutto. E Lara stava iniziando a pensare a lui come *la* risposta a tutto.

La faceva sorridere. La faceva sentire bella. La faceva sentire speciale e apprezzata. La faceva sentire viva in un modo che non provava da molto prima del suo divorzio.

La cerimonia del taglio della torta andò senza intoppi (di crema al burro), la sposa la proclamò la migliore torta di sempre, e Lara e Gage riuscirono ad andarsene in tempo per aiutare Jesse a finire le ultime cinque dozzine di petardi prima di mezzanotte.

«Bene, Cenerentola» disse Gage, togliendole il cappello da chef da quei adorabili ricci in cui aveva goduto a immergere le dita la notte precedente mentre lei gli faceva un pompino portandolo in paradiso, «è l'ora fatidica. Ti trasformi in una zucca se non ti portiamo a casa e a letto entro allora?»

«Mi sento più come una zucchina.» Si lasciò cadere sul sedile del suo pick-up.

Non ne aveva l'aspetto.

Era bellissima.

Gage la fissò per qualche secondo in più, godendosi il modo in cui le sue ciglia riposavano sulle guance, curvandosi leggermente alla fine. Il trucco era svanito ore fa, e per lui, quella bellezza naturale la rendeva solo più attraente. Lara era così onesta con i suoi sentimenti, con chi era. Non poteva contare il numero di volte in cui aveva guardato nei suoi occhi e saputo che era lì, con lui, nel momento, ed era così dannatamente felice di essere lì con *lui*.

Questa era la cosa del ballo; certo, gli procurava molte donne. E, certo, ne era stato contento. Ma quasi tutte erano state interessate a lui per l'esperienza. Perché era sexy e il suo corpo era scolpito. Perché sapeva come usarlo. Era tutto incentrato sul piacere fisico, e hey, non c'era nulla di sbagliato in questo, ma non si era mai connesso con nessuno come aveva fatto con Lara. Nemmeno Leslie, anche se era stata la più vicina ad essere Quella Giusta. Ma Lara stava con lui per *lui*, non per il suo aspetto, e questo rendeva il sesso ancora più incredibile. Più sensuale, più piacevole.

Lo rendeva anche fare l'amore. Così diverso dal sesso.

La portò a casa, e per la prima volta da quando stavano insieme, la tenne semplicemente stretta. La strinse a sé, le accarezzò i ricci, la baciò dolcemente sulle labbra e la tenne mentre si addormentava.

Era la cosa più bella nel suo mondo.

«Il gazebo sta venendo proprio bene».

Quello stronzo se ne stava sulla *terrazza* con una tazza di caffè in mano, i capelli tirati indietro dopo la doccia, un gilet a rombi sopra una camicia abbottonata, pantaloni di lino con pieghe affilate come rasoi e persino delle ghette, o come si chiamavano quelle buffe scarpe che la gente indossava per giocare a golf, mentre Gage sudava le sette camicie sulle capriate.

Aveva lasciato Lara che dormiva alle cinque del mattino per venire qui e finire l'intelaiatura. Il rivestimento in rame sarebbe arrivato lunedì, il che sarebbe stato abbastanza tempo quando l'aveva ordinato, ma era prima che iniziasse a passare del tempo con Lara. Molto tempo.

Troppo tempo per continuare a questo ritmo. Lo sapeva, ma non voleva cambiare le cose. Tuttavia, Missy gli aveva già detto che Connor sentiva la sua mancanza. E anche lui sentiva la mancanza di Connor. Il prato di casa sua aveva bisogno di essere falciato, aveva promesso di installare un'asta per la doccia in bagno prima del prossimo intervento chirurgico di Connor, e Missy aveva bisogno che l'ultimo ripiano dell'armadio fosse abbassato per poterlo raggiungere.

Ma oggi avrebbe passato la giornata con Lara, a qualunque costo. La vita reale poteva tornare a ruggire lunedì.

«Non stai tagliando i tempi, vero, per finirlo così in fretta? Non voglio che ci crolli addosso durante la festa».

Gage si tolse i chiodi dalla bocca. Normalmente non avrebbe giustificato quel commento idiota con una risposta, ma questo tizio tirava fuori il peggio di lui. D'altra parte, la maggior parte delle persone non avrebbe avuto le palle - o la stupidità - di fare nemmeno quella domanda. «Non risparmio sul mio lavoro. La mia reputazione è in gioco».

«Sono contento di sentirlo. Tante volte i contractor vengono qui, vedono quello che ho costruito e pensano che gli debba qualcosa. È il mio duro lavoro e la mia competenza che mi hanno fatto guadagnare quello che ho. Voglio il meglio e lo pago».

Questo perché il tipo era il peggiore. Peccato non si rendesse conto che quello che percepiva dagli altri contractor era disprezzo. Solo perché un tizio aveva un titolo altisonante, una macchina di lusso e cinquemila metri quadrati in più di quanto un uomo avesse bisogno non lo rendeva migliore di chi si guadagnava da vivere con le proprie mani. In J.C. McCullough, lo rendeva *meno* uomo.

Ma Gage tenne la bocca chiusa. Ancora qualche giorno e avrebbe incassato il saldo di quanto gli era dovuto e avrebbe chiuso con questo stronzo.

«Sono rimasto sorpreso di vederti oggi. Pensavo che ti saresti preso il fine settimana festivo libero».

Gage martellò un altro chiodo nella capriata, fingendo che fosse l'ego super-gonfiato di questo tizio. «Troppo da fare. E poi passerò il pomeriggio con la mia ragazza al parco».

Ragazza . La parola aveva un bel suono. Non aveva una ragazza da molto tempo.

«Ah, sì, il picnic annuale della comunità. Ci sono andato una volta con la mia ex moglie. È stato... piacevole».

Questo tizio era stato sposato prima? Aveva trovato non una ma *due* donne disposte a sopportare la sua pomposità? Anche se l'altra era stata intelligente ed era ora un'ex.

Gage martellò un altro paio di chiodi, poi passò alla capriata successiva. Non sapeva cosa fosse in J.C. McCullough che lo infastidiva così tanto, ma non vedeva l'ora di finire questo lavoro.

Ma aveva detto sul serio. Era il suo nome, la sua reputazione, su questo gazebo. Indipendentemente da come si sentisse personalmente nei confronti del cliente, era tutto concentrato nell'assicurarsi che questa struttura fosse solida e robusta. Perché è questo che era lui.

«Mi chiedevo per quanto tempo hai intenzione di lasciare quel cartello sul mio prato? La nostra associazione di proprietari non permette cartelli o sollecitazioni e ho ricevuto alcune lamentele».

Le lamentele erano nella testa del tizio. Gage sapeva esattamente quali fossero le linee guida dell'associazione; controllava sempre prima di affiggere. Ai contractor era permesso esporre cartelli fino al completamento del progetto. Gage aveva tutta l'intenzione di rimuovere il cartello quando avrebbe portato via il suo camion per l'ultima volta.

«Sarà rimosso mercoledì».

«È un po' a ridosso della festa».

«Sarà finito. Ho previsto del tempo per eventuali ultimi ritocchi e pulizie. Niente di cui preoccuparsi».

«Oh, non sono preoccupato. Quella era la data che mi hai dato per la fine dei lavori. Ti terrò alla parola o detrarrò dalla tua paga di conseguenza». Prese un sorso di caffè, poi agitò la tazza in un saluto svogliato, girò sui tacchi (e c'era anche un po' di tacco su quella scarpa pretenziosamente idiota), e si diresse verso le porte francesi sovradimensionate per rientrare nel mausoleo che chiamava casa.

Gage voleva ficcargli la tazza su per il naso. Sapeva esattamente cosa J.C. avesse voluto dire; lo stronzo non aveva bisogno di sbatterglielo in faccia. Ma, cavolo, quanto gli sarebbe piaciuto sbattere il pugno sulla faccia del tizio quando avesse finito in anticipo.

Purtroppo, non l'avrebbe fatto. Non c'era abbastanza tempo. Avrebbe finito entro mercoledì, però, quindi lasciava che lo stronzo si preoccupasse, chiedendosi se Gage avrebbe lasciato il suo cortile in disordine per la festa o meno. Forse pensava che i soldi parlassero, ma sarebbe valsa la pena subire una perdita solo per vedere il tizio andare su tutte le furie.

Tranne che Gage non l'avrebbe fatto nemmeno quello. Oltre ad aver bisogno dei soldi e alla sua reputazione in gioco, provava pena per la donna che stava per sposare questo tizio. Anche se forse era proprio come lui.

Si chiese come fosse stata la prima moglie. Dato che era stata abbastanza intelligente da lasciare J.C., sembrava qualcuno che gli sarebbe piaciuto conoscere - beh, se non fosse stato con Lara.

Ma lo era. Lo era decisamente.

Ventotto

«Pensavo avessi detto che il tuo innamorato sarebbe venuto ad aiutare» disse Cara, trascinando la scatola di petardi a forma di lecca-lecca vorticoso - completi di stelline scintillanti alle estremità - sul loro tavolo al parco.

«Arriverà. Anche lui ha un lavoro, sai». Lara cercò di mantenere la calma mentre disponeva i cupcake rossi con le strisce di liquirizia alla fragola sopra. Cara era diventata sempre più irritabile dalla metà della settimana, ma lo negava ogni volta che Lara cercava di parlargliene.

Cara borbottò qualcosa tra i denti su dove le sarebbe piaciuto accendere i petardi che stava mettendo sulla torta.

Lara lasciò perdere. Era troppo di buon umore per lasciarsi abbattere dal cattivo umore di Cara.

Gage aveva lasciato un biglietto sul cuscino quando era uscito quella mattina. *Non vedo l'ora di vederti più tardi.*

Così premuroso. Così attento. Così meraviglioso. Da allora si sentiva sulle nuvole.

«Uff. Hai intenzione di gironzolare qui come un gatto con una ciotola di panna tutto il giorno?»

Aprì la scatola di cupcake cosparsi di zucchero a velo. «Car, cosa sta succedendo? Pensavo che tu e Nick andaste d'accordo?»

«Nick è-» Infilò un bastoncino di lecca-lecca troppo in profondità nella torta e crepò la pasta di zucchero. «Merda. Scusa».

Lara estrasse il bastoncino e spinse Cara da parte per riparare il danno nel miglior modo possibile. «Perché non ti prendi una pausa?»

«È esattamente quello che ho detto a Nick. Gli ho detto che era troppo. Eravamo troppo nello spazio l'uno dell'altra e sai cosa ha detto? Sai *cosa ha detto*?»

Lara resistette all'impulso di sturarti l'orecchio da quel grido acuto. «Cosa?»

«Ha detto che se ho bisogno di una pausa da lui, dovrà essere permanente. Che non voleva stare con qualcuno che non volesse stare con lui al cento per cento del tempo. Insomma, dai. Al cento per cento? Io non voglio nemmeno stare con *me stessa* al cento per cento del tempo; perché dovrei voler stare con qualcun altro così tanto?»

«Forse dovresti chiederti perché ti senti così riguardo a te stessa e poi magari sarai in grado di dare a Nick la risposta che vuole».

«Oh, Dio, non anche tu».

«Sì, io. Mi piacerebbe stare con Gage così tanto. Se potessi trovare un modo per passare tutto il mio tempo con lui e continuare a guadagnare, certo, perché no? Voglio dire, non ti diverti con Nick? Non ti piace? Non lo desideri?»

«Beh, sì, certo, ma...»

«Ma cosa? Cosa ti trattiene?»

Cara aprì la bocca per dire qualcosa, ma non lo fece. La richiuse, si girò e si allontanò a grandi passi verso il furgone.

Fantastico. Lara non poteva seguirla o metà della scatola di petardi sarebbe sparita nelle mani - e nelle bocche - dei bambini che stavano controllando il suo tavolo. Quando questa giornata fosse finita, lei e Car avrebbero dovuto avere una seria conversazione a cuore aperto.

Parlando di cuore... Gage stava correndo verso di lei e, wow. Era bello mentre correva quanto lo era mentre ballava. E lei aveva conoscenza diretta di entrambe le cose.

«Ehi, scusa se non sono riuscito ad arrivare prima». La prese tra le braccia in un bacio mozzafiato che la fece piegare all'indietro.

«Puoi fare tardi tutte le volte che vuoi se è così che ti scusi», disse lei, tenendosi stretta ai suoi bicipiti. Non perché avesse paura che la lasciasse cadere - non ne aveva - ma solo perché i suoi bicipiti erano fantastici.

«Devo pagare in anticipo per la prossima volta allora?» Le diede un altro bacio, altrettanto favoloso quanto il primo.

«Bleah!»

Ci volevano i bambini per rovinare il momento.

In realtà, non era rovinato. Gage terminò il bacio, ma tenne il braccio intorno a lei mentre affrontavano l'orda affamata di zucchero.

«Ehi, ragazzi», disse, tutto amichevole e cordiale, come se il suo cuore non stesse correndo.

Lara gli mise una mano sul petto solo per assicurarsi che lo fosse perché il suo andava a mille all'ora. Era giusto che anche il suo lo facesse.

Lo faceva.

«Possiamo mangiare i cupcake adesso, signore?»

«Dovrete chiedere alla signorina Cavallo dato che sono i suoi cupcake».

Si morse il labbro. Gage aveva scelto le sue parole per un motivo; aveva assaggiato e apprezzato a fondo *i suoi* cupcake diverse volte negli ultimi giorni.

«Possiamo, signorina Cavallo?» chiesero sei bambini contemporaneamente.

«Lasciatemi prima tirare fuori il resto. Che festa del Quattro Luglio sarebbe senza le Stelle e Strisce?» Indicò il quadrato vuoto sulla bandiera di cupcake. «Ho solo le strisce sul tavolo».

Gage tirò fuori una scatola da sotto il tavolo. «Sono questi?»

«Sì». Tirò fuori un paio di cupcake con glassa blu che aveva cosparso di codette bianche per le "stelle".

I bambini ci misero molto meno tempo a smantellare la bandiera di quanto lei ne avesse impiegato per sistemarla.

«Accidenti, chi avrebbe mai pensato che i bambini fossero come uno sciame di locuste quando si tratta di zucchero?» Gage scosse la testa mentre l'aiutava a rifornire la bandiera.

«La festa di compleanno di Connor non era una prova sufficiente del potere di un dente dolce?»

«Mmm, hai ragione. Come ho potuto dimenticare? Connor non ha smesso di parlare di quanto sia stata fantastica la sua festa. O di quanto fosse fantastica la sua torta. Sai che ha ancora quella statuina che hai fatto tu? Missy alla fine ha dovuto metterla in frigo perché stava iniziando a sciogliersi».

«Sono sorpresa che non l'abbia ancora mangiata».

«Scherzi? Voleva dormirci insieme. Missy ha fatto fatica a convincerlo a non farlo».

Lara sorrise. Le faceva piacere sentire quanto il suo lavoro avesse reso felice qualcuno.

«Sembri piuttosto soddisfatta di te stessa».

«È bello sentirlo. Metto molto impegno e sforzo nel mio lavoro. E certo, so che la gente lo mangerà. So che non è un grande capolavoro, ma per quelle poche ore in cui non è stato toccato, *è* un capolavoro. Un ricordo che le persone ricorderanno per il resto della loro vita se faccio bene il mio lavoro. Sono così contenta che Connor l'abbia apprezzato».

«Sai? Non ci avevo mai pensato in questo modo. Quello che fai. Hai ragione. Regali alle persone un ricordo. Quei bambini di prima, per esempio. Si sono divertiti così tanto a decidere se volevano la liquirizia o lo zucchero a velo o quelle cosine croccanti.»

«Confettini.»

«Facile per te dirlo. Per me, sono cosine croccanti.» Le baciò il naso. «E anche per i bambini. Ma scommetto che d'ora in poi, ogni volta che vedranno quelle cose, si ricorderanno di oggi. Davvero regali alle persone dei ricordi.»

Le accarezzò il collo con il naso. «E quelli che mi hai regalato tu in queste ultime settimane... li custodirò per sempre.»

Per sempre . Gage aveva detto *per sempre* . Certo, non l'aveva detto in relazione a lei; solo che avrebbe ricordato ciò che avevano fatto, come erano stati insieme, ma il fatto che potesse pensare al *per sempre* dovrebbe dirle qualcosa, giusto?

Cosa voleva che le dicesse? Era pronta a pensare al *per sempre* ? E concentrare tutte le sue energie sull'attività? E diventare autosufficiente prima di rientrare in una relazione?

«Hai di nuovo quella espressione sul viso.»

«Quale espressione?»

«Quella che dice che ti stai portando il peso del mondo sulle spalle. Non puoi semplicemente accettare un complimento e andare avanti?»

«Certo che posso.» E poteva. Era un complimento sul suo lavoro. Quello, poteva accettarlo. Era quando lui iniziava a dirle quanto fosse bella, quanto fosse sexy, che non riusciva ad accettarlo.

Ma perché diavolo no? Gage non le stava rifilando frottole; la desiderava.

La trovava attraente. Se tutto ciò che avesse voluto fosse stato solo andare a letto con lei, sarebbe qui ora, ad aiutarla? Si sarebbe alzato molto presto questa mattina per andare al lavoro solo per poter tornare qui ad aiutarla?

Jeff non l'aveva mai fatto *neanche una volta* . Non quando stavano per andare in vacanza e lei aveva dovuto fare i bagagli per entrambi. Non quando avevano organizzato cene e lei era stata in cucina alle ore piccole a preparare il cibo prima che potessero permettersi i catering. Certamente non quando stava arredando la loro casa ed era andata da uno showroom all'altro per settimane e settimane per trovare esattamente i mobili che lui aveva specificato. Si era aspettato ciò che si era aspettato e non importava come lei lo avesse reso possibile, ma lei *lo avrebbe* reso possibile. Lui non aveva mosso un dito se non per firmare quel dannato assegno - l'affermazione di cui aveva bisogno per sentirsi bene nel potersi permettere "il meglio".

Forse era perché, in fondo, sapeva di non essere il migliore.

Gage, d'altra parte, lo era, e non era giusto nei confronti di nessuno dei due uomini confrontarli. Perché Gage ne sarebbe sempre uscito vincitore.

Come era stato quell'ultima volta...

«Ok, ora quello sguardo lo capisco perfettamente.» Gage sorrise con quel sorriso sexy e ammiccante che le faceva ribollire il sangue e la attirò a sé.

«Ehi, ragazzi,» disse Cara. «Questo è un evento per famiglie. Forse dovreste darvi una calmata.»

Gage alzò la testa ma non la lasciò andare. «Ciao, Cara.»

«Gage.»

«Wow. Solo una parola? Nessun commento sarcastico a corredo?»

«No. Sembra che tu abbia già occupato quel campo.»

Lara si allontanò dalle braccia di Gage. Per quanto volesse rimanere lì, Cara aveva ragione. *E* era al lavoro. Il comune l'aveva pagata per essere qui; questo non era un salone espositivo dove era a sue spese a cercare clienti.

Cara sollevò una delle borse promozionali che tutti ricevevano all'ingresso del parco. «Non hanno messo i nostri opuscoli nelle borse come avrebbero dovuto. Ecco cosa succede quando lasci lavorare gratis gli adolescenti.»

«Li hai con te?» chiese Gage. «Li distribuirò io.»

«Cosa, andare in giro e distribuirli e basta?»

«Certo, perché no? E dato che non sono un proprietario, è più probabile che la gente mi creda quando dico che non ci sono *cupcake* migliori in tutta la zona.»

Ovviamente le fece l'occhiolino quando lo disse, e Lara dovette distogliere lo sguardo in modo che Cara non vedesse il rossore che le saliva dal petto fino al viso. Anche se non sapeva perché si preoccupasse di questo dopo che Cara li aveva sorpresi a baciarsi.

Cara gli consegnò una pila di opuscoli senza dire una parola. Nemmeno un *grazie* , ma Lara se ne occupò quando Gage la attirò a sé per un bacio veloce.

«Ci vediamo tra un po',» disse mentre se ne andava.

«C'è qualcosa che non sa fare bene?» chiese Cara con - se Lara non si sbagliava - un po' di nostalgia nella voce.

«Non ancora.»

«Sul serio, Lar, il tipo è un principe. Deve avere una matrigna cattiva o qualcosa del genere. Verruche? Alitosi? Un piccolo-»

«Gage è meraviglioso, Car. Lasciamola così.» *Non* avrebbe condiviso *quell'*informazione con sua cugina.

I cupcake ebbero un grande successo, ma Lara faceva fatica a tenere a bada chi voleva i lollipop. Gli organizzatori dell'evento volevano che la torta rimanesse intatta fino all'inizio dei fuochi d'artificio, che includevano tutti i lollipop scintillanti che lei e Cara avrebbero acceso.

Gli sforzi di marketing di Gage stavano dando i loro frutti, poiché sempre più persone iniziavano a passare dal loro stand con gli opuscoli in mano. Cara era al settimo cielo per la sua abilità negli affari, prendendo nomi e numeri e persino qualche ordine. Alzò il suo piccolo quadratino bianco per l'elaborazione dei pagamenti che aveva appena ottenuto per il suo cellulare con un grande sorriso sul viso.

«Quel mixer è nostro!» disse, gioiosamente.

Lara era semplicemente grata che ci fosse un sorriso sul viso di sua cugina.

E poi ce ne fu uno grande sul *suo* . Gage stava tornando di corsa verso di lei.

«Ho finito gli opuscoli, ma ho pensato che questo potesse servirti.» Sollevò un hot dog avvolto in un tovagliolo.

«Ehi, grazie. Sono affamata,» disse prima di dargli un bacio per ringraziarlo.

Gage ne prese due. E per Lara andava bene così.

«Sul serio? Un hot dog? Questo vi fa diventare tutti sdolcinati? Ugh.» Il buon umore di Cara svanì mentre si lasciava cadere sulla sedia pieghevole da regista che avevano portato per i momenti di pausa. Era la prima volta che veniva usata per tutto il pomeriggio.

Gage si liberò dalle braccia di Lara con un sorriso. «Ne ho preso uno anche per te, Car». Le porse l'offerta di pace.

Cara lo guardò come se lo avesse iniettato di arsenico. «Perché?» Allungò la mano per prenderlo.

Gage ritrasse la mano. «La risposta corretta è: "Grazie, Gage"».

Lei lo guardò accigliata. «Grazie, Gage».

Lui le diede l'hot dog. «Visto? Non è stato così difficile, no? Non mordo mica».

A meno che non glielo chiedesse gentilmente...

Lara arrossì. Gage, ovviamente, se ne accorse e le fece l'occhiolino.

«Spero ti piacciano le cipolle e la salsa sopra», disse Gage a Cara.

Lei lo fissò mentre lo scartava. «Io... sì, mi piacciono. Come lo sapevi?»

Gage scrollò le spalle. «A quanto pare lo sa anche il tizio che li distribuisce».

Cara stava per dargli un morso, ma si fermò. «Tizio?»

«Sì. Un pompiere? Muscoloso. Mascella squadrata. Aveva diciassette donne che gli sbavavano intorno da quando indossa pantaloni, bretelle e poco altro. Potrei doverlo ingaggiare per ballare per BeefCake».

Cara lasciò cadere l'hot dog sul tavolo. «Torno subito».

Lara pizzicò il braccio di Gage. «È Nick. Il suo ragazzo».

«L'avevo capito quando ho detto che stavo prendendo gli hot dog per le donne della pasticceria. Era tutto ansioso di sapere chi fossi. Tipo geloso?»

Lara scosse la testa. «Probabilmente è più infastidito. Cara non gli sta rendendo la vita facile».

«Nemmeno tu, Lar. Mi sono schiacciato il pollice più volte nell'ultima settimana sul lavoro di quanto abbia fatto negli ultimi due anni perché mi fai distrarre».

«Oh, quindi è colpa mia se non riesci a concentrarti sul lavoro?»

«Di certo non è colpa di nessun altro».

Era bello sentirlo dire. Non ci aveva davvero pensato, ma era comunque bello sentirglielo dire. Jeff non l'aveva mai fatto.

«Allora come sapevi cosa mi piace sull'hot dog?» Ketchup con un pizzico di senape.

«Buona intuizione?»

Lei inarcò un sopracciglio. «Davvero? Hai semplicemente avuto fortuna a non metterci la senape piccante?»

«Ho pensato che fossi già abbastanza piccante tu. Non hai bisogno di aiuto». Le accarezzò il collo con il naso e Lara era tutta per esplorare la piccantezza della loro situazione, ma un evento pubblico non era il posto adatto. Poteva anche essere disposta a provare cose nuove con Gage, ma quella non era una di quelle.

«Posso rimandare a più tardi stasera?»

«Non sembra che pioverà».

«Da quando questo ti ha mai fermato?»

«Buon punto». Le diede un ultimo bacio prolungato e poi si allontanò. Giusto quanto bastava per essere politicamente corretto. Ma le teneva ancora la mano.

Lara sorrise.

«Stai sorridendo di nuovo».

«Tu mi fai sorridere».

«Bene, perché anche tu mi fai sorridere».

Cosa che procedette a fare con effetti devastanti sul suo equilibrio. Per fortuna, qualcuno si avvicinò al suo tavolo proprio in quel momento.

«Ehi, Gage. Perché non sono sorpreso di vederti qui?»

«Ehi, Bry». Gage lasciò andare la mano di Lara. «Lara Cavallo, Bryan Lassiter, il mio socio alla BeefCake, Inc».

«Quindi questa è la famosa signora dei cupcake di cui ho sentito parlare». Le strinse la mano.

Lara guardò Gage. «Ha sentito parlare *cosa* di me?»

Gage alzò le mani. «Ehi, io non bacio e poi sparlo. Sapeva che ero interessato a te. Tutto qui».

«Quindi vuol dire che c'è dell'altro?» Bryan appoggiò un fianco al tavolo e incrociò le braccia. Le sue grandi braccia muscolose. Proprio come il resto di lui. Sì, poteva vederlo come ballerino. «Racconta».

«Non sono affari tuoi, Bry. Ho mai saltato uno spettacolo?»

«No, ma ehi, posso capire perfettamente perché potresti». Sorrise a Lara. «Non badare a Gage, è solo un gran provocatore. Io, d'altra parte...»

Era passato così tanto tempo da quando qualcuno aveva flirtato con lei - prima che arrivasse Gage - che Lara non poté fare a meno di goderselo, anche se solo per un minuto. Vaniglia, eh?

«Ehi, amico, fatti indietro». Gage non sembrava stesse scherzando.

Era da *mai* che qualcuno non si batteva per lei.

«Wow, calmati, vuoi, Gage? Sto solo scherzando». Bryan aveva le mani alzate e si era allontanato dal tavolo. «Mi sono fermato solo per salutare e provare uno di questi famosi cupcake. I ragazzi dicevano che dovremmo ordinarne una partita per il nostro prossimo spettacolo. Dare alle donne dolci *e* sesso. Sarà un successo di marketing».

Gage gli spinse uno dei cupcake blu. «Ecco. Prova questo. È fantastico».

Il brivido che Lara provò per il suo endorsement era diverso dal brivido che le dava quando la baciava - o la guardava - ma altrettanto piacevole.

Bryan fece una gran scena di gemiti mentre mangiava il cupcake - fece persino scorrere la lingua sulle labbra in modo seducente che fece irritare Gage, ma Lara non ne fu colpita. Era più colpita dalla gelosia di Gage che da qualsiasi cosa Bryan potesse fare perché, non importa quanto fosse attraente, non era Gage.

«Sì, Lara», disse Bryan, leccandosi l'ultimo po' di crema al burro dalle labbra - anche se ne mancò una delle "stelle" - «hai decisamente dei cupcake fantastici».

Molto vistosamente tenne gli occhi al di sopra della sua clavicola. O forse era solo lei ad essere sensibile a qualsiasi tipo di allusione, ma non le sfuggì il modo in cui Gage si irrigidì accanto a lei.

«Potresti pensare a quello che ho detto, Gage». Bryan appallottolò il contenitore del cupcake e fece anche due canestri lanciandolo nel cestino accanto allo stand. «Prendere dei cupcake per il nostro stand potrebbe non essere una cattiva idea».

Gage sapeva quale cupcake gli sarebbe piaciuto avere nel loro stand.

Bry lo stava facendo incazzare. Oh, il ragazzo non aveva un reale interesse per Lara; non l'avrebbe mai fatto a Gage. Ma non poteva fare a meno di stuzzicare gli istinti protettivi di Gage flirtando. Innocuo, Gage lo sapeva, ma comunque. Questa era Lara. La *sua* Lara.

Il mondo si spostò a quel pensiero. Lei era sua. *Sua* . E voleva tenerla.

Fece un saluto scherzoso a Bry mentre il suo partner si allontanava, ma la sua mente era fissa su Lara.

In qualche modo, lei si era insinuata nel suo cuore. Non era infatuazione o semplice lussuria. L'aveva detto l'altra notte; avevano fatto l'amore.

Cazzo. Era innamorato di lei.

«Tutto bene, Gage? Stava solo scherzando, lo sai.» Lara gli mise una mano sul braccio e Gage poté solo fissarla.

La amava.

Era innamorato di Lara.

Non aveva tempo per l'amore. Per una relazione. Non lo avevano dimostrato queste ultime settimane? Non vedeva Connor da un po', non aveva tempo per sistemare nulla a casa sua, stava facendo aspettare Missy, ed era scappato presto da un lavoro per stare con Lara. Andava contro tutto ciò che si era detto di volere. Poi c'era tutta la questione della gelosia che aveva affrontato con Leslie...

Amava Lara.

Ora cosa diavolo avrebbe fatto al riguardo?

Ventinove

I fuochi d'artificio illuminavano il cielo notturno, ma non reggevano minimamente il confronto con ciò che Gage le faceva provare quando la baciava.

Avevano acceso le candeline sulla torta, distribuito le fette alla folla, poi si erano seduti su una coperta sulla collina che dominava il campo da football dove il comune stava facendo partire i fuochi d'artificio, con la notte che li avvolgeva nel suo caldo abbraccio. E anche se erano circondati da quasi tutta la città, la coperta che Gage aveva steso per loro era diventata il loro piccolo angolo di paradiso.

Ovunque era un paradiso quando si trovava tra le braccia di Gage.

Lara sorrise a quella frase da cliché, ma c'era un motivo se era un cliché. Perché descriveva perfettamente tutto ciò che stava provando. Lui le aveva messo un braccio intorno alle spalle, la sua testa appoggiata contro quella di lui, facendole battere il cuore con la stessa intensità del rimbombante *boom* dei fuochi d'artificio mentre si univano agli «ooh» e agli «aah» della folla.

«Mommipop». Una bambina piccola si avvicinò alla loro coperta, porgendo uno dei leccalecca a spirale della torta che Lara aveva preparato. La piccola lo teneva in mano, con lo zucchero colorato che le circondava il pugno alla base del bastoncino.

«Sì, quello è un leccalecca» disse Lara, guardandosi intorno in cerca dei genitori. «Ti piacciono i leccalecca?»

La bambina annuì. «Tuptake».

«Ti piacciono anche i cupcake?» I suoi fan stavano iniziando giovani, ma Lara non era entusiasta di aver instillato questo tipo di fedeltà tanto da far allontanare una bambina così piccola dai suoi genitori. «Dov'è la tua mamma?» chiese Lara.

La piccola si girò e indicò una donna mezza dozzina di coperte più in là che si era alzata in piedi e si guardava intorno freneticamente.

Lara balzò in piedi e prese in braccio la bambina, incurante del fatto che ora avesse abbastanza zucchero sull'avambraccio da attirare tutta la popolazione di zanzare del parco. «Eccola qui!» gridò mentre correva verso la donna.

La donna si voltò di scatto. «Oh, grazie a Dio!» Strappò la bambina dalle braccia di Lara. «Grazie mille. Era qui un minuto fa e il momento dopo...»

Lara accarezzò la testa della piccola. «Devi esserti spaventata tanto. È venuta da me per mostrarmi il suo leccalecca».

«Il suo leccalecca?» La donna guardò sua figlia e poi Lara. «Oh, sei tu la signora dei cupcake. Non ha smesso di parlare di te. Grazie mille per avermela riportata. Non si era mai allontanata prima. Immagino che il richiamo di altri cupcake fosse troppo forte per lei».

«Beh, stasera ho finito i cupcake, ma se vuoi portarla da Cavallo's Cups & Cakes, ne avrò un altro per lei».

La donna baciò la guancia di sua figlia mentre la cullava delicatamente tra le braccia. «Non so se voglio premiare il suo cattivo comportamento, ma in realtà stavo per chiamarti per un ordine. Il suo compleanno si avvicina e, beh, credo di sapere cosa vuole».

Lara sorrise e diede una pacca sul braccio sia alla mamma che alla figlia. «Certo, nessun problema. Farò un lotto speciale solo per lei. Come si chiama?»

«Wendy».

«Li chiamerò Wandering Wendy. Che ne dici del gusto limone e lime?»

«Creerai davvero un cupcake solo per lei?»

«Certo, perché no? Nessun altro in città avrà i cupcake al gusto Wandering Wendy. Quale modo migliore per premiare i miei clienti fedeli se non dedicando loro un cupcake?»

L'idea le era appena venuta, ma Lara si rese conto di averne avuta una buona. A Cara sarebbe piaciuta.

«Oh, grazie mille» disse la mamma di Wendy. «Ne prenderemo due dozzine per sabato prossimo. Farà una festa di compleanno a tema sirene».

«Perfetto. Li avremo pronti per voi la mattina». Tirò fuori il cellulare e prese il numero della mamma di Wendy per una chiamata di follow-up quando sarebbe tornata in pasticceria lunedì.

«Tutto a posto?» chiese Gage quando tornò alla loro coperta.

«Sì». Gli raccontò della sua idea per il cupcake di Wendy. «E sai come Bryan ha accennato all'idea di ordinare i miei cupcake per i vostri spettacoli? Potrei crearne uno specifico per ciascuno dei ragazzi e dargli il loro nome. Che ne pensi?»

«Per i ragazzi?» Gage corrugò la fronte. «Finché non è qualcosa tipo "I Muscoli di Gage", per me va bene».

Lei gli diede un colpetto su uno di quei "muscoli". «Ehi, stiamo parlando del mio lavoro. Troverò qualcosa di accattivante ma elegante».

«Sì, perché sappiamo tutti che gli spogliarellisti sono tutti eleganza».

C'era una nota nella sua voce... «Ti vergogni di quello che fai?»

Gage la guardò. «Tu ti vergogni di quello che faccio?»

«Io? Perché dovrebbe importare cosa penso io? È il tuo lavoro».

«Perché so i problemi che può causare». La guardò, i suoi occhi blu che si facevano più cupi. «Alcune delle mie ex fidanzate... non riuscivano a gestirlo. Diventava un grosso elefante nella stanza. Gelosia. Arrivavano al punto di non sopportare che altre donne fantasticassero su di me. Iniziavano a vedermi come mi vedevano le altre donne, e quando si trattava di intimità, beh, dannazione». Si passò una mano sul viso, poi le mise una ciocca di capelli ricci dietro l'orecchio. «Non voglio che succeda questo tra noi. Non voglio che tu mi veda come quel tizio sul palco. Non voglio *essere* quel tizio per te. Voglio essere me stesso. Gage. Imprenditore edile di giorno che ha un lavoro notturno per guadagnare qualcosa in più. Non ho mai voluto che mi definisse, e quando l'ho lasciato tutti quegli anni fa, era finita. Era tutto finito. Ma ora sono di nuovo dentro - occasionalmente devo ballare - e tu sei nella mia vita. E dopo quello che ti ha fatto passare il tuo ex... non voglio che diventi un problema».

Lei si morse il labbro inferiore. «Non posso dire che mi piaccia che altre donne ti desiderino, ma fa parte del gioco».

Non aveva risposto alla domanda, o meglio, l'aveva fatto, ma non nel modo in cui lui avrebbe voluto sentire.

Quella era la sua risposta.

Il gran finale dei fuochi d'artificio esplose intorno a loro, portando via con sé il buon umore di Gage. Cosa stava facendo? Non aveva alcun motivo di stare seduto in quel campo con lei, fingendo che ciò che avevano fosse normale. Sostenibile. Tralasciando esattamente cosa facesse lui, entrambi lavoravano ore assurde e questo non sarebbe cambiato nel prossimo futuro. Connor aveva ancora almeno diciotto mesi di interventi chirurgici e terapia davanti a sé, e probabilmente molto più a lungo per le fatture, il che significava che BeefCake, Inc. sarebbe stata parte di chi era almeno per tutto quel tempo.

Si era lasciato distrarre da Lara. Eccitare dalla possibilità. Ma Connor aveva sofferto e Missy aveva bisogno di lui. Il suo maledetto pollice faceva male per averlo colpito, e il gazebo sarebbe potuto essere finito molto prima se non fosse uscito per stare con lei.

Non era amore. Non poteva esserlo. Non il tipo che sarebbe durato, soprattutto se avesse influenzato negativamente il resto della sua vita. E poiché aveva perso la sua concentrazione, cosa che aveva promesso a se stesso e a Connor che non avrebbe mai fatto mentre il piccolo lottava per la sua vita dopo l'incidente, sarebbe stato meglio porvi fine ora e lasciarli entrambi con il cuore intatto.

Beh, lasciare il *suo* cuore intatto. Il suo era tutta un'altra questione.

Trenta

La mattina seguente, Lara si spazzolò via dalla faccia la nuvola di farina che le era esplosa addosso quando aveva fatto cadere il sacchetto sul tavolo di preparazione.

Prevedibile. La sua mente aveva vagato perché aveva dormito pochissimo la notte scorsa. Gage era stato troppo silenzioso durante la passeggiata di ritorno alle loro auto. Non che lei fosse stata un fiume di parole; quella discussione sul suo lavoro l'aveva fatta riflettere.

A lei *non piaceva* che le donne lo fantasticassero mentre si spogliava davanti a loro. Non poteva biasimarla per questo. Se i ruoli fossero stati invertiti, lui si sarebbe sentito allo stesso modo.

Almeno, le *piaceva* pensare che lui si sarebbe sentito allo stesso modo, ma non lo conosceva abbastanza bene - e non sapeva abbastanza come lui si sentisse per lei - per sapere se lo avrebbe fatto. Il che era parte del problema.

Si riduceva tutto a se potesse fidarsi di lui o meno. La fiducia era un grosso problema dopo quello che Jeff aveva fatto.

Ma Gage non è Jeff.

Lo sapeva. Logicamente, lo sapeva. Emotivamente era tutta un'altra storia.

Era anche pronta per l'emotività?

La notte scorsa, pensava che forse lo fosse stata prima che la conversazione diventasse strana. Era seduta tra le sue ginocchia con le sue braccia intrecciate davanti a lei, abbandonandosi ai baci che lui le posava sul collo e sull'orecchio nell'oscurità tra i fuochi d'artificio, godendosi la loro giornata perfetta. L'appuntamento perfetto. Tutto era stato meraviglioso - così meraviglioso che si era permessa di immaginare *cosa sarebbe successo se* .

Il suo stomaco fremette come aveva fatto la notte scorsa. E se lei e Gage fossero stati insieme? E se questa non fosse stata solo una breve avventura? E se questo fosse stato l'inizio del loro per sempre?

E poi lui aveva tirato fuori il discorso del suo lavoro e le domande erano iniziate. Il disagio. L'insicurezza. Proprio come alla fine del suo matrimonio.

Aveva discusso con se stessa tutta la notte - l'intera, lunga, solitaria notte in cui era rimasta nel suo letto senza di lui, chiedendosi cosa stessero facendo.

Lui aveva due lavori. Un nipote che aveva bisogno di lui. Lei aveva la pasticceria. Si era illusa che una relazione potesse funzionare - proprio come aveva fatto durante il suo matrimonio. Qualcosa che si era promessa di non fare mai più.

Giusto. Raddrizzò le spalle e spazzolò la farina nel cestino. Era indipendente. Forte. Sicura di sé. Prendeva le sue decisioni. Non lasciava che le emozioni dettassero le sue azioni. Avrebbe semplicemente relegato Gage alla parte "divertente" della sua vita e l'avrebbe lasciata lì. Lui c'era stato quando aveva avuto bisogno di qualcuno che l'aiutasse a fare il primo passo - e se i suoi primi passi erano stati a ritmo di musica, beh, almeno aveva imparato a fare il lap dance.

Il suo cuore ebbe un sussulto al ricordo, ma lo mise da parte. Non poteva permettersi di immaginare cose che non c'erano. E non poteva ignorare i problemi che c'erano. Gage poteva essere un ragazzo fantastico, un amante fantastico, ma il fatto era che era troppo presto. Troppo. Lui non poteva prometterle ciò di cui aveva bisogno e non era giusto chiederglielo. Peggio ancora, stava preparando entrambi al fallimento. Aveva già vissuto quell'incubo una volta.

Codarda .

Poteva sentire la voce di Cara nella sua testa, ma doveva ignorarla. Forse era una codarda, ma con quello che aveva passato e lo strano comportamento di Gage la notte scorsa, doveva proteggersi.

Tagliò un altro pezzo di pasta di zucchero e stava per iniziare a stenderlo quando un «Salve?» echeggiò dalla zona di ricevimento.

Accidenti. Si pulì le mani con un canovaccio e si diresse lì. Non aveva bisogno di clienti senza appuntamento oggi.

«Salve, cara.»

Non aveva proprio bisogno della signora Applebaum con tutta la sua grazia condiscendente. Nessuno sapeva essere condiscendente come questa donna. Nemmeno Jeff.

«Signora Applebaum.» Infilò le mani nelle tasche del grembiule. «Cosa posso fare per Lei?»

«Cara è qui?»

«No. È il suo giorno libero.»

«Ah, bene.» La signora Applebaum strinse la borsa più vicino a sé. «Volevo parlare con te.»

«È per la festa di laurea di Suo figlio?»

«Esatto.» La signora Applebaum si guardò intorno nell'area di ricevimento vuota. «C'è un posto dove potremmo sederci per discuterne?»

Lara fece una smorfia. Non erano ancora arrivate a sistemare l'area di seduta. Peccato che Gage non avesse avuto la possibilità di ritoccare la vernice e sistemare il bancone-

No. Non poteva contare su Gage. Non se lo sarebbe permesso. «Torno subito.»

Corse nell'ufficio di Cara e trascinò fuori la sedia da ufficio con le rotelle e quella di legno laterale che un precedente inquilino aveva lasciato. Era il meglio che potesse fare al momento.

E contratto fu il viso della signora Applebaum quando vide cosa Lara le aveva portato.

«Mi scuso per la sistemazione. Il nostro, uhm, mobilio per la reception non è ancora arrivato.» Non era una bugia; semplicemente non l'avevano ancora ordinato.

Ovviamente la donna prese un fazzoletto dalla borsa e pulì la sedia da ufficio prima di sedersi.

«Ora, cara, riguardo alla festa di Phillip.» Strinse le labbra. «Temo che non pagherò quanto tua cugina mi ha preventivato. Sono sicura che ti rendi conto che è un furto. Non puoi dirmi che il costo della *miscela per torte* sia triplicato tra la mia ultima festa e l'evento di Phillip. È semplicemente inconcepibile.»

Lara digrignò i denti. Aveva detto a Cara che il prezzo era troppo alto. Che la signora Applebaum non l'avrebbe mai accettato.

Ma... la signora Applebaum *l'aveva* accettato. Lara aveva visto il contratto firmato. Aveva incassato l'assegno di acconto che copriva le loro spese, *e* aveva fatto non pochi giochi di prestigio con il programma per poter accontentare la donna.

Raddrizzò le spalle. *Sicura. Forte. Prende le sue decisioni. Conta su se stessa* .

«In realtà, signora Applebaum, è un'offerta equa. Abbiamo dovuto assumere personale extra, riorganizzare i programmi degli altri clienti e ordinare più forniture a un costo più elevato.» *E Lei ha firmato il contratto* . Lara non voleva arrivare a questo a meno che non fosse necessario - e sperava davvero che non lo fosse. Odiava questo tipo di discussioni, ma doveva sostenere Cara.

«Dovrò chiedere la restituzione dei miei soldi, cara.»

Oh, diamine. *Sarebbe* stato necessario.

Lara inspirò e raddrizzò di nuovo la schiena. «Ma signora Applebaum, cosa farà per la festa di Suo figlio?»

«Oh, non deve preoccuparti di questo. Troverò un altro pasticcere.»

«Le faranno pagare lo stesso importo. È un lavoro dell'ultimo minuto, e piuttosto impegnativo per giunta.»

«Sciocchezze. È solo una torta.»

Un rendering architettonico tridimensionale non era «solo una torta». Ma Lara non poteva dirlo perché doveva mantenere l'illusione che la creazione delle sue torte fosse semplice. Se i clienti avessero saputo troppo del processo, di quanto fosse coinvolta la costruzione, avrebbe distrutto il mistero, e la loro reputazione era costruita su quel mistero.

«Capisco che sia arrabbiata. Cosa possiamo fare per risolvere questa situazione?»

«Dovrete abbassare il prezzo.»

Lara scosse la testa. «Mi dispiace, ma non posso farlo. Abbiamo sostenuto dei costi che dovremmo assorbire, e secondo il nostro contratto, non sono previsti rimborsi a questo punto.»

La signora Applebaum la fissò a bocca aperta. «Non può essere seria.»

«Mi dispiace quanto a Lei, ma sono seria. È scritto nel contratto che ha firmato.»

«Beh.» Sbuffò. «Non l'avrei mai detto.»

«Ma forse possiamo fare qualcos'altro per Lei. Ha ordinato la torta a forma del suo college. Potrei includere una torta individuale per Lei e Suo marito. Una riproduzione della sua laurea, magari? Dopotutto, siete stati voi a guidarlo nella sua carriera, giusto? Avete pagato i suoi studi? È giusto che anche voi abbiate un ricordo speciale in questa occasione.»

Aveva abbastanza impasto e pasta di zucchero per fare una torta rettangolare semplice con un paio di "rotoli" alle estremità, e non le avrebbe richiesto più di un'ora circa, quindi il suo unico costo sarebbe stato il suo tempo. Ma se questo avesse mantenuto la signora Applebaum felice e le avesse impedito di cancellare l'ordine, ne sarebbe valsa la pena.

La signora Applebaum si mordicchiò il labbro mentre le sue dita giocherellavano con la chiusura della borsetta. «Una torta tutta nostra... Sì, credo proprio che mio marito apprezzerebbe il riconoscimento di tutti i sacrifici che abbiamo fatto per Phillip.»

No, la *signora* Applebaum avrebbe apprezzato il riconoscimento, ed era per questo che Lara l'aveva suggerito.

«Ottimo. Allora siamo d'accordo?»

«Sì, beh, suppongo che andrà bene così.»

«Meraviglioso.» Lara si alzò. «Sono contenta che siamo riuscite a trovare un accordo. Ci vediamo domenica a mezzogiorno con entrambe le torte.»

La signora Applebaum si sistemò i capelli mentre si alzava. «Eccellente, cara. Non vedo l'ora. E so che Frank sarà entusiasta.»

Frank. Ah-ah. Il signor Applebaum era uno di quei mariti vessati la cui moglie lo schiacciava e lui si era rassegnato ai segni delle gomme.

Avendo gestito con successo la signora Applebaum, Laura poteva dire che, per la prima volta dal suo matrimonio, non si sentiva nella stessa situazione.

* * *

Gage si passò una mano tra i capelli mentre entrava in cucina.

«Sei qui?» Missy si girò dal fornello con una padella in mano. «Non sei stato qui per colazione da un po'. Sta per finire il mondo?»

Sembrava proprio di sì.

Gage si passò la mano sul viso. Aveva bisogno di una rasatura. «Un uomo non può passare una notte nel proprio letto senza che diventi una notizia?»

«Qualsiasi altro uomo, certo, ma tu...?» Missy prese il french toast dalla padella e lo mise su un piatto. «È successo qualcosa con Lara?»

A parte il fatto che si era reso conto di ciò che provava per lei? E di ciò che non poteva avere? «No. Siamo solo andati a tutta velocità e abbiamo entrambi molto da fare.»

«Sento un "ma" in arrivo.»

Lui scosse la testa. Non avrebbe discusso di questo con sua sorella. «Nessun ma.»

Missy non ci credeva. Cos'avevano le donne? Facevano un figlio e immediatamente ottenevano il Terzo Occhio Materno, quello dietro la testa che permetteva loro di vedere tutto?

«Ok, se lo dici tu.» Mise il piatto sul tavolo. «Se vuoi il french toast dovrai fartelo da solo. Devo andare a prendere Connor.»

«Che ne dici se vado *io* a prendere Connor e tu fai il toast?»

Missy gli diede una pacca sulla spalla. «Dio, sei così facile da convincere. Certo, ti preparo la colazione.»

Gage si diresse verso la camera di Con. Facile da convincere? No, non lo era. Voleva ciò che non poteva avere ed era una massa di contraddizioni e responsabilità, nessuna delle quali voleva affrontare, ma tutte le quali avrebbe affrontato.

Gage sospirò mentre stava davanti alla porta di Connor. Suo nipote era una responsabilità di cui non si sarebbe mai lamentato. Almeno *poteva* prendersi cura di lui. Se quell'auto che lo aveva investito fosse andata più veloce...

Gage scacciò quel pensiero. Era un'idea che aveva avuto fin troppo spesso negli ultimi mesi e non mancava mai di rafforzare tutto ciò che stava facendo per sua sorella e suo figlio. Sacrificare la sua vita amorosa era minuscolo in confronto.

«Ehi, Con, pronto per la colazione?» Si mise un sorriso sul volto e indossò l'espressione allegra che portava sempre intorno a suo nipote.

«Gage!» Il viso di Connor si illuminò come i fuochi d'artificio della notte scorsa.

Fuochi d'artificio. Oh, cavolo. Dove li aveva guardati Connor? *Lui* era stato così preso da Lara che non aveva nemmeno pensato a cosa stesse facendo Connor. Che razza di zio era?

«Come stai, campione?»

«Bene ora. Guarda cosa posso fare.» Sollevò la mano sinistra con la destra. «Guarda.» Il suo dito indice ebbe un sussulto. «Hai visto? Si è mosso. Migliorerà.»

Gage inghiottì le lacrime che gli salirono in gola. Dio, quel minuscolo movimento dava speranza a tutti loro. «Tua mamma l'ha visto?»

«Nah, volevo mostrarlo prima a te, così puoi iniziare a pianificare quel viaggio al parco divertimenti.»

«Ci penso io, Con.» Certo che sì. Orlando, con i suoi numerosi parchi a tema famosi. In qualche modo ce l'avrebbe fatta, ma Connor meritava il viaggio di una vita.

«Quanto pensi che ci vorrà prima che si muova il resto della mano?»

Il cuore di Gage si spezzò un po' di più. «Beh, se continui a lavorare con la terapia, probabilmente molto presto. Guarda quanto sei migliorato finora.» Quattro mesi, tre giorni e ventidue ore.

«Penso che sia per tutti i videogiochi che ho giocato. Hai bisogno di entrambe le mani per quelli e questa mano si sentiva esclusa.»

Era stato straziante vedere Connor cercare di far funzionare i controlli con la mano malata. Ancora più triste vederlo rinunciare disgustato. Forse Gage avrebbe dovuto semplicemente prendergli il gioco COD che voleva e preoccuparsi di cosa avrebbero fatto le immagini al cervello di Connor dopo che le sue dita avessero iniziato a funzionare.

Gage scosse la testa. Cattiva idea. Connor stava facendo progressi. Non c'era motivo di pensare che non ne avrebbe fatti altri.

«Quindi hai guardato i fuochi d'artificio con Lara ieri sera?»

Gage fece un doppio take. Il ragazzo era un po' troppo perspicace per i suoi sette anni. «Sì, l'ho fatto. Doveva lavorare al picnic della comunità.» Al quale avrebbe dovuto portare Connor.

«La mamma mi ha chiesto se volevo andare, ma sarebbe stato troppo caldo sulla sedia con i gessi». Guardò la sua mano sinistra e mosse di nuovo il dito. «È piuttosto simpatica, sai».

«Tua madre? Sì, lo è. Ti ama molto».

«Non lei. Lara. La signora dei cupcake».

Tutti con i cupcake di Lara... «Sì, è una brava pasticcera».

«La sposerai?»

Meno male che era appoggiato allo stipite della porta. «Sposarla?»

«Ti piace, no?»

Gage si ficcò le mani in tasca. «Sì, ma che cos'è questo interrogatorio?»

«Ho fatto solo tre domande. E non stai rispondendo a una di esse».

«Chi sei tu e cosa hai fatto al mio nipote amante dei videogiochi?»

Connor incrociò il braccio sano su quello paralizzato. «Penso che dovresti sposarla».

«E perché mai?»

«È carina».

Vero.

«È divertente».

Vero.

«Ha dei cupcake fantastici».

Assolutamente vero.

«E sei di umore migliore quando lei è nei paraggi».

Qualcosa si mosse nello stomaco di Gage. Era di umore migliore? Connor stava notando i suoi *stati d'animo*?

Se così fosse, saprebbe che ora era di pessimo umore.

Tirò fuori le mani dalle tasche. Non avrebbe permesso alla questione di Lara di influenzare il suo tempo con Connor. Lo vedeva già troppo poco. «Vedremo, Con. Adesso devo portarti in cucina per il fantastico French toast di tua madre».

Connor inarcò un sopracciglio. Tale zio, tale nipote.

«Ci penserò, Con, va bene? Non posso fare promesse, ma ci penserò».

Come se non fosse già l'argomento principale nella sua testa.

Trentuno

«C'è qualche possibilità che oggi tu veda Gage?» Cara sporse la testa fuori dal suo ufficio per gridare a Lara che si trovava in cucina, qualche giorno dopo.

«Ne dubito, perché?»

«Volevo far arrivare questi documenti a Missy. Li guarderà per me.»

«Pensavo stesse lavorando solo sui contratti?»

Cara alzò le spalle. «Te l'ho detto; sono una contabile, non una segretaria legale. Ho fatto del mio meglio, ma non fa male farseli controllare da lei.»

«Le stai dando del lavoro tanto per tenerla occupata.»

«Non so di cosa stai parlando.»

«Sì che lo sai. Stai dando a Missy del lavoro solo per tenerla occupata, cose che non abbiamo davvero bisogno di fare, ma lei non lo sa. Le stai dando l'opportunità di guadagnare soldi senza farla sentire come se stesse accettando la carità.»

Cara sollevò il mento con aria di sfida. «Sei fuori di testa.»

«Cara Marie Cavallo, ti conosco da tutta la vita. Non pensare di potermi imbrogliare. Stai facendo una buona azione e non volevi che nessuno lo sapesse.»

«Non puoi dirglielo. Ha il suo orgoglio. Se sapesse...»

«Il tuo segreto è al sicuro con me, Robin Hood.»

«Non sto rubando a nessuno.»

«Ma stai dando a lei ed è davvero carino da parte tua.»

«Potrebbe aver bisogno dei soldi, ma più importante, la fa sentire utile. Necessaria.»

«Non devi convincermi, Car. Finché dici che possiamo permettercelo, sono completamente d'accordo. È davvero gentile da parte tua.»

Cara borbottò qualcosa.

«Cosa? Non ho sentito.»

Ci fu altro borbottio. «Beh, Gage mi ha preso un hot dog.»

Se Lara avesse potuto ridere, lo avrebbe fatto. Ma non aveva voglia di ridere dal fine settimana. «Hai ragione, Car. Un hot dog merita sicuramente un'opera di misericordia.»

«Quindi... sembrava che vi steste divertendo al parco.» Perfetto. Cara stava cercando di rigirare la frittata.

«Stavo lavorando.» Non voleva discutere di Gage con Cara. Non voleva nemmeno *pensare* a Gage. Non aveva chiamato. Nemmeno una parola da lui nei quattro giorni trascorsi da allora.

Era davvero il suo ballo un problema così grande che il suo disagio lo aveva allontanato da lei? O era la sua insicurezza?

«Per favore. Limonare non è lavorare. A meno che non ti pagasse per quello?»

Lara le lanciò un pezzo di fondente. «E quindi?»

«Il punto è che sono felice per te. Meriti di essere felice e lui ti rende felice.»

Ma perché doveva essere un uomo a renderla felice? Perché non era felice da sola?

In realtà, lo era stata prima di Gage. Lei e Cara che lavoravano insieme alla pasticceria, stare nel suo appartamento con cose che aveva scelto lei... Aveva persino pensato di prendere un gattino, cosa che Jeff non avrebbe mai accettato. Tutte queste cose la rendevano felice.

Oh, non felice nel senso di girarsi sulle punte cantando canzoni allegre come quando stava con Gage, ma era stata felice. Gage l'aveva solo resa *più* felice.

Era una grande differenza, essere felice rispetto a essere più felice. La sua vita era ruotata attorno a Jeff; non ruotava attorno a Gage. Questo era sano, giusto? Questo le permetteva di essere se stessa, essere chi voleva, *fare* ciò che voleva. E se voleva che lui condividesse con lei, dipendeva anche da lei.

Se solo l'avesse chiamata di nuovo...

O poteva chiamarlo lei. Niente di meglio per essere in controllo della propria vita e prendere le proprie decisioni che chiamare il ragazzo a cui non riusciva a smettere di pensare e trascinarlo di nuovo nella sua vita. Altre donne avevano passato quello che lei aveva passato con Jeff. Alcune avevano avuto situazioni molto peggiori. Era ora di smettere di lasciare che Jeff definisse anche la sua vita post-divorzio, e se voleva Gage nella sua vita, doveva a se stessa almeno provare. «Ti dà fastidio averlo intorno?»

Cara alzò le sopracciglia. «Sul serio? Ti illumini come un albero di Natale, lui fa tutti i lavori pesanti e la vendita diretta, *e* ci porta gli hot dog. Perché dovrebbe darmi fastidio?»

«Sul serio, Car, sono pazza a pensare a lui in questo modo?»

«In che modo?»

«Come...»

Il respiro le uscì di colpo mentre la realizzazione la colpiva. «Come... penso di essermi innamorata di lui.»

Solo dire quelle parole ad alta voce le aveva fatto torcere e girare lo stomaco sottosopra come se stesse su una montagna russa. Una montagna russa davvero divertente e sexy da cui non voleva mai scendere.

«Se *pensi* di esserlo, Lar, lo sei. Non sei una di quelle persone indecise. Quando ami qualcuno, lo fai con tutto il cuore. È per questo che Jeff è riuscito a farti del male. È per questo che il suo tradimento ti ha ferito così tanto. Eri l'unica a non averlo visto arrivare.»

Questo non la faceva sentire meglio. Se possibile, rafforzava solo la sua insicurezza. «E se Gage fosse allo stesso modo e io non riuscissi a vederlo di nuovo?»

Cara scese dallo sgabello e si avvicinò per abbracciarla. «Gage non è per niente come Jeff. Mai. E in fondo, lo sai anche tu. Te l'ha dimostrato in modi in cui Jeff non ha mai fatto. Ma devi esserne sicura *tu* , Lar. Non puoi basarti solo sulla mia parola. Devi essere sicura di ciò che provi per lui e della fiducia che riponi in lui affinché qualsiasi cosa tra voi possa funzionare. Se non lo fai, dubiterai sempre di lui e dei suoi sentimenti, e niente rovina una relazione più velocemente che dubitare del proprio partner.»

Cara aveva ragione. Tutto si riduceva alla fiducia: in ciò che provava per lui, in ciò che lui provava per lei, e in ciò che provava per se stessa.

Le piaceva essere se stessa. Era orgogliosa di sé. Si era ripresa la sua vita: nel lavoro, nella sua casa, diamine, persino con la signora Applebaum. L'amore era il passo successivo. Meritava di trovare di nuovo l'amore. Di *essere* amata, e se voleva andare avanti con la sua vita, doveva correre il rischio.

Gage ne valeva la pena.

Ricambiò l'abbraccio di Cara. «Hai ragione, Cara. Lo amo davvero.»

«Beh, non c'era dubbio.» Cara la baciò sulla guancia. «E lui ti ama, se non mi sbaglio.»

«Credi?»

«Non sono io quella a cui devi chiedere.»

«Non posso chiedergli *questo* .»

«Direi 'perché no', ma non è nemmeno lui quello a cui devi chiederlo.» Cara le toccò il naso con un dito. «Se pensi che ti ami è una domanda, cara cugina, che devi porre a te stessa, perché se non lo senti, non importa quello che dice lui.»

Gage fissava il foglio di carta che aveva in mano. L'amico avvocato di Lara aveva mantenuto la parola. BeefCake, Inc. aveva finalmente una sede permanente.

Che sollievo. Poteva finalmente avere una parvenza di vita. Non avrebbe più dovuto fare telefonate per prenotare spettacoli per venti ore ogni settimana. Non avrebbe più dovuto viaggiare il doppio del tempo *per* quegli spettacoli - beh, una volta che il posto fosse stato operativo. Fino ad allora, avrebbe dovuto fare doppio lavoro dato che era lui il responsabile generale per mettere in ordine l'edificio. Ma almeno avrebbero potuto contare su un flusso costante di entrate.

E forse lui e Lara avrebbero potuto trovare un compromesso.

Bevve un altro sorso dalla sua bottiglia d'acqua e piegò la licenza, facendo una nota mentale di chiamare Bryan una volta arrivato al furgone. Sarebbe stata una lunga telefonata e voleva pulire il cortile di J.C. McCullough e andarsene dalla proprietà, visto che aveva finito il gazebo. Aveva lavorato quindici ore al giorno sin dal fine settimana per finire questo progetto, determinato ad avere le entrate e a tenere la mente lontana da Lara.

Non che avesse funzionato.

Ma almeno aveva tagliato il prato e spostato lo scaffale nell'armadio. La notte scorsa, aveva smesso di lasciare vincere Connor nelle loro partite di scacchi. Visto che avevano giocato così tante partite, il ragazzo era sulla buona strada per diventare un maestro e non aveva più bisogno di stimoli alla fiducia in sé.

Ma di notte, quando era sdraiato nel letto, non era riuscito a dimenticarla. Aveva preso il cellulare più volte di quante potesse contare, con le dita sospese sul suo numero, per poi riposarlo senza fare quella chiamata perché lei meritava di più da lui. Tutti lo meritavano. Diavolo, anche *lui* lo meritava.

Ma c'era solo una certa quantità di lui da distribuire, e non era giusto chiederle di sopportare quella situazione. Lei doveva sentirsi amata, apprezzata e desiderata, e sebbene lui provasse tutte queste cose, fiori e telefonate potevano trasmettere quel messaggio solo per un po'. Sarebbe stato diverso se stesse servendo il suo paese o fosse in viaggio d'affari, ma in città? Nessuna scusa.

Stai cercando scuse .

Era così? Dio solo sapeva che aveva cercato un modo per far funzionare le cose, ma fino a quando non aveva ottenuto i numeri dei benefici la notte scorsa, non aveva trovato niente, con le spese mediche che si accumulavano e i materiali di cui aveva bisogno per il prossimo lavoro di costruzione. Per non parlare della sua casa che aveva bisogno di un nuovo sistema di riscaldamento. E poi c'era il viaggio a Orlando che sapeva essere totalmente frivolo considerando tutto il resto per cui aveva bisogno di soldi, ma Connor era bambino una volta sola e meritava che *qualcosa* di buono accadesse nella sua vita.

Ma ora, con il totale dei benefici più alto di quanto avesse osato sperare, e il reddito fisso che questa licenza rappresentava, poteva sperare di avere più tempo libero una volta sistemato il posto. E con il reddito di questo lavoro e degli altri due che ora aveva tempo di finire, e Missy che guadagnava qualcosa in più facendo il lavoro d'ufficio per Cara - accidenti, doveva davvero ringraziare Cara per questo - non avrebbe più dovuto sudare freddo per ogni fattura medica che arrivava. Le cose finalmente stavano cominciando a girare per il verso giusto.

Lara era così buona.

«Quindi, è tutto? Hai finito?» Il tipo antipatico era tornato sul patio, di nuovo con il liquido ambrato in un bicchiere, e un ridicolo paio di mocassini ai piedi che probabilmente costavano più dell'ultima risonanza magnetica di Connor.

Era davvero difficile non odiare quel tizio, così Gage non si era nemmeno preoccupato di provare a non farlo.

Uva acerba .

Possibile. Ma a prescindere dalla sua situazione finanziaria, questo tizio lo irritava per molte più ragioni del semplice denaro.

Gage lasciò cadere il martello nella cassetta degli attrezzi e raccolse il materiale di imballaggio della banderuola, ficcandolo nella scatola in cui era stata spedita. «Sì, è tutto. Anche l'illuminazione è collegata. Sei pronto per la festa.»

J.C. si dondolò sui talloni e studiò il gazebo.

Gage lo sfidava a trovare anche una sola cosa sbagliata.

«Bel lavoro. Mandami la fattura e farò in modo che il mio commercialista ti spedisca un assegno.»

«In realtà-» Gage prese dalla sua lavagna la fattura che aveva stampato la notte prima «-eccola qui. Se non Le dispiace scrivere un assegno ora, posso chiudere i conti su questo lavoro.»

Non era il suo normale modus operandi, ma aveva cambiato i termini del contratto per questo lavoro perché voleva avere la minima interazione possibile con il signor J.C. McCullough.

Lo stronzo alzò un sopracciglio. «Non penserai che abbia quella somma sul mio conto corrente, vero? Non sarebbe prudente lasciare così tanto denaro dove chiunque potrebbe hackerarlo. Devo spostare un po' di soldi.»

«Può postdatare l'assegno. Lo incasserò domani.»

«Oh, non sarà disponibile almeno fino alla prossima settimana.»

Dopo la festa. Gage digrignò i denti. Il tizio sapeva quando il gazebo sarebbe stato finito, aveva insistito su questo. E aveva fatto una tale scenata su tutto ciò che il suo "duro lavoro e competenza" gli aveva fatto guadagnare, sicuramente il saldo non avrebbe mandato in rosso il suo conto corrente.

«Senta, J.C.» Gli piacque vedere come il tizio trasalì quando lo chiamò per nome. «Ho fatto il lavoro per cui Lei mi ha assunto. E Lei ha firmato il contratto che specifica chiaramente quando devo essere pagato. Vorrei il mio assegno.» O avrebbe smontato l'impianto elettrico, come minimo, ma non lo disse. Cercava di non fare ultimatum, ma questo tizio era già nella sua lista nera, quindi avrebbe potuto infrangere quella regola se non avesse ceduto.

Ma cedere lo fece. «Va bene. Ma non può incassarlo fino a domani sera. Venerdì sarebbe meglio.»

Gage sarebbe stato in banca alle 15:59 del giorno dopo.

Raccolse i rifiuti, la cassetta degli attrezzi e la sega circolare, e li mise nel suo furgone mentre aspettava che J.C. scrivesse l'assegno.

«Non dimenticare i cartelli sul prato», disse lo Stronzo mentre glielo consegnava sul vialetto.

Messaggio ricevuto: la servitù non era più ammessa sulla proprietà.

«Li prenderò mentre esco dal vialetto.» Gage si mise l'assegno in tasca e tese la mano. Poteva anche detestare il tizio, ma gli affari sono affari. «È stato un piacere fare affari con Lei.»

Lo Stronzo considerò la sua mano, ma alla fine, la strinse. Gage sapeva che l'avrebbe fatto; il tizio era il tipo che si attiene alle convenzioni, motivo per cui Gage immaginava che avrebbe pagato se messo alle strette. I bulli di solito lo fanno quando vengono sfidati.

Gage si chiese se l'ex moglie avesse capito la stessa cosa.

«Lo sai che McMostro ha chiamato qui sei volte nelle ultime due ore per assicurarsi che sarai puntuale? Perdiamo la corrente per sei ore dalla tempesta di ieri notte, eppure i maledetti telefoni funzionano ancora. Ti va di spiegarmi la giustizia in *questo*?» Cara lasciò cadere i foglietti rosa dei messaggi telefonici sul tavolo da preparazione e si infilò una matita dietro l'orecchio. «Per favore, lasciami dirgli che non possiamo fare la festa. Per favore.»

Lara alzò lo sguardo dalla rosa che stava creando. Numero trecentosettantacinque. Solo altre venticinque da fare. «No, Car, non puoi dirlo a Jeff. Questo è un lavoro. Aiuterà a pagare le bollette. Ricordatelo e riuscirai a gestirlo molto più facilmente.»

«Semplicemente non capisco. Davvero non capisco. Certo, non capisco più niente. Nick, tu, Gage... non ha chiamato, vero?»

Ogni volta che Cara faceva quella domanda, conficcava un po' di più nel suo cuore il fatto che lui non l'avesse chiamata, e le ricordava con una punzecchiatura che lei aveva deciso di chiamarlo comunque ma non l'aveva fatto. Stava pianificando di farlo, ma poi Cara aveva fatto quel piccolo commento "devi porti quella domanda" e lei aveva cominciato a dubitare di sé stessa da allora. E giustamente, dato che nemmeno lui l'aveva chiamata.

Sembrava che prendere in mano la propria vita e rischiare il cuore per Gage fossero molto più difficili che tenere testa alla signora Applebaum.

«La risposta non è cambiata dall'ultima volta che me l'hai chiesto, Cara. Ora, possiamo concentrarci su ciò che dobbiamo fare? Dobbiamo partire tra meno di un'ora e dobbiamo ancora caricare il furgone.»

«Vuoi che lo faccia io, vero?»

«Non ancora. Ma se continui a interrompere me e Jesse, faremo fatica ad arrivare in tempo.»

Cara alzò le mani. «Va bene. Ho capito. Andrò fuori a spostare qualche ramo d'albero o qualcosa del genere. Sembra che sia tutto quello che ho fatto anche questa mattina.»

Una tempesta si era abbattuta durante la notte e aveva messo fuori uso i semafori, abbattuto cavi, strappato rami dagli alberi e creato il caos generale per l'ora di punta. Si diceva che ci fosse stato un tornado che aveva rimbalzato in città e fatto alcuni danni. Anche la casa di Jeff aveva subito qualche danno, quindi non c'era da meravigliarsi se fosse nervoso riguardo alla buona riuscita della festa.

Lara voleva davvero dire alla sua fidanzata che era un presagio. Doveva scappare. Velocemente. E non guardarsi indietro.

Non riusciva a credere che avesse trovato qualcun'altra disposta a sopportare le sue stronzate. No, non qualcun*altra*. Lara non aveva sopportato tutto. Semplicemente avrebbe voluto essere più sveglia prima.

Voler stare con Gage era più intelligente?

Sbagliò la decorazione della rosa e dovette ricominciare. A quanto pare, non era intelligente se non riusciva a tenere la mente sul suo lavoro.

Cancellò Gage dalla sua mente mentre toglieva la rosa dal chiodo per pasticceria e ricominciava. Se solo la vita reale fosse così facile.

* * *

«Non avrei mai dovuto darLe quell'assegno.» J.C. McCullough camminava nervosamente intorno alla base del gazebo e addirittura porgeva a Gage le tegole di ardesia per sostituire quelle che erano state strappate via dalla tempesta.

Per fortuna, era rimasto quasi un quarto di pallet dal lavoro precedente, e il capanno dove Gage li aveva conservati non era stato danneggiato, ma se McCullough avesse continuato a chiacchierare, Gage non era sicuro di voler finire il tetto in tempo per la festa.

«*Sapevo* che avevi finito troppo in fretta. Se ti fossi preso il tempo necessario e avessi inchiodato queste tegole come si deve, sarebbero ancora al loro posto.»

Gage si tolse i chiodi dalla bocca. «Ho fatto un lavoro maledettamente buono, ma niente può resistere a venti di forza tornadica.»

«Non puoi sapere se c'è stato un tornado. Lo dici solo per coprire la tua incompetenza.»

Gage estrasse un chiodo dalla trave. La cosa sembrava un cavatappi. «È stato un tornado.» Lo lanciò ai piedi di McCullough.

Lo stronzo lo raccolse. «Adesso lanci in giro tetano? Sa, ho chiamato la banca. Ho bloccato l'assegno.»

Gage non si preoccupò di smascherare il suo bluff dicendogli che l'assegno era stato incassato alle quattro del giorno prima come aveva programmato.

«Ehi, sono qui, no?» Ne aveva abbastanza dell'atteggiamento di quel tipo. Al diavolo le referenze commerciali; sarebbe stato così bello mandare a quel paese quello stronzo. «Sono venuto subito dopo la Sua chiamata e ho lavorato come un mulo per tutto il tempo.» Sotto la pioggerella, raccogliendo tegole dal giardino – e dalla piscina – e dividendole in pile utilizzabili e inutilizzabili. Purtroppo, la pila degli inutilizzabili era stata più grande.

«Quanto ci vorrà ancora? I fornitori del catering stanno per arrivare e la band deve sistemarsi qui.»

Gage guardò quanto gli rimaneva da fare. «Può far iniziare la band a sistemarsi quando vuole. A meno che non stia pensando di metterli sul tetto?» Ecco che tornava il suo sarcasmo.

Lo stronzo l'aveva capito. E non l'aveva apprezzato. A Gage andava bene così; lui non apprezzava lo stronzo.

McCullough gli passò l'ultima tegola che aveva in mano. «Puoi occuparti del resto da solo? È appena arrivato il catering.»

«Sì. Certo. Vada.» *Per favore* . Ma non aggiunse quello. Ora che si era liberato di J.C. McCullough, poteva trovare il suo ritmo e il lavoro sarebbe andato molto più velocemente.

Tranne che uno dei membri del personale del catering attraversò il cancello della piscina e Gage perse completamente il ritmo.

Lara.

Stava per dire qualcosa – cosa, non ne aveva idea perché l'imbarazzo del loro ultimo addio era stato aggravato dal fatto che non l'aveva più chiamata da allora – quando lo Stronzo uscì dall'entrata laterale, si avvicinò a lei e... *le diede un bacio sulla guancia* .

Gage quasi scivolò dall'ardesia. Sicuramente Lara gli avrebbe dato uno schiaffo. Da un momento all'altro, l'avrebbe fatto. Non avrebbe permesso a quello stronzo quel tipo di libertà.

Ma glielo permise. O almeno, non fece nulla per correggere quel gesto troppo confidenziale—

Aspetta un attimo.

Sembravano un po' *troppo* familiari. E quel commento che Cara aveva fatto su questo quartiere come il luogo dove qualcosa era successo/viveva...

Lo Stronzo le diede una pacca sul sedere.

Gage era pronto a saltare giù dal tetto a quel punto, ma finalmente Lara diede uno schiaffo a quell'idiota.

Gage allentò la presa mortale che aveva sulla tegola, fortunatamente prima di farsi uscire sangue, ma non prima di aver realizzato una cosa.

Lara era l'ex-moglie. Doveva essere lei. Tutto aveva senso – per quanto potesse avere senso che Lara avesse sposato lo Stronzo in primo luogo.

Cosa diavolo ci faceva qui?

Gage si ricompose mentalmente e tornò al lavoro, finendo il tetto più velocemente di quanto avrebbe pensato possibile. Era interessante vedere cosa riusciva a fare quando era motivato.

Si fermò.

Era interessante vedere cosa riusciva a fare quando era motivato. E cosa poteva essere più motivante che stare con la donna che amava?

Era un idiota a non provarci – arrogante e presuntuoso quanto lo Stronzo là per aver preso la decisione per entrambi.

Doveva parlarle. Vedere se provava le stesse cose. Vedere se *voleva* provare a dargli una possibilità.

Scese dalla scala, alzando lo sguardo per vedere dove fosse andata. Lei, Cara e Jesse stavano portando tavoli pieghevoli e carrelli termici per cupcake.

Raccolse altri frammenti di ardesia dall'erba e li mise nella sua cintura portattrezzi mentre si avvicinava. «Ehi, ragazze. Volete una mano?»

«Dio, sì.» Cara non si fermò nemmeno a pensare; si sporse verso di lui con una grande scatola di cartone. «Questi cosi sono pesanti. Se puoi tenerli tu, io preparerò il tavolo.»

Gage guardò dentro. Due sculture di colombe bianche. Lo Stronzo puntava sul nauseantemente dolce. «Di che gusto è questo, zucchero filato?»

Lara lo guardò con un sorrisetto complice. «Vaniglia.»

Gage ridacchiò. Come era maledettamente perfetto. «È stata una richiesta speciale o l'ha lasciato alla tua discrezione?»

«Cosa pensi?»

Dio, le era mancata. Con gli occhi che brillavano di malizia, Gage faceva fatica a non posare quelle stupide colombe e prenderla tra le braccia.

«Ehi, Gage, puoi metterle qui.» Cara gli fece cenno di avvicinarsi al tavolo lungo il muro esterno della terrazza.

«Dobbiamo parlare, Lara,» disse prima di avviarsi.

«Non posso adesso, Gage. Ho un lavoro da fare».

«Lo so. Intendevo dopo. Più tardi. Se ti va». Dio, stava balbettando come uno scolaretto, e non aveva mai balbettato nemmeno allora.

«Mi va».

Per Dio, anche a lui.

Jeff stava criticando ogni minimo dettaglio finché Lara non ebbe voglia di sbattergli le colombe in faccia.

Erano «girate dalla parte sbagliata»? Ma per favore! Le colombe erano avvolte l'una attorno all'altra, con le ali elegantemente curve, guardandosi languidamente negli occhi. Questa era una festa di fidanzamento; *non dovrebbero* guardarsi in quel modo?

Poi non c'erano abbastanza cupcake con rose bianche e perle di zucchero in mostra, disposte a forma di cuore. Poi pensava che il bianco non fosse abbastanza bianco, che gli involucri di carta argentata non fossero abbastanza eleganti, e quando insistette per assaggiare un cupcake si lamentò che la fragola al centro - che lui stesso aveva richiesto - era fastidiosa.

«Sul serio, Lara, dovrai migliorare se vuoi avere una possibilità di farcela in questo settore. Potrei organizzarti una consulenza con lo chef di Koba, se vuoi. È un mio amico personale».

Jeff ovviamente dimenticava che lei sapeva benissimo che stava mentendo spudoratamente per impressionarla. Lo chef di Koba non *sopportava* Jeff. Il suo ex aveva rimandato in cucina così tanti piatti perché fossero «cotti di più» che Lara non si sentiva più a suo agio a mangiare là da allora.

«Grazie, Jeff, ma sto bene così».

«Questo è il problema, Lara. È sempre stato questo il problema. Ti accontentavi dello status quo. Non hai mai avuto visione. Se ti fossi impegnata, avresti potuto diventare la presidente del gruppo femminile del club. Avresti potuto averle in pugno con le tue parole, non con i tuoi dolci».

Lara contò fino a dieci. Due volte.

Non sarebbe mai cambiato. Era lo stesso stronzo condiscendente che era sempre stato. Sempre convinto di sapere cosa fosse meglio, e addossando a lei la colpa per la sua delusione.

Lei, però, era cambiata.

«Sai una cosa, Jeff? Non hai più il diritto di parlarmi così. Sono qui esclusivamente come fornitrice dei tuoi dessert, non come la tua ex moglie. Se non sei soddisfatto di Cavallo's Cups & Cakes, allora non ordinare più da noi. Ho fatto quello che mi hai chiesto al meglio delle mie capacità - capacità che conoscevi perfettamente quando mi hai assunto - quindi qualsiasi insoddisfazione è colpa tua».

Jeff si riprese dallo shock troppo velocemente. Quel dannato sorriso untuoso si allargò sul suo viso. Come aveva potuto mai pensare che fosse attraente? Gage nel suo aspetto trasandato era più bello di quanto Jeff potesse mai sperare di essere.

Parli del diavolo...

L'aveva visto nel momento in cui era arrivata, su quel tetto, con la maglietta incollata a quel petto incredibile, i jeans che gli fasciavano il sedere, e il bandana che gli teneva i capelli fuori dagli occhi, un look davvero sexy su di lui, e aveva sentito quella familiare stretta al basso ventre. Se lui non fosse venuto a chiederle di parlare, ci sarebbe andata lei.

«Hai sentito una parola di quello che ho detto?» Jeff mise le mani sui fianchi.

«Mi dispiace, cosa?»

«È così che tratti tutti i tuoi clienti? Prendi i loro soldi, fai quello che diavolo ti pare con il loro ordine, poi li ignori completamente quando ti parlano? Non ce la farai mai in questo settore, Lara. Tornerai strisciando da me e sarà troppo tardi. Io sarò sposato con Alexandra e tu non avrai niente. Se pensi che ti darò altri soldi, sei fuori di testa. Non posso credere che tu abbia la faccia tosta-»

Il braccio di Gage scattò da dietro di lei per afferrare il colletto della camicia di Jeff. «Chiedi scusa alla signora».

Lara non l'aveva nemmeno sentito avvicinarsi. Era troppo concentrata nel tentare di rispondere al veleno di Jeff.

«Ho detto, chiedi scusa alla signora». Si spostò davanti a Lara e affrontò Jeff faccia a faccia.

Jeff ghignò. «Ti denuncerò per questo».

«Mi piacerebbe vederti provare».

«Sono un avvocato».

Lara mise una mano sul braccio di Gage. «Gage, lascialo. Va tutto bene».

«Non va bene. Nessuno dovrebbe parlare a qualcuno nel modo in cui lui ti parlava». Scosse il pugno abbastanza da ricordare a Jeff dove fosse il suo pugno.

Lara gli strinse il braccio. «Per favore. Lascialo andare. Superiamo questa serata e poi parleremo».

«Sì, perché non l'ascolti, Tomlinson? Pensavo di averti pagato. Non dovresti andartene?»

«Lo farei se non fosse che mi ha assunto per aiutarla stasera».

«Ha fatto cosa?»

Il collo dello stronzo diventò viola mentre fissava, con gli occhi spalancati, Lara - che si stava mordendo il labbro.

Gage riconobbe quel gesto. Stava cercando con tutte le forze di non sorridere.

«Ehm, sì. L'ho fatto. Gage si occupa di tutto il lavoro pesante per noi».

«Quale lavoro pesante? Tu fai *cupcake*, per l'amor di Dio».

Sembrava che il tizio avesse dimenticato che sollevare i *cupcake* di Lara richiedeva finezza-

Merda. Gage *non* voleva andare lì, immaginando quel cretino e lei- «Vado al furgone a prendere ciò che resta, Lara».

«Grazie, Gage. La torta è lì e anche il carrello».

«Lo porto subito dentro». Non voleva lasciarla da sola con quello stronzo, ma doveva fidarsi che sapesse badare a se stessa. Almeno lei non avrebbe preso a pugni quel tizio, cosa che lui stava morendo dalla voglia di fare.

Poi, nel vialetto, la sua serata peggiorò.

Una bellissima bionda scese da una Jaguar appena arrivata.

«Gage?»

Merda. Alexandra Prescott. *Ovviamente* si sarebbe sposata con lo Stronzo.

«Alexandra». Era stata a più dei suoi spettacoli di quanto fosse stato casuale, soprattutto all'inizio quando lui e Bry erano i talenti, e aveva fatto capire più che chiaramente che non le sarebbe dispiaciuta una lezione di ballo privata.

Lui aveva rifiutato, grazie a Dio, ma ciò non significava che Alexandra avesse dimenticato sia il suo desiderio che la sua indignazione quando lui l'aveva respinta.

«Cosa ci fai qui?» chiese lei, mettendo nel suo incedere un'ondulazione molto più accentuata del naturale. Certo, nulla di Alexandra era naturale, il che la rendeva la moglie perfetta per lo Stronzo.

«Sto dando una mano a una delle altre del catering».

«Tu? Cucinare?» Lo squadrò con un appetito che non aveva nulla a che fare con il cibo.

«No, solo il sollevamento pesi». Cosa sbagliata da dire; il suo sguardo andò dritto alle sue braccia.

La serata si prospettava piena di disagio.

Lei lo seguì fino al furgone e si appoggiò provocatoriamente alla portiera aperta. Alexandra era come una lunga leccata di burro: morbida e deliziosa ma decisamente non buona per te. Non era mai stato tentato prima; e certamente non lo era adesso.

Si mise rapidamente a preparare il carrello, vi fece scivolare la torta sopra e lo spinse verso il cortile sul retro senza rallentare, con Alexandra che lo seguiva.

«Tesoro!» Lo Stronzo appicciò un sorriso da mille watt sul suo viso troppo uniformemente abbronzato per essere vero e si avvicinò ad Alexandra con fare disinvolto. Era come guardare una coppia di bambole Barbie e Ken animate elettronicamente.

«Jefferson». Lei inclinò una guancia incipriata verso di lui.

Che il tizio baciò in aria.

Ora era il turno di Gage di mordersi il labbro.

Dovette morderlo più forte quando Lara alzò gli occhi al cielo.

Rilasciò un respiro di cui non si era reso conto di trattenere. Lei non provava più niente per quello stronzo. Non che avesse davvero pensato che potesse essere così, ma comunque, guardando questa casa, tutto ciò che J.C.-*Jefferson* -possedeva, non poteva fare a meno di pensare che forse...

«Lara». Lo Stronzo diventò untuoso. Più untuoso. «Permettimi di presentarti la mia fidanzata, Alexandra Prescott. Alexandra, questa è Lara. La mia ex».

Alexandra aveva perfettamente padroneggiato l'atteggiamento della signora del maniero. Lo aveva sempre avuto, ma Gage si infuriò quando rivolse quello sguardo da principessa di ghiaccio a Lara.

«Ho sentito che sei una pasticciera».

Avrebbe anche potuto dire *lebbrosa*.

Lara, tuttavia, raddrizzò la schiena e si appiccicò un sorriso genuino sul viso. «Esatto. Cavallo's Cups & Cakes. Io e mia cugina l'abbiamo avviata quasi un anno fa. Ci occuperemo della festa di diploma degli Applebaum questo fine settimana».

«Il figlio di Priscilla e Frank?» Alexandra alzò un sopracciglio.

«Sì, Phillip».

«O... oh».

Hmm, Gage non ci avrebbe creduto se non l'avesse visto. Apparentemente questo incarico degli Applebaum era un affare abbastanza grande da impressionare persino la Principessa di Ghiaccio.

«Non hai menzionato gli Applebaum, Lara». Lo Stronzo sembrava contrariato.

Se non fosse stata casa sua, Gage lo avrebbe *buttato* fuori.

«Non me l'hai chiesto, Jeff».

Jeff. Jefferson. J.C... Gage preferiva Stronzo.

«Allora Lara, dove vuoi che metta questa torta?» intervenne Gage, volendo porre fine all'atmosfera da reunion.

«Credo che sia a me che dovresti chiederlo, Tomlinson». Lo Stronzo era tornato in sella.

«In realtà, Jeff, avevo pianificato una certa disposizione, quindi se mi permetti di usare la mia competenza professionale, io e Gage ci occuperemo della presentazione. Ne sarai soddisfatto».

«Sì, beh, è meglio che sia così».

Gage aveva la sensazione che nulla avrebbe mai soddisfatto quel tipo per quanto riguardava Lara.

La seguì fino al tavolo, aspettando di essere fuori dalla portata d'orecchio prima di parlare. «Sei stata sposata con quello?»

Lei rise. «*Quello* è la descrizione perfetta. È proprio un bel personaggio, vero?»

«È qualcosa del genere. Non posso credere che l'hai sposato».

«Non è sempre stato così. Almeno, non all'inizio. Ma è decisamente peggiorato man mano che il suo conto in banca cresceva. Ho capito che Jeff è molto insicuro, quindi la quantità di zeri che controlla gli dà convalida. Triste, davvero».

«L'hai gestito bene. Pensava di distruggerti».

«Puoi mettere la torta qui». Lara spostò la scatola con le colombe dal lato del tavolo. «Mi rifiuto di dare a Jeff questo potere su di me. Ero devastata quando ho scoperto che mi aveva tradito. Non con Alexandra, tra l'altro. Nel caso te lo stessi chiedendo».

«Mi stavo solo chiedendo cosa gli sia passato per la testa per tradirti in primo luogo». Sollevò la torta nel punto che lei aveva indicato.

«Se lo sapessi, io—»

«Tu cosa?»

Lei scrollò le spalle e iniziò ad aprire le scatole dei cupcake. «Stavo per dire che l'avrei fermato, ma ho realizzato che non avrei potuto. Non sono responsabile della felicità di Jeff più di quanto lui lo sia della mia. Quella deve venire da dentro di te ed è ciò che condividi con il tuo partner».

Lui non disse nulla mentre ci rifletteva. Lei non stava accampando scuse, non stava addossando la colpa a qualcun altro. La sua felicità dipendeva da lei. Proprio come la sua dipendeva da lui. Il che significava che, a meno che non facesse qualcosa per realizzarla, era colpevole di aver deluso Lara quanto quello Stronzo.

Dovevano assolutamente parlare dopo questo evento.

Tutti i pezzi grossi dello studio di Jeff erano presenti, incluso Weathers, e tutti riservarono un caloroso benvenuto a Lara.

Jeff non aveva capito cosa aveva fatto assumendola, né Lara l'aveva realmente considerato al di là dei soldi che le avrebbe pagato, ma i suoi colleghi l'avevano apprezzata. Ne aveva incontrati alcuni dopo il divorzio e tutti le avevano chiesto come stava, mostrando un interesse sincero – e un'autentica indignazione nei confronti di Jeff per il suo tradimento. Vedendoli intrattenersi al suo tavolo dei dessert, si rese conto che a loro importava davvero di ciò che aveva passato – in un modo in cui non si interessavano a Jeff. O ad Alexandra.

Jeff si stava illudendo se pensava che questo matrimonio fosse un trampolino di lancio per la sua carriera. Il disprezzo che la maggior parte delle donne provava per la fidanzata di Jeff era quasi palpabile. E Alexandra non aiutava con le sue affettazioni distaccate.

Jeff non avrebbe mai imparato.

«Vi andrebbe qualcosa da bere?» chiese Gage a lei, Cara e Jesse, con il suo bandana sostituito da uno dei cappelli da chef di scorta che lei teneva nel furgone insieme alla giacca da cuoco extra, e i pantaloni neri che aveva indossato alla festa di Gina che fungevano perfettamente da pantaloni da smoking.

Se non fosse stato per gli scarponi da lavoro scuri, non avrebbe mai immaginato che, un'ora prima, fosse un ammasso sudato in abiti da cantiere, ma un tuffo nella piscina di Jeff e i vestiti improvvisati lo avevano reso il dipendente perfetto.

Perfetto era la parola giusta. Era appetitoso in quell'abbigliamento. Ma d'altronde, era appetitoso con qualsiasi abbigliamento.

O *senza* alcun abbigliamento...

«Adorerei un gin tonic», disse Cara, «ma temo che potrebbe sciogliermi troppo la lingua e finirei per dire a McMostro quello che penso veramente».

Lara cercò di non sorridere. Adorava che Cara fosse così indignata per lei, ma onestamente, aveva capito, mentre Jeff le lanciava le sue frecciatine e Alexandra cercava di apparire così superiore, che non le importava. Era felice di sé stessa e qualunque cosa Jeff potesse fare o dire non solo non l'avrebbe cambiata, ma non l'avrebbe minimamente toccata.

«Un po' d'acqua ghiacciata sarebbe perfetta. E Jeff non può lamentarsi della spesa».

«McMostro può lamentarsi di qualsiasi cosa», borbottò Cara.

Gage diede un colpetto al cappello da pasticciera di Cara. «Ehi, non lasciare che ti rovini la serata. Non ne vale la pena».

Cara guardò Lara e poi Gage. «Come fai a essere così distaccato riguardo a tutto questo? Voglio dire, dopo quello che lui e Lara...»

Gage scrollò le spalle. «Lui e Lara non stanno più insieme e lei è con me». Le toccò brevemente la schiena. «Un giro di acqua frizzante ghiacciata in arrivo».

Cara si fece aria. «Ok, cugina, sei stata davvero fortunata in quel dipartimento».

Sì, lo era stata.

* * *

Gage evitò la cosiddetta coppia felice. Aveva visto persone in ospedale più felici di questi due. Stronzo aveva la bocca così tesa che sembrava stesse succhiando limoni a dozzine, e il sorriso di Alexandra era così fragile che la sua faccia avrebbe potuto incrinarsi.

Questi due si stavano sforzando troppo per la festa.

Fece cenno al barista. «Quattro acque con ghiaccio quando hai un momento».

«Certo. Nessun problema».

Gage rimase in disparte, aspettando che gli ospiti venissero serviti.

«Allora, giovanotto, presumo che tu abbia ricevuto la licenza che stavi richiedendo?» L'amico avvocato di Lara si avvicinò e lo salutò con il suo drink.

«Sì. Devo ringraziarLa per essere intervenuto».

«Nessun problema. Alcune persone sono un po' troppo prevenute, sa cosa intendo? Prenda stasera, per esempio. Metà delle persone qui presenti sono qui solo per valutare la fidanzata. McCullough ha fatto un grosso errore a lasciare andare Lara e lo sappiamo tutti».

«Lei mi ha raccontato quello che ha fatto per lei».

«Non sopporto i traditori. Non c'è scusa per questo. Merita quello che gli sta capitando, e se si tratta di Alexandra Prescott, quell'uomo farebbe meglio a stare attento». Rise. «Weathers Davis, a proposito». Strinse la mano a Gage. «Mi parli di questo night club. Come si è ritrovato a fare lo spogliarellista?»

«Lei è uno *spogliarellista*?» Stronzo si avvicinò proprio nel momento sbagliato.

Gage posò il primo bicchiere d'acqua sul bancone, con le dita che prudevano – *prudevano davvero* – dalla voglia di fare qualche danno a quel viso.

Weathers fece un sorso troppo minuscolo per essere reale del suo drink. «Possiede un locale da ballo, McCullough.»

«Intende un locale di spogliarellisti, signor Davis.»

Gage si morse il labbro sentendo il tono adulatore nella voce dello Stronzo. «Questo è un altro modo per definirlo, sì.»

«Santo cielo. Non posso credere che Lara sia passata da me a uno *spogliarellista*.» Rise. Quel cretino rise davvero.

Le dita di Gage si chiusero in un pugno.

«Non vedo cosa ci sia di tanto divertente, McCullough.» Weathers fece un altro finto sorso del suo drink. Quell'uomo era un maestro nel mettere qualcuno al suo posto e Gage poteva solo stare a guardare. «Un'attività commerciale redditizia che porterà entrate alla città e rivitalizzerà parte del degrado urbano. Un impegno altamente lodevole, secondo me. A dire il vero, sono disposto a investirci se sta cercando investitori, signor Tomlinson.»

Gage non riuscì a nascondere la sua sorpresa. «Dovrò... parlarne con il mio socio. Le faremo sapere.»

«Socio? Sei gay?»

«Socio d'affari.» Gage non si preoccupò di nascondere il suo disprezzo. Con Weathers dalla sua parte, gli dava la legittimità che lo Stronzo avrebbe rispettato. Non che a Gage importasse un accidente del rispetto di quel tizio, ma gli piaceva il fatto che ora dovesse guardarlo con occhi diversi.

«Lei e il Suo socio avete costituito una società?» Weathers si voltò verso di lui, tagliando efficacemente fuori lo Stronzo dalla conversazione. «Potrebbe essere qualcosa da considerare. Per ragioni fiscali.»

«Ho alcune idee di cui potrei parlarLe.»

Weathers estrasse un biglietto dalla tasca. «Mi chiami. Organizzeremo qualcosa.»

Il barista pose sul bancone il resto dei bicchieri d'acqua. Gage mise il biglietto nella tasca della giacca e li raccolse. «È stato un bel parlare con voi. Grazie per il Suo aiuto con la licenza e La contatterò. Se volete scusarmi, devo riportare questi alle laboriose signore al tavolo dei dolci. Si assicuri di provare una fetta di torta. Lara è straordinaria in cucina.»

Lasciò abbastanza allusione in quel commento da far pensare allo Stronzo dove altro fosse straordinaria.

E iniziò a pensarci lui stesso. Non avevano ancora fatto nulla in cucina. Ancora.

* * *

Ci vollero dieci minuti perché la notizia del secondo lavoro di Gage facesse il giro della festa - e Lara sapeva *esattamente* da dove provenisse quell'informazione. Jeff camminava in giro con il suo atteggiamento di superiorità come se fosse al di sopra di ogni persona alla festa.

Iniziò con sguardi maliziosi dalle donne sposate. Un paio di inviti espliciti da quelle single. I bronci dei mariti furono la prova definitiva; Lara era diventata estremamente familiare con quelli alla festa di Gina.

Poi Alexandra era venuta al suo tavolo.

«Gage», disse in un modo che fece rabbrividire Lara. «Considererei un favore personale se ci facessi uno spettacolo stasera. Naturalmente, lo renderemo vantaggioso per te.»

Gage si immobilizzò e Lara poteva sentire la rabbia che lo attraversava. «Non ballo.»

«Sciocchezze. Certo che lo fai. Ti ho visto.»

Ora Lara si immobilizzò.

Gage la guardò. «Era anni fa. Quando stavamo iniziando. Non lo faccio più.»

«Oh, sono sicura che possiamo convincerti. Tutti hanno il loro prezzo.» Le labbra di Alexandra si curvarono in un sorriso che fece rabbrividire Lara.

«Non io.»

Jeff, ovviamente, si presentò in quel momento. «Dai, Tomlinson. Facciamo un'anteprima di questa 'attività commerciale redditizia che porterà entrate alla città e rivitalizzerà il degrado urbano'. Non puoi chiedere pubblicità migliore di un pubblico attento con soldi da investire.»

C'erano dei sottintesi nel discorso di Jeff che Lara non capiva, ma comprendeva che stava cercando di mettere in imbarazzo Gage.

«Puoi venire all'inaugurazione ufficiale e vederlo allora, McCullough.» Gage non aveva mosso un muscolo. Beh, tranne le dita. Ora erano chiuse a pugno.

«Non hai fiducia nel tuo prodotto? Come pensi di venderlo se non lo, beh, vendi?» Il sorriso di Jeff era peggiore di quello di Alexandra. I due erano perfetti l'uno per l'altra.

«Bene. Vuoi un'anteprima?» Gage si strappò il cappello dalla testa. «Ti darò un'anteprima.»

Tirò fuori il cellulare dalla tasca posteriore. «Lara, trova la playlist e fai in modo che la colleghi all'impianto audio. Ho bisogno di qualche minuto per prepararmi.»

La playlist. Come ricordava bene quella playlist.

Gage si diresse furiosamente verso il suo furgone mentre Cara si alzò in piedi infuriata.

«Tu, McMostro, sei il più grande stronzo del mondo. Non posso credere che l'hai messo in imbarazzo in questo modo. Pagherai il doppio della sua tariffa normale per questo scherzo.»

«Taci, Cara, o ti caccio fuori. E non pensare che non ne assaporerò ogni minuto. Volevo farlo ogni volta che venivi a trovare Lara.»

«E io volevo vomitarti addosso ogni volta che lo facevo, ma apparentemente ero l'unica che amava abbastanza Lara da non trattarla male.»

Lara tirò i riccioli di Cara. «Per favore, non rispondergli, Cara. Lascia perdere. Non può più farmi del male.»

«Ma cosa sta facendo a Gage?»

Lara si morse il labbro e abbassò la voce. «Pensa di mettere in imbarazzo Gage, ma cosa pensi che succederà quando Gage inizierà a ballare? Chi sarà imbarazzato allora?»

Un sorriso si allargò sul volto di Cara. «Oooh, mi piace.»

Le sarebbe piaciuto ancora di più quando Lara avesse portato a termine ciò che stava per fare...

L'introduzione elettronica di *Simply Irresistible* iniziò e tutti gli occhi si voltarono verso la "terrazza" di Jeff.

Gage dava le spalle al pubblico, braccia tese, indossava ancora la giacca da chef, e una gamba tremolante appena abbastanza da far muovere il suo fondoschiena sotto di essa.

Come prima, furono le donne le prime ad avvicinarsi.

Il ritmo iniziò e Gage si voltò di scatto, strappando la giacca.

Nient'altro che pelle e quei pantaloni neri sotto.

I suoi fianchi ondeggiarono, i muscoli si contrassero, e Gage lavorò la folla con il suo sguardo sexy, ogni donna ricevette la sua massima concentrazione per i pochi secondi in cui stabiliva un contatto visivo con lei.

Iniziarono i fischi di apprezzamento.

«Madre di Dio, è bollente». Cara sventolò le mani davanti al viso. «Non so, Lar. Penso che sia la tua ricompensa per le stronzate che hai sopportato da quel cretino laggiù». Diede un colpetto a Lara. «Guarda la sua faccia».

Lara non guardò nemmeno in direzione di Jeff. Non quando poteva guardare Gage.

«Mi fai un favore, Car? Resta qui a occuparti del tavolo. Torno subito».

Non aspettò la risposta di Cara, ma tenne gli occhi su Gage e camminò - ancheggiando - attraverso la folla, la musica che le scorreva dentro come quell'altra volta in cui lui aveva suonato questa canzone.

Sul palco, la giacca scivolò giù da un braccio. Era una cosa di bellezza il modo in cui il suo braccio scolpito veniva rivelato centimetro dopo centimetro sexy e irresistibile. Il pettorale si fletteva mentre lui se ne liberava, poi ripeteva l'intero movimento lento e seducente dall'altra parte.

Le donne erano ora in tre file davanti ai gradini.

Lara si unì a loro.

Gage girò di nuovo e strofinò la giacca lungo la schiena, facendola scivolare più in basso... ancora più in basso...

Lì, contro il suo sedere, e le donne iniziarono ad acclamare. Single, sposate, giovani, anziane, socie, stagiste, non importava; tutte stavano godendo dello spettacolo.

Gage lavorava sul loro interesse. Lavorava anche quella giacca. Lara non avrebbe mai più guardato una giacca da chef allo stesso modo.

Sbottonò la sua. Stava diventando un po' caldo in mezzo alla folla di donne eccitate. Specialmente perché lei era una di loro.

Lui passò la giacca appallottolata sui suoi addominali, stuzzicando il pubblico con quella delizia di cui Lara aveva conoscenza di prima mano - e lingua.

Si mosse a tempo di musica, ricordando come aveva scosso il sedere a questo punto quando aveva ballato per lui.

Lo fece di nuovo dove si trovava. Con la coda dell'occhio, vide Alexandra avvicinarsi. E vide Jeff accigliato. Questo non fece che rafforzare ciò che stava per fare.

La musica si fermò per due battiti del cuore prima che il ritmo riprendesse con forza. Anche Gage si fermò, il fianco pronto a scendere, e quando la musica ricominciò, lo fece, ed era una cosa di bellezza. I suoi addominali si contrassero, i pettorali si flettevano, e il suo fondoschiena - oh Dio, il suo fondoschiena - si muoveva con ritmo perfetto.

E poi si strappò i pantaloni.

Indossava quei minuscoli, aderenti pantaloncini di seta nera che aveva indossato prima, e avvolgevano le sue cosce come volevano fare le mani di lei.

Le donne impazzirono.

Gli uomini sembravano voler essere ovunque tranne che lì.

Lara voleva essere lassù con Gage.

Così si fece strada tra la folla. Salì i gradini a ritmo di musica.

Sbottonò la giacca.

E quando Gage si girò, gli rivolse il sorriso più sexy di sempre.

* * *

Per la prima volta che potesse ricordare, Gage mancò un passo nella sua esibizione. Ma Cristo, era comprensibile. Lara stava venendo verso di lui *sbottonandosi la giacca* . Con un movimento ondulatorio dei fianchi. E uno sguardo sul viso che aveva visto la notte in cui lei aveva ballato per lui.

Come stava facendo ora.

Si leccò le labbra perché la sua bocca era diventata secca.

Lei si leccò le sue solo per farlo impazzire.

Poi si sfilò la giacca per aggiungere altra follia.

«Cosa stai facendo?» sussurrò mentre lei gli ancheggiava accanto, i fianchi che si muovevano all'unisono con i suoi e troppo vicini perché questi pantaloncini potessero nascondere l'effetto.

«Sto ballando. Cosa ti sembra?»

Sollevò le mani sopra la testa per compiacere il pubblico, sapendo cosa faceva al suo stomaco, ma la verità era che stava agendo meccanicamente. Stava cercando di capacitarsi del fatto che Lara - *la sua* Lara - stava ballando davanti alla folla, e se stava facendo quello che sembrava, si stava spogliando insieme a lui.

Le sue dita slacciavano i bottoni della camicia.

La bocca di Gage si seccò e, per la seconda volta, perse un passo.

«Lara?»

«Balla, Gage. Proprio come mi hai insegnato tu». Il suo sorriso era maliziosamente sexy. «Jeff voleva uno spettacolo? Gliene daremo uno.»

E allora Gage rise. Non poté farne a meno. Era impagabile.

Ballò davanti a lei, lavorando la folla. Era interessante come gli uomini fossero ora coinvolti, e per un momento - o sei - una bandiera rossa sventolò davanti a lui come in una corrida. Non voleva che quegli uomini la guardassero. Era sua.

Poi riconobbe l'ipocrisia e si lasciò godere il momento. Lei poteva ballare tutta la notte per questi tizi, ma sarebbe tornata a casa con lui.

Guardò lo Stronzo. L'espressione del tipo era esilarante. Il suo piano per umiliare Gage era completamente fallito. Tutti nel suo ufficio avrebbero sicuramente parlato di questa festa per anni, ma non per il motivo che lo Stronzo voleva.

Guardò oltre la spalla verso Lara. La sua camicia a maniche corte era fuori dai pantaloni e stava lavorando quei bottoni con la stessa efficacia con cui i suoi ragazzi lavoravano i loro. Aveva prestato attenzione a quell'addio al nubilato. O forse era portata naturalmente.

Guardò come si muovevano i suoi fianchi. Sì, era portata naturalmente.

Addicted to Love iniziò a suonare e vide il ritmo accelerare nella folla. I fianchi ondeggiavano, i sederi si toccavano, e c'era qualche leggero sfregamento che sarebbe stato peggio se fosse stato più tardi nella serata dopo che l'alcol avesse fatto effetto, ma andava tutto bene. Tutti erano in vena di festa. Tutti tranne lo Stronzo.

Lui era decisamente *non* in vena di festa e sembrava che volesse spegnere la musica da un momento all'altro. Ma persino lui era abbastanza intelligente da capire che ci sarebbe stato un ammutinamento, quindi doveva sopportare.

Gage ballò verso Lara. «Non hai veramente intenzione di toglierlo, vero?»

Lei fece intravedere la spalla con la camicia. «Perché no? Ho della biancheria carina sotto. Non è diverso dai tuoi pantaloncini.»

Tranne per il fatto che a lui non importava se qualcuno lo vedeva in questi pantaloncini, ma la biancheria di Lara doveva essere solo per i suoi occhi.

Sorrise. «Vai pure, tesoro.»

Lei ricambiò il sorriso. «Ho intenzione di farlo.»

E lo fece. Dio, se lo fece.

Gage rinunciò a cercare di nascondere la sua erezione perché non poteva. I pantaloncini erano abbastanza stretti da non permettergli di essere completamente eretto, ma chiunque lo guardasse avrebbe capito immediatamente che era eccitato. Il che, ironicamente, lo eccitava ancora di più. Tutte quelle persone là fuori guardavano lui e Lara fare un ballo antico come il tempo. Seduzione, desiderio, erano universali. E ogni singola persona là fuori voleva ciò che lui e Lara avevano.

Lei fece scivolare la camicia lungo le braccia e, buon Dio, il suo reggiseno di pizzo blu copriva a malapena i capezzoli, spingendo i seni in alto con una delizia che faceva venire l'acquolina in bocca. Non si era ancora girata verso la folla, e lui poteva sentire l'aspettativa vibrare con la musica.

Si posizionò dietro di lei, con il sedere rivolto alla folla - lo scosse un po' per buona misura - e le abbassò la camicia lungo le braccia.

Lei si girò lentamente, il suo sorriso solo per lui, e Gage voleva baciarla. Non lo fece, perché non si sarebbe mai fermato una volta iniziato, ma guardò. Oh, sì, guardò decisamente.

«Bei cupcake,» disse.

Lei gettò indietro la testa e rise, i suoi riccioli che le cadevano sulle spalle, e lui non aveva mai visto niente di così bello in vita sua.

Lei mise il braccio destro contro il suo e ballò intorno a lui, la sua bellezza ora in mostra per tutti.

Gage si sentì indurire. Merda. Parlando di poco professionale.

Ballò dietro di lei - non abbastanza vicino da strofinarsi contro di lei. Quello era il confine dell'indecenza pubblica e non voleva dare allo Stronzo alcun motivo per cacciarli. Questo era il momento di Lara e voleva che lei se lo godesse.

Lei infilò le dita sotto la cintura dei pantaloni.

Merda, aveva dimenticato che anche quelli sarebbero venuti via.

Lei si dimenò e i pantaloni scesero più in basso.

Indossava un perizoma.

Gage gemette. Un perizoma. Che fine avevano fatto le mutandone della nonna? O anche i boxer da donna? Ma un perizoma?

Stava cercando di ucciderlo.

Guardò lo Stronzo. *Lui* voleva ucciderlo.

Gage nascose il suo sorriso e mosse i fianchi dietro Lara.

La folla si era di nuovo mescolata, gli uomini con le loro donne. C'era molto più movimento e sfregamento adesso.

Mmm, forse Lara aveva intuito qualcosa. Spogliarello integrato. Potevano raddoppiare i potenziali clienti se le coppie lo consideravano un appuntamento serale. Avrebbero forse avuto bisogno di un locale più grande.

I pantaloni di lei scivolarono sotto il sedere. Il suo dolce, perfetto, rotondo, tentatore e gustoso sedere *nudo* .

Doveva voltarsi. Tenere la schiena rivolta verso la folla. Agitò il sedere, offrendo loro quello spettacolo perché non poteva offrirne un altro. I pantaloncini avevano troppo spandex.

Lara, però, ebbe diritto a uno spettacolo privato.

I suoi occhi si spalancarono, e si leccò le labbra. Cosa che lo fece eccitare ancora di più. Ebbe un sussulto dentro i pantaloncini, così dimenò ancora un po' il sedere.

Lei si abbassò i pantaloni e riuscì, in qualche modo, a mantenere il ritmo della musica mentre se li sfilava, una gamba lunga, sensuale e sinuosa alla volta.

Poi si alzò e sollevò le braccia, ondeggiandole come una danzatrice dell'harem, ma senza assomigliarci affatto con quei suoi esigui brandelli di tessuto sexy che non lasciavano nulla all'immaginazione.

Sentì il respiro collettivo della folla. Quello che stavano facendo andava così oltre lo spogliarello che sarebbe stato illegale se si fossero toccati.

Lara ruotò lentamente, i fianchi che disegnavano cerchi mentre offriva a tutti uno spettacolo fin troppo generoso.

E stava adorando ogni minuto, a giudicare dal sorriso sul suo volto.

Dio, quanto l'amava. Era così nel momento, così totalmente e perfettamente lì con lui, naturale come respirare, e gli toglieva il fiato.

Non gli importava cosa dovesse fare, ma Lara doveva essere nella sua vita. Per sempre.

La canzone finì e Lara era già pronta a continuare quando iniziò la successiva, ma Gage aveva terminato. Poteva resistere solo per un po' - specialmente in pubblico - e aveva bisogno di stare solo con lei. Adesso.

Le afferrò la mano - l'unica parte di lei che si permetteva di toccare - e la sollevò. «Inchino,» sussurrò, guidandola giù con lui.

La folla impazzì. I fischi erano stridenti, le grida di "bis" forti e vivaci - e intrise di più di un po' di frustrazione - ma Gage terminò il ballo. I vicini che non erano stati invitati avrebbero potuto chiamare la polizia e l'ultima cosa di cui avevano bisogno, lui o Lara, era di essere colti con i pantaloni abbassati.

Soprattutto perché aveva in programma di stare così per tutta la notte. Con lei. Nel suo letto.

Raccolse i loro vestiti e la condusse nella casa di Jeff, chiudendo a chiave le porte francesi dietro di loro appena furono dentro.

Poi la trascinò nella lavanderia sulla destra, chiuse quella porta a chiave, e la baciò fino a farle perdere i sensi.

* * *

«Cosa diavolo ti ha spinto a fare questo?» le chiese quando finalmente ripresero fiato.

«Non ti è piaciuto?»

«Tesoro, mi è piaciuto troppo.» Spinse in fuori i fianchi. «Sono stato eccitato per tutto il tempo e tutti nel pubblico lo sapevano.»

Lei gli rivolse quel sorriso. «Bene.»

Era bene. Solo non appropriato. «Seriamente, Lara, cosa ti ha fatto fare questo?»

Lei infilò i pantaloni e se li tirò su. Un vero peccato, secondo lui. «Jeff. È stato uno stronzo, mettendoti in imbarazzo in quel modo, cercando di umiliarti.»

«Non mi ha messo in imbarazzo. Non mi vergogno di quello che faccio.» E non si vergognava. Lo capiva adesso. *Era* un'attività legittima e una in cui era maledettamente bravo.

«Sono così stanca che lui pensi di poter comandare. Che sia a modo suo o niente. Così ho deciso di rovesciare la situazione. La maggior parte delle persone qui erano arrabbiate per quello che mi ha fatto. Volevo mostrare loro che stavo bene. Che è stato l'errore di Jeff, non il mio, e che sono andata avanti. E sì, forse volevo fargli sapere che non sono chi pensava fossi, e che non ha voce in capitolo su come vivo la mia vita ormai. È stata una mia scelta, Gage. Una mia scelta. Sai quanto è stato liberatorio?» Si infilò la camicia ma la lasciò sbottonata e gli afferrò le braccia. «E volevo ballare con te. Volevo che tutte quelle donne sapessero che eri mio. Possono guardare, ma alla fine della giornata, vai a casa con me.»

«Per sempre?» chiese lui.

Lei si immobilizzò. «Per sempre? Che... che intendi?»

Era il suo turno di stringerle le braccia. «Intendo *per sempre*, Lara. Voglio andare a casa con te per sempre. Ti voglio *nella* mia casa per sempre. Voglio che *tu sia* la mia casa per sempre.»

Prese la sua camicia e iniziò ad abbottonarla dall'alto verso il basso. Le sue dita fecero in un attimo il primo bottone, ma il secondo - quello che era proprio sopra il suo cuore - lo fece fermare. «Ti amo. E voglio passare il resto della mia vita con te. Passerai la tua con me?» Fece scivolare il bottone nella sua asola. «Mi sposerai, Lara?»

Non avrebbe mai dimenticato lo sguardo che apparve nei suoi occhi in quel momento. Mai, in un milione di anni, per tutto il tempo che avrebbe vissuto, avrebbe dimenticato l'amore che le riempì gli occhi.

Proprio prima che lei gli gettasse le braccia al collo e lo abbracciasse più forte di quanto avesse mai fatto chiunque altro.

«Oh, Gage, anch'io ti amo! Sì! Sì! Mi piacerebbe sposarti!»

Poi non gli importò chi sarebbe entrato. La baciò e si lasciò travolgere dalla sensazione.

Ma aveva troppo rispetto per lei e per il loro amore per suggellarlo con una sveltina nella lavanderia del suo ex marito, così dopo qualche minuto, la allontanò con un ultimo bacio prolungato. «So che sarà difficile per un po'. Siamo entrambi così occupati e i soldi... Saranno limitati, Lara. Non posso darti tutto quello che Jeff poteva-»

Lei lo interruppe mettendogli un dito sulle labbra. «Non voglio quello che Jeff potrebbe darmi. Se ricordi, l'avevo già. E me ne sono allontanata. Perché l'unica cosa che lui non poteva darmi è ciò che tu puoi. Ed è qualcosa che apprezzo più di tutto: il tuo cuore. Non m'importa cosa dovremo fare per far funzionare le cose. Non ho paura del duro lavoro. Ma se ho te a cui tornare a casa, sarà il paradiso.»

Lui non riusciva a parlare per il nodo alla gola, ma ci provò. «E il ballo? Per te va bene?»

Lei inarcò un sopracciglio, ed era un'espressione peccaminosamente sexy su di lei. «Non l'ho appena dimostrato?»

Lui le cinse la vita con le braccia e la attirò a sé. «Quello che hai dimostrato, donna, è che sei la donna più sexy al mondo e io sono fortunato ad averti nella mia vita.»

«Siamo entrambi fortunati, Gage. Ci siamo trovati.»

«E non ci lasceremo mai andare.»

«No. Mai.» Lo baciò di nuovo, tutta lingua e calore, e lui sentì vacillare la sua determinazione a rendere la loro prima volta ufficiale qualcosa di memorabile, e non una sveltina nella lavanderia.

«Andiamo, tesoro, torniamo alla festa, finiamo e andiamocene da qui. Non vedo l'ora di averti tutta per me.»

«Ehm, a proposito.»

Lui si fermò. «A proposito di cosa?»

«Di stare da soli. Tu hai quella grande casa di cui paghi la manutenzione e io ho il mio appartamento. Cosa diresti se vendessi il mio appartamento e investissi i soldi in, non so, diciamo, un night club? Sai, uno con *spogliarellisti* .» Imitò lo Stronzo.

«Lo faresti davvero?»

«Per una partecipazione parziale, certo.»

«Partecipazione, eh?»

«Beh, sì. Un portafoglio ben diversificato è una cosa buona. E quello che non investo con te e Bryan, potremmo usarlo per le spese mediche di Connor.»

Lei lo umiliava con la sua generosità. «Grazie mille, tesoro, ma non toccheremo i tuoi soldi per lui. Me la caverò. Non preoccuparti.»

«Lo farò e posso farlo, e se voglio aiutarti, non dovresti dire di no. Non faresti lo stesso per me?»

«Beh, certo ma...»

«Non è diverso.»

«Ehi, ho un'idea migliore su cosa fare con i tuoi soldi.»

Lei inarcò di nuovo il sopracciglio, ma questa volta era scettica, non sexy. «Cosa potrebbe esserci di meglio che aiutare tuo nipote?»

«Beh, questo aiuterebbe lui, ma sarebbe anche per noi.»

«Di cosa si tratta?»

«Come ti sentiresti riguardo a una luna di miele in un certo resort a Orlando, completo di castelli, desideri e sogni? Si dice sia il posto più felice sulla terra.»

«Quello potrebbe essere il loro slogan, ma il posto più felice per me, Gage, è proprio qui. Tra le tue braccia.»

Fine

* * *

Grazie per aver letto! Mi aiuterebbe molto se potessi lasciare una recensione dove hai acquistato questo libro, così altri lettori potranno scoprirlo più facilmente. E se vuoi leggere altre mie storie, gira la pagina!

SERATA TRA RAGAZZE NON È MAI STATA COSÌ PICCANTE!

Figo
&
BEEF CAKE INC
fraintendere
JUDI FENNELL

Capitolo Uno

Aveva un figlio.

Bryan Lassiter stava in piedi alla fine della corsia del supermercato e fissava il bambino tre piedi davanti a lui.

I capelli neri e ricci erano gli stessi, compreso l'identico ciuffo ribelle sopra l'occhio destro che cadeva un po' più in basso del sinistro, e la stessa fossetta nella guancia destra. Anche gli occhi erano uguali. Quei maledetti occhi viola che Bryan aveva odiato fin da quando Julie Richardson li aveva definiti carini in prima elementare. Lui ed Elizabeth Taylor.

E ora questo bambino.

E se *questi* non fossero abbastanza, era il neo sul braccio del bambino che chiudeva il cerchio. Bry aveva lo stesso, a forma di stella a cinque punte con una punta arrotondata sul raggio in basso a destra. Bryan alla fine ci aveva fatto fare sopra un tatuaggio – a forma di stella – ma era lo stesso.

Aveva un figlio.

«Trevor? Dove sei?» Una graziosa brunetta si precipitò dall'estremità della corsia, con il volto segnato dalla preoccupazione. L'espressione si addolcì quando vide il bambino – l'esatto opposto della reazione di Bryan.

Non la conosceva.

Oh, aveva dormito con molte donne nella sua vita, ma si vantava di ricordare l'aspetto di ognuna, non importa quanto fosse stato ubriaco—

No. Non era del tutto vero. L'addio al celibato di Brad era passato in un'unica nebbia alcolica e poteva esserci stata una spogliarellista coinvolta...

Considerando che la festa di Brad era stata quattro anni fa, e il bambino sembrava avere circa tre anni... Sì, sembrava più che possibile, anche se non era mai stato così ubriaco da non usare un preservativo.

Che notoriamente possono rompersi.

Accidenti. Dato che il bambino assomigliava a ogni sua foto da neonato, una notte di dissolutezza e sfortuna *potrebbe* averlo portato ad avere un figlio.

«Tesoro, ti ho detto di non allontanarti mai dalla mamma. Questo non è il posto per giocare a nascondino.»

Gli occhi di Bryan volarono alla "Mamma". Alta circa un metro e sessantotto, con capelli castani ricci, lunghi fino al mento, che continuava a sistemarsi dietro le orecchie ma che non restavano al loro posto, zigomi alti e occhi grandi – azzurri o grigi, non poteva esserne sicuro. Movimenti aggraziati da ballerina che sarebbero stati fuori posto in un locale di spogliarelli, ma le gambe che sembravano non finire mai sicuramente no.

Erano state avvolte intorno a lui? Bryan si sentì eccitarsi solo a pensarci.

Ma poi guardò Trevor e tutto il suo *corpo* si irrigidì. Se quel bambino era suo, lei glielo aveva tenuto nascosto.

Sapeva almeno *chi* fosse il padre?

«Mi dispiaze, mamma.» Trevor si mise il pollice in bocca e Bryan fu ancora più convinto che il bambino fosse suo.

Molti bambini si succhiano il pollice, ma era il modo in cui Trevor giocava con il suo ciuffo – proprio come faceva Bryan. Finché il suo dito non era rimasto intrappolato nei grovigli e suo fratello maggiore Kyle aveva riso di lui. La mamma aveva dovuto tagliare i capelli per liberargli il dito e quella ciocca ribelle sulla fronte era diventata un motivo in più per Kyle per prenderlo in giro. Era stata l'ultima volta che Bryan si era succhiato il pollice.

«Sì, beh, mi hai spaventata, tesoro. Non voglio che qualcuno ti porti via da me, capito? Devi restare con me.» *La mamma* si inginocchiò e abbracciò Trevor, e il movimento fece abbassare i suoi pantaloni beige aderenti sulla schiena.

Nessun tatuaggio sulla parte bassa della schiena, quindi almeno aveva avuto un po' di gusto nelle donne quando era ubriaco. Anche con le spogliarelliste.

Bryan scosse la testa. Lui più di tutti non doveva giudicarla. Aveva fatto lo spogliarellista in passato e ora possedeva uno spettacolo di danza esotica, Beef-Cake, Inc. Ma lui e il suo socio Gage gestivano un'attività di classe e Nessuna Fraternizzazione era *la* prima regola della casa. Peccato che lei non avesse seguito la stessa regola.

«Perché qualcuno mi prenderebbe, mamma?» Trevor smise di attorcigliarsi i capelli con un ricciolo avvolto intorno al dito.

Mamma passò una mano sinistra senza anelli tra i capelli di Trevor, liberando il dito intrappolato, poi fece scivolare il palmo fino a prendergli il viso. «Perché sei un bambino molto speciale, Trevor. È per questo che ti amo tanto. Quindi devi restare sempre con me e non scappare, va bene? Anche se stai giocando.»

Trevor annuì e Bryan si sentì come se stesse guardando in uno specchio. «Ma *perché* sono così peciale?»

Lei lo strinse a sé e gli baciò la guancia. «Perché sei il mio piccolo ometto.»

La posizione di Bryan gli dava la visuale perfetta della ferocia della sua espressione mentre lo diceva, del rapido irrigidirsi del bicipite sotto la manica corta della maglietta mentre lo abbracciava. Amava il bambino. Ma evidentemente non abbastanza da dargli il padre che meritava.

Bryan aveva quasi voglia di dirglielo, ma i corridoi del supermercato non erano esattamente il posto migliore per lavare i panni sporchi. Controllò l'ora sul cellulare. Un'ora e mezza all'incontro con Gage.

Si mise gli occhiali da sole e abbassò ulteriormente la visiera del cappello da baseball. Poteva trattenersi ancora un po'. Seguirla per vedere dove abitava, e poi pianificare *quando* sarebbe stato il momento migliore per presentarsi e discutere dei suoi diritti di padre.

* * *

Jenna Corrigan abbracciò suo figlio e cercò di costringere il cuore a smettere di martellarle nel petto. Dio, aveva pensato di averlo perso.

Tre anni da quando era diventato suo, e ancora non aveva superato la sensazione che in qualche modo, in qualche maniera, le sarebbe stato portato via. E non intendeva da uno sconosciuto.

E se il padre fosse tornato? E se avesse voluto suo figlio?

Jenna strinse gli occhi con più forza, abbracciò Trevor più stretto finché lui non iniziò ad agitarsi e lei dovette lasciarlo andare. Ah, essere così spensierati.

È su questo che doveva concentrarsi, non sul fatto che il tipo che aveva messo incinta sua sorella per poi svignarsela potesse volersi assumere la responsabilità da cui era fuggito. Del resto, lei e Mindy erano andate da un avvocato prima che il cancro di sua sorella fosse progredito allo stadio terminale e avevano preparato i documenti in modo che, quando la fine fosse inevitabilmente arrivata, non ci fosse stato alcun intoppo nel rendere Trevor suo.

«Posso avere il gelato?» chiese Trevor succhiandosi il pollice.

Jenna sorrise. Se solo tutti i mali della vita potessero essere curati con il gelato. «Certo, tesoro. Che gusto?»

«Rocky Woad. È il mio pweferito.»

Questa settimana. La settimana scorsa era menta.

Jenna lo liberò dal suo abbraccio, il suo corpo che bramava istantaneamente di riaverlo vicino. Non l'aveva portato dentro di sé, ma avrebbe potuto benissimo averlo fatto. Aveva dormito con lui ogni notte per i primi tre mesi dopo la morte di Mindy - più per il suo conforto che per quello di lui.

Si alzò e scacciò *quei* pensieri dalla mente. Questa era la sua vita ora. *Trevor* era la sua vita. Doveva andare avanti. *Sarebbe* andata avanti.

Tese la mano. «Andiamo a sceglierne un po', allora, piccolo.»

«Va bene, mamma.» Ditini umidi scivolarono nel suo palmo e Jenna non l'avrebbe voluta in nessun altro modo.

Si incamminarono lungo il corridoio e Jenna notò il sorriso sul volto di un uomo mentre girava la testa, la visiera del cappello da baseball che gli nascondeva gli occhi. Aveva ascoltato la loro conversazione. Probabilmente era padre anche lui, a giudicare da quel sorriso ironico. Conosceva il sollievo che lei aveva provato nel rendersi conto che il suo bambino non era scomparso.

Come sempre, il tonfo nel suo stomaco la colpì con un dolore lancinante e Jenna esitò per mezzo passo dietro l'uomo. Quella sensazione sarebbe mai scomparsa?

«Posso avere anche la cioccolata?» Trevor, come sempre, la riportò al presente. Un luogo molto migliore in cui stare rispetto al loro passato.

«C'è la cioccolata nel Rocky Road, Trev. Pezzettini qua e là.»

«Oh. Va bene.» Il suo pollice tornò nella bocca e lui si spostò dall'altro suo lato, le dita che normalmente giocherellavano con i suoi capelli ora stringevano la sua mano. Probabilmente avrebbe dovuto impegnarsi a fargli smettere di succhiarsi il pollice, ma impedirgli un gesto che gli dava conforto andava contro i suoi principi. Lei sapeva, per esperienza diretta, quanto fossero importanti le cose che danno conforto.

Soprattutto quando la vita poteva essere un po' troppo dura senza di esse.

Libri di Judi Fennell

Royally Sunk

Con l'acqua alla gola

Reel è un tritone senza coda, ed Erica è terrorizzata dall'oceano. Solo una cosa potrebbe convincerla a entrare in acqua: una pistola. E solo una cosa potrebbe farcela restare: il sexy tritone che le salva la vita, solo per poi rischiare la propria.

Profondo blu selvaggio

Valerie è una principessa sirena bloccata nel cuore del paese. Rod è il principe che parte per salvarla. Ma riusciranno a sventare il complotto di un usurpatore e a tornare nell'oceano prima che la sua coda, e la sua pretesa al trono, svaniscano per sempre?

La pesca perfetta

Logan è fuggito dal circo; tutto ciò che vuole è una vita normale. La donna nuda che compare sulla sua barca è tutto fuorché normale. Soprattutto quando Angel si rivela essere una sirena... con un'arrabbiata creatura marina alle calcagna.

Amore tra gli scogli

La principessa Mariana non finge, è un'artista per davvero, e sta per dimostrarlo con la statua che sta scolpendo su un'isola deserta. Il problema è che Jace si sta nascondendo proprio lì, quindi l'unica cosa che libererà Mariana dalla sua prigione dorata è la stessa che farà uccidere Jace. L'amore è già abbastanza complicato, ma quando le previsioni del tempo annunciano uno tsunami, l'amore è davvero sugli scogli.

Smuovere le acque

Leggete dell'Incidente che ha reso Erica terrorizzata dall'oceano, del motivo per cui Valerie, la principessa perduta, fu ritrovata, e di come Michael, il giovane figlio di Logan, trovò una sirena. Le storie dietro le storie.

Bottled Magic

Sogno un genio

La fortuna di Matt è finalmente cambiata quando la genio Eden fugge dalla sua bottiglia e gli finisce letteralmente in grembo. E giura di non tornarci mai più. Sfortunatamente per entrambi, il tizio che ce l'aveva rinchiusa la rivuole indietro e non si fermerà davanti a nulla per riaverla.

Il genio ha sempre ragione

Samantha eredita la tenuta di suo padre, con tanto di genio che deve servire un ultimo padrone prima che la sua schiavitù abbia fine. Sam è più che disposta a liberare Kal, finché il suo avido ex non decide che se non può avere Sam, non l'avrà nessuno.

Il mio adorabile genio

Zane ha ereditato la villa di famiglia, di cui non vede l'ora di sbarazzarsi per mettere a tacere le voci sulla folle storia della sua famiglia. Peccato che la genio, causa di quelle voci, sia stata liberata per scatenare ancora il caos. Solo che questa volta, è con il suo cuore che sta giocando.

Ogni tuo desiderio è un suo ordine

Scoprite come Kal finì imprigionato nella sua lanterna e perché deve servire 1001 padroni. È la storia dietro la storia...

<u>Once-Upon-A-Time Romance</u>

La bella e il migliore

Di giorno Jolie è una chef a domicilio, di notte una scrittrice di romanzi rosa. Così, quando ottiene un ingaggio per il sexy e solitario artista Todd, ha l'eroe perfetto per il suo libro. Finché Todd non lo scopre e la caccia dalla sua cucina, dalla sua casa, e dal suo cuore.

Se la scarpetta calza

C'era una volta, tanto tempo fa, in una terra lontana, una ragazza di nome Cenerentola. Questa non è la sua storia. Questa è la storia di Lucinda Isabella Casteleoni, che, come la sua omonima, ha una matrigna cattiva, due sorellastre pacchiane e innumerevoli ore di duro lavoro che la aspettano (senza entusiasmo). Ma a differenza di quella principessa delle fiabe, il Principe Azzurro di Bella non si vede da nessuna parte. Finché un vecchietto dagli occhi verdi scintillanti non apre un negozio di scarpe in fondo alla strada. E allora la magia ha inizio...

Attraverso il vetro piombato

Un viaggio accidentale nell'Inghilterra medievale costringe Kate, dirigente pubblicitaria, a cercare freneticamente un modo per tornare a casa... Ma potrà portare con sé il sexy cavaliere dall'armatura scintillante di cui si è innamorata?

<u>Beefcake, Inc.</u>

Figo e Frittella

Lara vuole che i suoi cupcake abbiano successo. All'esotico spogliarellista Gage non dispiacerebbe assaggiarli, ma i suoi turni di lavoro per pagare le spese mediche del nipote non gli lasciano il tempo di farlo. Finché, a una festa, muscoli e cupcake non si incontrano e, *oh*, che delizia!

Figo e Fraintendere

Quando Bryan scambia Jenna per una prostituta e lei si rende conto che lui è il padre di suo figlio adottivo, gli equivoci e le incomprensioni iniziano a moltiplicarsi. Ma tra loro sta crescendo anche qualcos'altro. A volte, una svolta sbagliata può rivelarsi quella giusta...

Figo e La Fiamma

Tanner vuole che la sua ex moglie esca per sempre dalla sua vita, ma quando la nonna di lei ha un ictus e lui deve fingere di essere ancora innamorato di Juliet, può rischiare di riprovarci con l'unica donna che non ha mai smesso di amarlo?

Figo e Fiocco di Neve

Gina ha una cotta per Darien da sempre, fino al giorno in cui lui l'ha umiliata a scuola. Quindici anni dopo, lui la lascia indifferente. Darien, spogliarellista esotico, è tornato in città per sistemare alcune cose. Una è il casino che ha combinato con Gina anni prima... e *magari* riaccendere la fiamma che un tempo ardeva tra loro. Ma l'unico modo per sciogliere il ghiaccio attorno al cuore di Gina è alzare la temperatura, sia sul lavoro... che fuori.

<u>Manley Maids – Italiano</u>

Cosa succede quando tre fratelli irresistibilmente sexy perdono una scommessa a poker contro la loro intraprendente sorella? Vengono assunti per la sua impresa di pulizie. Ora, i Manley Maids sono al vostro servizio. Soddisfazione garantita.

Quello che una donna vuole

Sean, proprietario di un resort, progetta di acquistare una tenuta storica per farsi un nome e guadagnare milioni, così vi si trasferisce con il pretesto di ripulire il posto per aggirare l'unica condizione dell'eredità. Ma l'erede Olivia e il suo serraglio gli entrano sotto la pelle, e scopre che la scommessa a poker che l'ha messo in questo guaio non è l'unica a cambiare le carte in tavola.

Quello che una donna ha bisogno

La star del cinema Bryan vuole fama e fortuna, non una replica della sua infanzia "normale" e squattrinata. Dopo il clamore mediatico che ha circondato la morte del marito, Beth ha bisogno di una vita normale per sé e per i suoi figli, e la star del cinema che ha perso una scommessa e deve pulirle casa, con i paparazzi al seguito, non fa al caso suo. Ma mentre il flirt si trasforma in seduzione, Bryan deve convincere Beth di essere più uomo che domestico. O attore. Perché sta interpretando il ruolo del protagonista in una Cenerentola al contrario, e potrebbe essere il ruolo di una vita.

Quello che una donna merita

Liam non ha pazienza per le donne che spendono i soldi di un uomo senza pensare minimamente a un vero lavoro. Ma per onorare la scommessa, Liam non solo deve tollerare la socialite Cassidy, ma dovrà anche ripulire dopo di lei quando suo padre le taglierà i fondi. Senza soldi e senza una casa da pulire per Liam, Cassidy non ha altra scelta che accettare un'offerta di lavoro: come nuova domestica di Liam. Ma quando tra loro scoccherà la scintilla, sarà vero amore o solo un'altra relazione complicata?

Che donna

MaryAlice Catherine è pronta a pulire la casa dell'amica di sua nonna, solo per scoprire che il presuntuoso nipote della donna, per cui aveva una cotta da ragazzina (e lui l'aveva sempre saputo), vive lì, e lei è mortificata. Jared la ricorda diversamente; Mac era sempre stata una tipetta autoritaria, ma non le permetterà di dettare legge adesso. Ma con due di loro che vivono nella stessa casa, non si sa chi avrà la meglio.

Quello che un figo vuole

Beckett è pronto a pagare il debito per la sua scommessa a poker persa. Solo che non si era reso conto che avrebbe dovuto farlo con il suo cuore. Jennifer è quella che gli è sfuggita e ora è proprio lì, davanti a lui. A casa sua. Che lui è lì per pulire. Jennifer non può credere che il cattivo ragazzo del liceo per cui aveva una cotta pazzesca sia in casa sua, ma se c'è una cosa che il suo ex marito le ha insegnato, è che non può fare affidamento sui cattivi ragazzi. Finché Beckett non mette tutte le sue carte in tavola e si rivela essere qualcuno su cui, dopotutto, Jennifer può scommettere.

Ecco Judi!

L'autrice pluripremiata e bestseller Judi Fennell ama ridere e ama l'amore, quindi non sorprende che ci sia un po' di entrambi in ogni libro che scrive. Date un'occhiata alle sue fiabe con un tocco originale per assaggiare le sue commedie romantiche e paranormali leggere e ironiche. Dai tritoni al largo della costa del Jersey Shore, ai geni con tappeti magici, agli spogliarellisti à la Magic Mike, e ai domestici virili il cui motto è *Soddisfazione Garantita*, c'è sempre una risata e un amore da vivere.

E, nel suo abbondante (?) tempo libero, aiuta gli autori con tutti gli aspetti della scrittura e dell'autopubblicazione con la sua azienda di formattazione, design di copertine e promozioni, servizi editoriali, consulenza e audiolibri, www.formatting4U.com.

Judi vive nella periferia di Philadelphia con un serraglio di amici a quattro zampe, e il giorno in cui queste creature inizieranno A) a cantare, B) a cucire vestiti o C) a pulire la casa sarà il giorno in cui si ritirerà dalla scrittura...!